ZUI

Zestful Unique Ideal

最世文化

Shanghai ZUI co.,Ltd

剩者为王

-典藏版-
SEASON TWO
II

落 落

著

Queen Stain
YOU WILL NEVER GET THE CROWN

谨以此书 献给JAMES先生

Oh it seemed forever stopped today
All the lonely hearts in London
Caught a plane and flew away
And all the best women are married
All the handsome men are gay

You feel deprived
Yeah are you questioning your size
Is there a tumour in your humour
Are there bags under your eyes
Do you leave dents where you sit
Are you getting on a bit
Will you survive
You must survive

When there's no love in town
This new century keeps bringing you down
All the places you have been
Trying to find a love supreme
A love supreme

Oh it seemed forever stopped today
All the lonely hearts in London
Caught a plane and flew away
And all the best women are married
All the handsome men are gay

You feel deprived
Yeah are you questioning your size
Is there a tumour in your humour
Are there bags under your eyes
Do you leave dents where you sit
Are you getting on a bit
Will you survive
You must survive

When there's no love in town
This new century keeps bringing you down
All the places you have been
Trying to find a love supreme
A love supreme

序章

为什么至今单身呢?

——"像我这种人,结婚也必然会离婚的。所以何必多此一举啊。"

——"为什么不能单身?"

——"理想中的男人还没有生出来,目前处于精子和卵子尚未谋面的状态。"

——"心已经给了我的偶像。"

对你来说,人生目前最重要的是?

——"减肥。"

——"《和风物语》达到 48 级——我的 ID 是'××××',大家快来加我啊保证有求必应。"

——"赚钱。把淘宝购物车里的 50 件东西全部买下来。"

——"偶像的演唱会门票。"

结婚是什么呢?

——"完成任务。"

——"结婚﹦我就是被社会认可的正常人了。"

——"从来没有考虑过的事情。"

——"偶像的事务所终于认可了我的身份么？！"

那么关于"爱情"……

——"有生之年，狭路相逢，'快把钱包交出来'。"

——"不知道。"

——"大部分时候，不管是疯癫还是清醒的人，都在黑暗中跌跌撞撞，伸出双手寻找他们并不知道是否需要的东西——克莱尔·吉根。对，我是文盲我不识字，我就是爱用名人名言来唬人。"

——"欧巴撒浪海！（哥我爱你！）"

　　三百六十五天过去，你发现和三百六十五天前的自己相比——最常光顾的淘宝店铺关键词从"韩版"变成了"森女"；口头禅由"真的假的"进化成"假的啦"；原本奉献给开心农场的生命此刻花在了抢夺明星微博的沙发上；周末看的不再是韩剧而是清宫穿越剧，至少有一个连的女人正铆牢了雍正谈恋爱；掌握了更好的自拍角度，两万张照片里总能找到一张形似李嘉欣的吧。

　　三百六十五天过去，你发现和三百六十五天前的世界相比——宽带免费 2M 升 4M，可是出租车却再度涨价了；一堆女明星手拉手团购式地结了婚；连沙县小吃的服务员都开始用 iPad 来点单了，"乔布斯，你永远活在沙县人民的心中"；某公司出品了让大胸部看起来变小的也许是日后成为世界毁灭引线的胸罩；大批人把"我又相信爱情了"挂在 QQ 签名上，好像爱情刚刚被证实了并非是发廊小姐而是专案组在十年前便安插进来的卧底一样。

　　算算又过去了一年，你和世界同步地在改变，而同样忠诚如同八公犬的东西，亦步亦趋追逐你的影子，赌上了血的誓言，牢牢捆绑着你的人生。只不过它们才不会温暖而美好地承诺"不变的是你的容颜""是你的腰围""是你对这个世界的爱和信赖"：

　　"你结婚了没啊？"

　　"还单着吗？"

　　"要求太高吧。"

　　"不觉得寂寞吗？"

　　"你爸妈不急哦？"

　　"差不多就找个人嫁掉算了啊。"

　　至少一年的时间还来不及促成改变，"剩女"这个词依然拥有庞大的，甚至是更加庞大的族群，当前一批还未成仁，又有新的补充来取义。或许唯一的区别是当扩增的基数在分母上不断稀释了这个词语曾经的新鲜感，就如同"老龄化""丁克族"一样，不再是单纯的个体问题，当它能够找到一些归咎于整个社会的原因，那么这个庞大的群体也得到了类似"睁一只眼闭一只眼"的漠然。

　　——"我差点对张家姆妈撒谎说我是不喜欢男孩子的，所以不用再操心我了，你前面给我介绍的那个男生我其实看中的是陪他一起来的妹妹——后来看张家姆妈也年过半百，又夹花一样三八红旗手和妇联主任轮流当，万一真的被我骗到受了刺激从此不再相信马列主义，那我未免也太糟糕了。"

——"反正我跟父母不在一个城市，他们想催也催不了，顶多每年春节回家难熬点。后来我也察觉到他们的弱势了，毕竟他们只有一张嘴，一切行动都要取决于我，'将在外，军令有所不受'嘛，这样想想，也就让他们尽管说吧。也不能剥夺他们最后这点'说'的权力，俩老其实挺可怜的不是么。"

——"父母的离异对我来说始终是个心结，谁料最近渐渐地发现有一个好处是，一旦上一辈吃过了亏，他们便不会逼我为了结婚而结婚呢。原来我从小就自卑的事还能带来这样光明的一面啊！'塞翁失马'指的就是这个哦？"

——"心里只有欧巴，所以其他谁都不可能。就说我是脑残粉也行，好歹是正正经经喜欢了五六年，对偶像的喜爱是完全不求回报的。这种'喜欢'大概也是我目前最能够一心一意对待的感情了，压根不用考虑'彼此'，只要专注地对他好，在这个过程里我便能够得到百分之百的开心，比和普通人交往要简单而幸福得多了。所以咯，我没有信心也没有兴趣再去发展其他的'喜欢'，现在这样对我来说是最好的。"

也不会寂寞哦？
——"不会。"
——"不会，有网可上就行，在网上掐架的每天都很充实。"

——"我寂寞又不是因为没有男人。我寂寞是世界还没有和平，亚马孙的雨林还在遭到砍伐好吗！"

——"做粉丝的每一刻都不会寂寞。"

　　四个女孩子，长相各异，即便谈不上沉鱼落雁，但也绝非可以随便出现在男友手机相册里的水准。虽然她们大喇喇地在镜头前谈论着对男女之情早已不作他想，无所顾忌地开玩笑，似乎这桩事情在生活中总是以笑话的形式出现，有时被她们用来讥笑社会顽固的狭隘，有时被她们用来鄙视旁人多余的浅薄，有时被她们用来嘲讽自己无能的叛逆。她们在一张餐桌上发出肆无忌惮的笑声，讨论着四周都未必听得懂的话题，三不五时爆两个粗口，或者来一句猛烈的黄腔，足以让旁边的一对小情侣送来诧异的眼神，仿佛正在打量着鬣狗的两只轻松熊。

　　但我相信她们说的每个字都是由衷，丝毫没有一丝半点隐瞒之意。我对她们这份洒脱，这份幽默，这份歹毒，这份介于放任和自暴自弃间的随性有着听到了集结号似的共鸣。作为家里着火首先是抢救电脑与合同文件夹的我来说，大概也是和她们一样很早便被人生喂养成了金刚不坏的老辣身躯，必须要消防员提醒我才会回忆到"哦原来房间里还睡着一个初恋情人"。

　　单身的原因。人生中最重要的部分。结婚的意义。对爱情的理解。电视里提的四个问题其实空泛得很，应该也没有打算从中就能找到具体的解决方法，更多是对观众们展示所谓"剩女"的想法是多么离经叛道，可也不曾仔细去推敲一下到底离的是哪条经，叛的又是哪条道。

配乐再积极，剪辑再花哨，也很难抹杀一份节目中的质询意味，似乎只要开了灯，就能照亮坐在后排的一群隐形的审判员。他们起初带着观众的节奏拊掌大笑，可一旦交叉起十指，就噌噌地要从目光中下了定论。

"可惜了。""活该啊。""作孽的。"仿佛对于无视路标，放弃了温暖的南方而执意走向北方的鹿群，坚信迎接它们的必须是悬崖。

指向"婚姻"的路标，却不表示那里也能经过名为"恋爱"的绿水青山。

而沿着"恋爱"的方向，或许一样永远到不了一个叫"婚姻"的地方。

没准它们干脆离得异常远，几天几夜的车，步行后还能遇见河流在中间阻断。到最后成了缘木求鱼般的旅行，将人折磨得筋疲力尽，在手里握了多日的花束，早已奄奄一息。

"我只想说，哪怕几十年前，我奶奶那一辈，也有和她同龄的人终身未婚。这个世界上不存在每一个人都能达成的目标。即使它再寻常不过，99 个人成功了，也有 1 个人会没有实现。而没有结婚是生活状态的一种，主动或被动，都是她们的生活状态。说白了，是苦是甜都是她们自己选择承担的，有什么不合理的呢？不结婚是动摇了我国的军事力量了呢还是造成了东南亚海啸呢？如果你能嫌我不结婚奇怪，那我还能嫌你放屁踩不准节奏呢。我小时候成天被问你怎么不像某某某那样考 100 分，读大学时成天被问你为什么不找个更像样的专业，毕业后成天被问你的工资怎么没有想象中多，现在又来，'什么时候结婚呢'——也不知道什么时候开始，我的生活变得仿佛对其他很多人都格外重要似的，间接影响了他们今天头皮屑是不是多，买来的猪脚够不够酥，要么是回家后老婆和自己做爱的激烈度。"

"没错没错，就是这样，我周末在家玩了十个小时《和风物语》都会被评价成'你就是因为这样所以才交不到男朋友'——我的回复只有谢谢他家一户口本了。"

"哈哈哈，谢谢他一户口本！"

"一样一样啦，问我'你这样追星，难道你家欧巴还真会跟你交往结婚不成，搞得你像要为他守活寡'，对此我还真不想说什么，也没什么好说的，别人不会理解就不理解，他们理解与否对我来说压根不重要，我心里清楚自己是什么样的人，过什么样的日子就行。"

她们渐渐让精神站到了一起，背对背倚靠，形成一个仿佛顽固的阵容，手里握着无形的武器。在古老的动画片里她们是要在随后唱着咒语变身去和邪恶势力战斗的，只不过在眼下她们首先得力证到底谁是邪恶的一方。

女孩从小万人迷，如果不是青少年保护法，大概很早就成为社会新闻里的受害者，性格乖巧才华横溢，画的西瓜皮能引来真的苍蝇叮上去。男孩同样一路做着大众情人，明眸皓齿家境优渥，小龙虾吃一盘倒一盘，有着指日可待的高帅富之未来。他们十八岁时定情，缠缠绵绵爱到二十二岁成亲，整个结婚典礼无可挑剔得像春晚，在《难忘今宵》里圆房，生一对龙凤双胞胎也延续了双亲的美貌和才华。即便有第三者意图插足也势必会在两条马路外被起重机砸中。一家四口和乐融融，完美如画地生活，直到 2012 世界末日的火山喷发和滔天洪水把一切扼杀——像这样模板般的幸福生活，没准真实存在过，顺利得从不知坎坷为何物的人，没准也真实存在过。只可惜这份真实离你或离我都远得有些过分，远得连真实都显得荒诞了。明明你我过的才是荒诞的，机关重重的戏剧化人生，却仿佛凭借那份无穷无尽的坎坷反倒成了名正言顺的真实。

以至于原先还或多或少把自己修饰一番，驾着"如果爱，请真爱"来访的坎坷，也抛下了它的累赘，成为夏天里袒着胸的邻居大叔，"姑娘家都这么大了还没要朋友？"口气里交代着晚饭的每个细节。

而你也从原先的黛玉葬花 POSE，一举改成了在凳子上盘起腿，同时用门牙刨着西瓜皮，含糊不清地告诉他："还没嘛！"

在谈论"爱"时，却未必同时也在谈论"恋爱"。

在谈论"恋爱"时，又往往和"婚姻"无关。

于是在谈论"婚姻"时，到底都在谈论什么呢。什么时候它变成与前两者无关的远亲了，逢年过节都未必能见上一面，提及的口气总是陌生。好像彼此之间存在着确凿的心虚和排挤，曾经不容置疑的瓜葛已经变得彻底寡淡。

—— "找个我永远爱他他也永远爱我的男人结婚。但很难吧，不要问我具体在哪里难，反正许许多多的难，里面的每个字，每个形容词每个名词每个动词都难。哈哈哈。"

　　——"同意。"

　　——"排。"

　　——"加一。哈哈哈。"

　　"我"。"永远"。

　　"你"。"永远"。

　　"爱"。

　　就像雨天里落在玻璃上的水滴，它们一个接近一个，为了要努力强大自己的力量，慢慢地吸收对方，团结成为一体。或许这样就能越过足够长的距离，抵达那条名叫"婚姻"的胜利终点了么。

　　尽管已经有几十次上百次的失败，完结在半路，或者舍弃了"我"或者舍弃了"你"，又或者舍弃了"永远"和"爱"。

　　我暂停了手机里的在线节目视频，应化妆师的要求闭上眼睛。刷子的触感在眼皮上有些小心翼翼，或深或浅地交替着温柔和生硬。有一股细腻的香味，呼唤出我蛰伏了许久的睡意。

　　"盛小姐昨天没睡好吗？"

　　"嗯？"

　　"好明显哦。"

　　"眼圈很黑么？"

　　"老大两个。"

"啊。"

　　"没关系的，也很正常呀，因为太激动睡不着是吧，这种情况太常见了。"

　　我笑在下半张脸上，避免眼睛四周出现的运动："诶。"

　　"别担心，肯定还是会把盛小姐你打扮得漂漂亮亮。包在我们身上好了。"化妆师继续和我聊天，"不要紧的，皮肤还没有完全放松罢了，不是什么大事。你的肤质本来也好，平时保养得很不错啊。"刷子在我的眼窝里轻蘸着。几层粉霜，已经累积起了可感的厚度。银白或黑的颜色模拟着不可捉摸的光影，光影则模拟着更不可捉摸的幸福。

　　闭上眼睛后剩下的听觉丰富了数倍，拥有了宽大的翅膀一般，它穿过房门——走廊上沸腾的说话声依然没有熄火的迹象；再往外，那扇锈迹斑斑的安全门今天咯吱咯吱地一刻没有停过；草坪前忙乱的脚步声像被不小心点燃的鞭炮；继续朝远处寻找，周日的街道车水马龙，喧闹如往常，纷至沓来的人影彼此交叠，可它们忽然潮水般地远远退了下去，用惊异的效率，像要迎一位极其重要的宾客，腾出了宽阔和笔直的舞台。

　　于是很快地，我听不见任何声音了。世界在此时几乎是为了我而捂住了全部声息。它将我清得很空很空，空到倘若此刻掉进一颗小石头，它能永久地在我身体里颤动。

　　"为什么不能单身？""大部分时候，不管是疯癫还是清醒的人，都在黑暗中跌跌撞撞，伸出双手寻找他们并不知道是否需要的东西。""我寂寞又不是因为没有男人。""是苦是甜都是她们自己选择承担的，有什么不合理的呢？""哈哈哈，谢谢他一户口本！""找个我永远爱他他也永远爱我的男人结婚。但很难吧，不要问我具体在哪里难，反正许许多多的难，里面的每个字，每个形容词每个名词每个动词都难。"……

我稍稍地睁点儿眼，化妆台上满满当当地摊着所有工具，一旁还摆放了盘发用的电吹风和定型胶，以及一大把的黑色发卡，仿佛不久前豪猪曾经来过。随后我的目光掠过角落里一顶作为发饰的皇冠。它披挂着全副武装的水钻，使自己作为道具的使命看来更加醒目，丝毫没有半分底气不足，正在摩拳擦掌地准备着装饰或点缀，点缀或渲染，渲染或赞扬，赞扬或加冕，加冕或宣判。

"如曦，如曦？"
终于，听见我的名字了。

1

我从第一层的醉意中急速地上浮，
很快就要回到冰冷的空气里了。
那个挣脱出时可以不顾一切，
掏空胸肺的喘息，
越是临近终点越是累积得人全身无力。

过去十多天我创了一项自己的新纪录。

电脑上一个最普通的企划书都要来回看个几遍，仿佛我不是坐在自己的办公椅上而是扫盲班教室，临到末了依然把甲方的名字记混淆了，在随后的会面里，冲那位杨总硬生生喊了十几分钟的黄总，并连连询问他早夭于病魔的女儿还在跳芭蕾吗。直到不远处的同事以野兽般的警觉嗅到我正在拼命撕咬着一条捕兽夹上的鸡大腿，他急匆匆赶来救场。如果不是四下有人，他一定渴望直接来个扫堂腿把我踹飞出宴会厅。

相比之下，早前鬼使神差地把邀请函塞进了碎纸机，或者用旧文档覆盖了新文档，在16楼坐电梯想去底层却拼命按着数字"16"——只是前菜的拍黄瓜和醋溜粉条而已。

"工作繁重"吗，"睡眠不足"吗，"疲劳过度"吗，宴会结束后的返程上，同事每问一次，我便会在心里重复着问自己一次。我的确在认真检讨自己的一反常态，并希望可以再由他人在旁观者的角度找到我的症结所在。

"大概是真的老啦。"我伸个故作轻松的懒腰，"哦哦哦，瞧这骨质疏松得，洞眼多得快赶上排箫了吧，到时往风口里一站，保不准我身后直接响起一首《夕阳红》。"

"是有多悲壮啊。"同事哈哈笑。

我反过手，左右扶住自己嘎嘎作响的腰际，一边晃着脑袋。动作一出便带来一些熟悉的影像，和每天在广场上甩手，倒走，拍打肩膀的老年人之间，我离他们大概也就两个公共厕所的距离："最美不过夕阳红啊，温馨又从容。"

"总这么说的话，会加重心理暗示的。"

"不然呢，天天跟镜子前说'我很年轻''我很 YOUNG''莪一萣嘤怒怒�照顧洎巳'……"

"稍嫌矫枉过正，已达到被下了降头的程度了。"同事呵呵笑着。

"所以咯。随我去吧。"

"其实仔细想想，'老'到底是一件怎样的事啊。"也许是摆脱了先前社交感过重的场合，让同事心境上逐渐放松，他忘了方才还想把我踢飞的冲动，朝我挤了挤眉毛。

"坐公交可以免票呗。或者往脸上按个食指，那凹痕过一个礼拜也没能复原。"

"哈哈。我是突然记起来——我侄女现在也不过才二十岁，之前对我抱怨说半夜三点，邻居家的小孩还在开派对，吵得她睡不着，我问她你上门去发飙了么，她说哪能呢，'我老啦，没有这股火暴劲儿了'。当时我还想发笑，但转头一想，'老了'这事有什么明确的，科学的，法定的界限么，为什么不允许二十岁的小姑娘发同样的感慨呢，也许早个两年的她，真就跑去哐哐哐砸门骂娘，可现在却不会这样做了。"

"才二十诶，就让后浪拍死在沙滩上啦？"我叹得极其惋惜，"你侄女弱爆啦。"

"那丫头，呵……"同事稍微耸肩，"不过我有时也认为，'老'是有很鲜明的事件的，和那个谁打开龙宫的盒子一样，是有决定性事件的，在那之后，就板上钉钉地'老'了。"

"嗯……是吧。"尽管看过类似的书，上面写人其实是在一瞬间老去的。"一瞬"，格外具体和真实，但此刻我没心没肺地看着车窗外，把很多很多个瞬间揽在身后："大概就好比你看见昨天还在你手下给你端茶的小妹今天就坐到了老板的大腿上，右手指还绕着老板的胸毛？或者你楼上十六岁的男生上个月还在看漫画，这次直接带着女友抱着婴儿在楼道里和你问好？搞得你忍不住算一算是不是这三个人加起来年龄也才和自己差不多？"

"哈。"同事笑得有些半心半意，让我不由得转过脸。

"怎么了？"

"还是从我那个侄女说起好了，在她小时候，和我这个当叔叔的关系一直挺好。我哥我嫂过去太忙，常常由我代替去参加她的家长会，小姑娘发烧感冒什么的，同样多半是我领着去医院——打个针哭得跟杀猪一样，我的衬衫，只要有一侧的袖口没了纽扣，绝对是之前在医院时被她死命拽给拽掉的，搞得我抽屉里一大半是只剩一边有纽扣的衬衫。"他声音由重变轻，好像一双在路口开始踟蹰的脚，"所以，当我有天无意在她包里看到了避孕套的盒子后，前几分钟都在给她编故事。"

"编什么故事呀？"

"是啊，我还坚信了一会儿'搞不好是买什么东西后额外送的赠品'——可你说什么品牌会搞这种活动啊，要真有这类促销，除了买满 300 避孕套，再附赠一盒避孕套外，也根本没有其他的可能了吧？"

"哈哈哈，回到原点了。"

"……没错诶。"语气里还残留着当时的无力，"直到终于慢慢地接受了，侄女她已经经历过这件事。"

"二十岁，算是正常吧。"我反过来安慰，"你应该这样想，总比不用保护措施要好吧。"

"是啊。可我在当时，瞬间觉得自己老了哈。"

"唔。挺正常的。"

"没办法，侄女在我印象里一直就是去个医院跟上刑场一样的小孩，那眼睛看谁都跟看胡汉三似的，只有把我拽得那叫一个紧。"

"哈，失落了吧……看不出你还有那么单纯的一面。"我乐哈哈地酸他。

"和失落不一样。就是，没有那么快去接受。中间跳掉太多步骤，小丫头出个门，再进个门，就成了大人，跟变戏法一样。"同事小小地吐口气，"也难怪啊，紧接着我就感觉站在侄女身边的自己很老很老，一下子就很老很老。"

我转过头去看同事，穿着合身而爽利的西装，稳妥地烘托自己的年龄。而那些会往一侧歪斜下去的，在哭声中被缴了械，自废了原本配件的服装，确实有些异于此刻的戏剧化，如同砸碎的酒瓶和口哨，有更需要的场合和舞台，那里混合了汗水和失败的味道，有了这些失落了纽扣的衣袖便整齐了，整齐出一个年轻的"轻"字，彻底与此时的他拉开了距离。

回到家打开房门，我就确定自己不是因为一个"老啦"的感叹而差错百出，导致纰漏多得像海滩边一张筛沙的网。

老妈在房间里烫着一件我的外套。见我回了家，哼唧了一声。

目前的状况倒也简单，她跟老爸吵架，这阵就干脆住了过来，但随着逗留的时间跨越了七天，我原先所有按捺下去的不满开始顶得锅盖直跳，于是我也和她生气，继而她也开始对我生气，我转念一想这份罪也有老爸的成因，还嫌不够似的隔空对老爸也生一份气。三个人之间箭头一个指一个的，还真看不出怎样谁先能撤还。

有老妈在家至少家务不用我处理了，可相应的代价更加沉重，我将她说的每句话都判断成多余的唠叨。唠叨乘以唠叨得出了一堆更立体的唠叨，塞得我脑子里没有多余的空间，杨总被挤掉了姓，随手捡个字戴上就成了黄总。

"……你什么时候回去啊？"我没有好气地将包摔在沙发上。

"干什么，你的家我还不能待啊。"

"没！错！本来我工作就多，你一来烦得我根本集中不了精神。"我语气很坏，除了黄总，16楼和碎纸机，我还想起了这两天她洗坏我三件衣服，喜欢得不得了的连衣裙，缩水成了短褂，我要再穿上它得使出吃奶的力气，可腰线仍旧吊到胸口上，让人不由得想把脚盆顶在头上出门对邻居说思密达，另外她半夜上厕所的次数多了，抽水声让我夜夜都梦见尼加拉瓜大瀑布，夜夜都干爽不起来。

"那说明你自己集中精神的能力太差。"

"是啊，就差，怎么了，那你还来搅和我，你什么时候走啊？"之前我也跟老爸通过电话，他开口第一句"你妈真是冥顽不灵！不可理喻！"我知道老爸是实实在在地动怒了。平日里他是个寡言的生活家，世间万物的喜恶只有微笑点头和微笑不点头两种表达。唯独每逢发火，仿佛有一重隐秘的人格出现，其中累积了他不可多得的文采。他用一连串排比对我表达老妈是多么自私，偏执，成语字典化身匕首穿过话筒，在我的房间里嗖嗖作响，切碎一盆铃兰。

　　其实差不多三个月一次的概率，我都会更新一下他们之间的嘴仗记录。听他们控诉丈夫（妻子）忘了接她（他）回家，没有给她（他）电话，事后态度还特别恶劣，却明明是他（她）血口喷人，指鹿为马。我明白再模范的夫妻也需要吵架来增添一些生活乐趣，甚至心理阴暗地怀疑他们压根就是在炫耀彼此之间浓厚的关系。

　　"你赶紧把她接走吧，这算怎么一回事哦。你们折腾就算了，别来祸害我行不行啊。"我捂着听筒，"说到底，这次又是因为什么吗。她忘了洗碗啊，还是你没有收衣服？"

　　"居然跟我说要去丽江玩两个月。你说是不是匪夷所思。平时里动不动一意孤行我就忍了，这次目标干脆更宏大了，作风更大胆了。"

　　"会吗？那不挺好吗？"

　　"不，她追求的是'独钓寒江雪'哦！"

　　"诶？！"

　　"她要一个人走！一个人！我也觉得奇怪了，怎么就突然来了这一出呢，我根本猝不及防始料未及啊。吵下来，还说我不理解她，我不支持她，我给她平添障碍，这不是颠倒黑白么？！谁受得了自己老婆突然来这么一出的，换个说法不就是离家出走么，我还得支持她离家出走？"

　　"……是挺奇怪的，总不见得老妈是在丽江包了个小白脸吧。"

　　"胡说八道什么？！"老爸彻底地不愉快，他一定在那头恶狠狠瞪了我一眼，他仍旧是个"世界上最美的女明星是刘晓庆"的朴实男子，内心里还活着五四青年般的单纯和正派。

"反正你赶紧把她带回家吧！她要去丽江那去丽江啊，干吗赖到我家来？"

"她要回来自己回来，我不会接的。"老爸气呼呼地挂了电话。

"……你们是想整死我啊？！……"我对着话筒里的忙音做无用功的咆哮，整个和老爸的通话只有最后这句有些故作高调地喊出喉咙，我多半是想顺带让厨房里的老妈也听见，可她继续置若罔闻，把一盘梅干菜烤肉做得酥酥软软端到了饭桌上，让我那颗没骨气的胃首先投降。

"旅行就旅行呗，为什么要去那么久呢？"

"没什么啊，我就是想出去散散心。"

"散心……你不是已经退休了么，散的哪门子心啊。"

"退休跟散心又不冲突的咯。"

"我的意思是，一个人去丽江，而且要待两个月，是不是太夸张啦？"

"丽江很舒服啊，多待下也好的。"

"那干吗撇下老爸啊。"

"他很烦的，就爱管头管脚，更何况他也不愿意在外住那么久吧。没到一个礼拜，一定会催我回来。"

"……诶，但是……那干吗住到我这里来啊？！不是想去丽江么！"我吃完最后一块梅干菜烤肉，自认为没有了需要顾虑的陷阱，开始重新理直气壮起来。可老妈轻描淡写地说了句"不行啊？你是我女儿诶，我想来不就来了"，每次都要指出我曾在她肚子里白吃白住十个月的黑历史，从我的存在意义上获得毋庸置疑的赢面。

只不过比起耍无赖，我有自信能更胜一筹。她给我倒了牛奶我嫌太烫不喝，她觉得我今天的衬衫太单薄我恨不得脱掉里面的胸罩，她说时间还多出门不用太赶悠着点，我干脆在玄关挑战博尔特的 100 米世界纪录。老妈高叫"死小孩"的分贝越高，离我而去的可能性就会越大。

可惜我沿路被抵达的冷空气包围，等到了办公室便发现自己身上的鸡皮疙瘩已经转化成一种不祥的头晕。这让我在随后的会议上忍不住地反胃，看上司的脸好像在看一盘放馊了半年的泔水，他每张一次嘴，泔水里的白菜帮子便浮起来，等到他挥动起右手，白菜帮子沉下去，谜一般的黄色泡沫开始咕咕地喷涌出来。

我捂着嘴冲到卫生间，等干呕了半天后奄奄一息地返回，就收到因为自己的缺席，原先一项争取了多日的出国公派由他人受领的结果。这意味着至少数万的补贴没了下落，在塞纳河边跷兰花指喝咖啡的傍晚变成了在全家便利店抢盒饭，原本早就准备好要用来踩着香榭丽舍大道的短靴现在只能用来蹭踏玄关上半秃的地毯。我着实动怒，偏偏在公司还得强忍，还得笑出一条欢送的红地毯，向对方祝贺"一帆风顺哦"。

等到同事察觉我的心事重重，我已经在吧台边坐了半个多小时。

"争取下次不就行了。"他坐下后要了杯啤酒，然后拍拍我的肩。

"我就是不喜欢这种莫名的积极劲儿。你跟杀人犯也可以说'争取下次别那么冲动了'？跟抢劫犯也可以说'争取下次头套别用全黑不透光的'？不是每次都能用'下次'来鼓励的好吧？"

　　"嘀，看来气得不轻啊。"

　　"本来，原本这事我期待很久了。"

　　"会吗，很多人都嫌公派 18 个月太长诶。"

　　"我不觉得。"

　　"唔也是，毕竟你还没成家，没有这种麻烦。"同事敏锐地笑起来，"好渴，我先自己干掉这杯吧。"

　　我更手疾眼快地抢过他手里的酒一边往喉咙里倒："谁准你喝了？罚你只能含柠檬片！"

　　"买不到便宜名牌的打击对女人来说原来那么大……"

　　"才不光是为了我的 Dior！……我想要换个环境啊！"

　　"之前还说自己老了老了，现在又想一出是一出。"

　　"老了就不能换个活法吗，谁固定的呀。"我的眼皮突然跳了跳，"……你平日太少看社会新闻，不知道现在老年人冲动起来，劫个飞机啊玩个炮仗啊都不在话下。"

　　"才几杯就醉成这副德行。"同事把我手边的酒杯高高举起来，但此刻从他西装口袋里传来的手机铃音给了我可乘之机，瞅准他接电话的缝隙，我站起来去夺，乘着快意的酒劲儿，连右脚从高跟鞋里滑落出来都不足以介怀，我就快把身体里的愚蠢用呼呼哈哈的鼻息演奏出来的时候，听见同事对电话那头说："嗯，可是现在这个项目已经没有马赛参与了。对啊，你没更新？事情出了有三四个月那么久了吧。"

　　同事结束谈话后回过脸来，把先前的劝慰重新接续上，很温和地说小酌可以但真不能让我喝太多了，又提起反正开年还有新的业务拓展，何必在巴黎铁塔这一座塔上吊死。

他说一句我"嗯"一声，说一句我"嗯"一声，从唇齿开始接触到的外界空气不再如方才那般被完全麻木的舌苔混沌成无味的东西。它们从嘴开始扩散，逐步逐步恢复了原味的空气，酒吧里的，有点迷离有点蒙昧，夜色下的，有点凉薄有点萧条，一秒前我吐出的，非常迟缓，非常凄迷。

好像是看到了头顶远处含混又暧昧的光亮，我从第一层的醉意中急速地上浮，很快就要回到冰冷的空气里。那个挣脱出时可以不顾一切，掏空胸肺的喘息，越是临近终点越是累积得人全身无力。

回到家已有半个多小时，我仰倒在沙发上没有动，房间自顾自地睡，它的无知让我觉得舒服。可惜没多久，明晃晃的灯光就切换了我自造的舞台，白炽灯跳着欢愉的嗡嗡声居高临下地围观我宛如被抓包似的现场。

老妈一边抓着睡裤一边问："刚回来啊？"她睡得半醒的眼睛皱得有些夸张，以至于得抬一点下巴才能辅助扩大视野的范围："搞得那么晚，路上出什么事的话怎么办？何况明天不是还要上班吗？"

将手机在掌心里翻了一圈，又翻了一圈，不出声看着她，并没有发现潜意识中自己是在模仿缓慢酝酿一场出击的蝎子，警告被暗示在微小的动作中。

可老妈压根不知情，在卫生间里依旧埋怨，"早上叫你起来时倒要跟我生气，也不看看是你自己睡得那么晚"，接着是她按下了冲水手柄后的响动。然后她似乎发现了垃圾桶里套的塑料袋有点滑落，又传来窸窸窣窣的塑料袋声音，接着洗手时打开了水龙头的哗哗声。

我抬起双腿在地上重重地蹬了下去，也把自己从沙发生蹬站起来，开头如此孔武有力，随后的进展自然不能落后。我走到卫生间门前：

"你明天就给我走。"

"啊？"她还是在睁不开两眼的半梦半醒间。

"你明天就给我走。你明天就走。我明天早上就送你走。总之我上班前，你就得走。"我声音不低，句子和句子间虽然断得自以为清楚，可中间胡乱变换着被动和主动语态，每转折一次就越显出我的思绪混乱，只不过再混乱，中心思想我还是能明确的，"你别赖着我这里。你已经把我折腾够了，当妈的怎么了，你还没病也没瘫，你有自己的房子，你跑我这里搅和什么？半夜厕所要跑几次？吵得我根本睡不着。我睡不着你开心么？其他父母有像你这样的么？光考虑自己，不考虑别人的？你就这样坏心肠？你就这样一点自知之明也没有啊？"

没有等到早上，老妈是半夜就提起了行李，她撞上门的声响比我预计中稍微小一些，应该是满腔的愤怒却最终还是顾忌着不要叨扰四邻的礼仪，在手指末端又留下了一点力气。

我重新坐回黑暗里，已经逐步地能看清房间里的每一个角落。好像从陷阱中脱逃的动物回到自己的巢穴休养生息，它虽然仍旧心怀不安，但在熟悉的环境中，终能放松警惕。这里的盲目连同潮湿齐齐地抚慰了它，种子和水分将为它的伤口缝上瘙痒的线。它理当被这个安置自己的处所降伏，它能够安之若素继而安然无恙，恢复成往常。

　　也许十分钟，也许半小时，我知道自己已经一动不动地凝视着花样百出的黑暗很久，是因为试图站起来的瞬间，血液回流的双腿，像一道川府的名菜，在强烈的酸麻后豪迈地疼痛起来。然而我却不觉得反感，甚至是，我压根儿在贪婪地感受这些让神经复苏的体感。

　　——还有什么，其他类似的，哑然也可以，悲愤也可以，委屈也可以，多糟糕的也没有关系，只要能帮助我找回一些腐朽的知觉。

　　我找到手机，翻到联系人上马赛的电话号码。

　　仔细想想，根本不是十天前才开始的。

　　可没有那么幸运。

2

因为只有这样，
我才能遏制住喊出他名字的冲动。
我是用毒来挡。
不让心死去一些，
它简直就要原样地复活如初了。

四个月前。

　　国庆长假让我一口气瘦了四斤，但和以往不同的是，过去我多半是被七大姑八大婆们的热情关怀给坏了胃口，这次却是二老的自豪供述让我下不来台。无论老爹还是老妈，通通无视我的表态，在饭局上把辛德勒吹成了奥巴马，还比奥巴马身材更好，皮肤更白，中文更流利。即便在家时我泼过他们多少冷水，一再强调没有正式开始恋爱，还没有还没有，可架不住二老眼中熊熊燃烧的火光，那炽热的激情，疯狂的投入，过去我只在喜欢把人凑到一起创作"18禁"小说的同人女那里见过。可就是这二老，差不多就在饭局上完成了一整本关于我和辛德勒的同人小说了（撰文：我妈。插图：我爸），总之如何如何有缘，如何如何相配，插图上的银杏叶铺满了我和辛德勒散步的小道，落在我们的肩膀上。

　　"什么时候能带来让我们看一看啊？"亲戚们转来好奇的目光。

　　"最近又出差去了，他工作很忙的，一年里搞不好半年都不在国内。

满世界要飞。"老妈笑得发自内心，"原先我还担心呢，结果倒负负得正，本来如曦也是个工作狂，这样他还更能理解，两个人之间共同语言反而多。"

我心想别人还没质疑你就先解释，抢白得不嫌心虚么。

"你算一桩心事解决了。"

"是呀，我以前就一直对她说，家里什么都挺好的，就你这一个问题。要是解决了，那我真什么心事也没了。"

"难怪哦，看你最近气色也好了，活动都不来参加了啊。"和老妈曾经结成过"秧歌队 TWINS""健美操 BY2"组合的大舅妈有些不满。

"没啊，后天的演出我就会去的呀。"

"能上电视的么，你肯定不会漏掉啊。"

"上电视？什么节目？要演出？"我好不容易从一个没有辛德勒的话题中得到口救命般的氧气，逮着老妈殷勤地追问，像操作一把抗战电影里的独轮鸡公车，心惊胆战地滚着轮子走，就怕它忽然一歪，又往旁边倾覆出我的下一本同人小说来。

"是这样，我们的表演获了奖，后天晚上要去电视台录制节目，你要不要来看？我已经拉了你老爸了，你也来看一看吧？"她以纯粹的喜悦和期待对我说，这在外人看不出，可我自己晓得当中的难得，没了以往总忘不了捎带着埋汰我两句的意图了，我简直能看见老妈把"埋汰语录"给利利索索烧干净的样子。五六年下来，用"厚度"已不足够，得是"高度"快赶上人膝盖的黑历史，烧得好像迎接红军就要来了，好日子即将开始了一样热烈。

对比去年的国庆节，我回家和二老一起过。当然饭桌再度从结婚这个话题开始，人工冷却了面前的诸多热菜热饭，那盘糖醋鲫鱼都快结冰了。当时我几乎不作怀疑，我要和二老永远对着干下去了吧，想也心酸，无论在其他地方把自己积累成一个怎样出色的女儿，却永远不能抵消这一点在他们胸口仿佛扎在死穴里的一根刺。

那天半夜我为了寻找资料在书房里翻箱倒柜，有个贴着"将来用"的纸盒引起我的注意。我搬来凳子将它从书柜上层搬下来。打开扫了一眼，觉得一头雾水，多是一些亲子杂志和早教刊物。剩下的剪报也多半属于这一题材。大大小小的豆腐块剪着"宝宝学前智力培训"的文章。

我用手指摩挲一遍"将来用"这三个字，很明显是母亲的笔迹，却又比平日里写得更加工整。

"你们这么想抱孙子，怎么不去做人贩子算了，将来我就和你们在公安局110的网页上的照片合影好了。"好像是有的，在之前的争执最后，我被不耐烦刺激到极限的心，开始允许自己口不择言起来。

"是啊，指望你，我还不如干脆去领养算了。我去给人家做保姆算了。"老妈在脸色铁青方面从来没有落后于我。

只不过我从来都是随便说说，但原来老妈一直在认真地准备着，期待着，持续地期待着一个不知道什么时候会实现的结果。她退休后常在小区里目睹其他带着孩子的奶奶外婆，内心里充满各种知识分子的高傲，"诶这样对孩子不好的呀""助长他的坏习惯呀""报那么多学前班没有用的呀""都不行的不行的呀"。她简直忧国又忧民，却终究和那些有志难伸的悲剧人物一样，徒有满肚子理论，始终无法运用到实际。

"去啊我肯定去看，怎么敢缺席。"想到那个纸盒，我对老妈这份久违的快乐给了足够的捧场，甚至也说戏话一般吹捧她"红了以后可还要认我这个女儿啊"。

"认的，认的，我女儿还要给我抱孙子呢，我怎么能不认。"她一口气夹了四只大虾在我的碗碟里。可她却比这几只糖醋的大虾笑得还要甜蜜。

辛德勒在这个国庆假期的最初几天还给我发过几条短信，随着他之后进入没有信号的偏远地区，取而代之的是节日里最热络的各类广告，要卖给我地铁口的精装小户型或者被海关没收的进口车。毕竟假日里大家都忙着把自己从原先繁冗的社会关系中松绑，慢慢地我连手机关了两天也不觉得有任何问题。

回父母家躺到第三天的傍晚，我正坐在客厅里看一出熙熙攘攘的电视剧，房里的电话响了起来，老爸接的，"喂？"哦？""对"地发了几个音节后把听筒递给了我，我还在奇怪，毕竟很少人会把电话打到这里，等下属的印度人一着急便原形毕露的印式英语响起，我花了半天才听明白他的老婆难产，他需要立刻回国。我安慰半天，让他注意安全，及早出发，给了他一个礼拜的假期，顺便把他目前正在负责的工作也揽了下来，结束通话，我觉得胸前的红领巾更鲜艳了。

赶去公司和印度下属交接完工作，离开时已经入夜，长假第四天的办公楼，零星几层还是亮着白色的灯。我坐着电梯在抵达地下车库前，先在一楼停了停，保洁员提着一个大塑料桶和两块抹布走了进来，正要关门，有人的脚步凑成一副赶电梯的节奏。

"不是上去，是往下哦。"在他踏入的瞬间，我对来人提醒道。

"啊？"对方的声音一缩，也许最初有过片刻"也行，那就这样吧"

的无谓，但他的目光在我脸上扫了一秒后，就匆匆地退了出去。

我的食指在关门键上按成一个磁吸般的牢固状态，那触感随后一直跟着我到上了车，好像五感里侧重向了某一方，剩下的视觉听觉就会变得稀薄些，让马赛最后被电梯门裁剩的样子得以充分地淡化，连同他的神情中的欲言又止，欲言又止中的不说不快，不说不快中的如鲠在喉。

我的心情毫无疑问瞬间坏了个透顶。

一旦算出离最后一次面对面的私会已经过去了两个月有余，两个月的时间足够把热的放冷，冷的放成坏的。不需要星座运程来每周揭疮疤，我也知道什么是"本周感情运好比'断线的风筝'""本周感情'无疾而终'""本周感情是'一个人的幸福'"。仿佛每个礼拜都得听质量检验局来宣判一次停业整顿，充满着"往死里整"的狠毒。

而方才的那扇电梯门关得如此快，快得他只是一个由情绪所构成的图案，我看不见他的头发，脸，看不见他的衣服和鞋子，只看得见他的闪烁和哑然。以至于我只能从记忆中搜索属于马赛的大致面貌。但我要选择哪一帧里的他呢。他刚刚以新人之姿出现在公司的会议室里，头发让背景漂出异样的浅色，还是他忽略了我不断的联系，使我情绪失控追问时流露的无措？又或者，他看似输了，被我的言行和举止、被当时宾馆中的气氛所逼迫，放弃了原先就不那么坚定的意志，把我圈进他的两手？可事实上，他最后却用胜者的姿态，他承担不了我过高的希望，他说喜欢也仅仅是喜欢，可他连对喜欢的理解都和我保持着彻底的大相径庭。

"见鬼，见鬼。"我在驾驶盘上愤恨地弹着莫扎特的名曲《心沸腾着怒火》，很快在下一个红灯口，我便发现自己把手机忘在了办公室，不得不打个掉头折返回去。

但说也奇怪，那时便仿佛临头浇下了水，身体起初莫名的燥热一瞬安静了下来。

等到重新把车停好，进了电梯，关了门，走出电梯，迈入一片漆黑的办公室，我在屋子正中站了几秒，慢慢地，才审视出了藏在沿途的平静中，难耐的不平静。

我压根无法美化自己这段返程中的渴望啊，即便事实摆在眼前告诉我什么也不会发生。但我仍旧偷偷地，暗暗地，无能为力地还期待着在返回后可以发生些什么吧。

我拍拍脸朝尽头的会议室走，都市里辉煌的灯火就在窗外一意孤行地挣扎。最近公司斜对角上的路口，一座新型的综合娱乐城正在建造，白天路过时总能看到被刷成口号状的广告，许诺着要成为所有人幸福的向往。尽管每次我都满怀不屑，根据一直以来的经验，除非它的娱乐项目是免费送人金条，或者钻戒，或者两万股原始股票，不然还是早点打消了要做万人迷的念头才好。说白了，幸福也是个被彻底滥用的词，甚至连幸福本身也不能控制自己在下一秒就变质。

会议室中央的水晶灯打开后照得四壁一派辉煌，连原先窗外丰富的夜景也衬得模糊了下去。手机果然在桌子一角躺着，取回之前，我顺手捡起几张吹落在地上的 A4 纸，检查了一遍没什么用，揉成团正打算去丢。

我坚信自己并不是磨蹭什么，可巧合还是极奢侈地发生了——头顶的水晶灯"啪"的一声熄了下去，没等我判断这只是单纯的跳闸，在水晶灯灯座附近的吊顶，从角落冒出了可疑的光亮。尚且微小，但却十足危险的光亮。

等我茫然地迈了几步换个角度，看清那是一簇在跳电后冒出的火花。无风的黑暗中烧成笔直的一株，渐渐地把四周都熏烤成自己的辖内。

我彻底地乱了方寸，这条正准备大展拳脚的火舌战胜了我所有的智商，让我脚步往左挪几步想要找水，又很快自我否定电火似乎不该用水，往右挪几步想去致电物业，却又担心等物业赶来解决会不会已经太晚，我就这样不自觉地转出几个圈，一个人把手足无措体现到极致。以至于不知是什么原因，总之他的出现再不可能比此刻更像"救星"一点了，马赛站在不远处，开了临近入口的灯，扬点声音问我："怎么了吗？"

我后来也没有问怎么恰好那时他就在场了，我对这个恰好有着不愿去考察的爱惜。就让它成为冥冥之中的一个组成吧，不管是怎样的原因，上帝像削着一圈很长很长的苹果皮而迟迟没有让它发生断裂，它原来也愿意为我留下这点温柔的动作——请不要断。

而回顾当下，那个突然发生的事故所带来的恐慌，暂时远远压过了对儿女情长部分的比重。

我的声音不自觉变着形："……不能开灯吧！得先断电！"

"诶？怎么了？"

"烧起来了，里面的灯，大概是跳闸，吊顶烧起来了！……怎么办？怎么办？"

"里面？"马赛跟着我走进现场，火势幸亏还未蔓延，但被熏黑的墙体仍旧在扩大着面积，"……啊真的。"

"怎么办？"我的担忧已经由最初的没头没脑而踏到了地面，"打119吗？还是找物业？不能用水泼吧？！"

"你这里应该也有灭火器吧——"

"有吗？有的吗？应该吧……但在哪里？"

马赛转身朝外走，我下意识地跟着他，旋即才明白自己得守在原地观察局势。好在很快地他便提着一个灭火器走了进来。

会议室里没有光线，"提"和"灭火器"都不过是我在他动作的色块间猜测出来的。接着他一下子踏上桌台，然后顺手拔了什么，再举起，他动着的时候，身周被搅开的光影就在一个非常微小的坡度间顺势软软流动。

"你会用——"我还没来得及完全开口，马赛打开了灭火器。

一团在幽暗中染上光的白雾，忽然地就从屋顶炸落了下来。它膨胀得很快，没有人来得及躲，火苗乖乖熄下去的同时，那朵白色的烟也越扬越大，有了开花似的姿态。无声无息地袭击了我和马赛。

屋子里转眼就是一股化学味道。这味道下一秒就凝固成颗粒，干粉灭火器在会议室里傲慢地铺了一层白灰。

我眨一眨眼睛，鼻息还是憋着的。感官在奇怪地错着位。我看着白色的气息，触摸着呛人的颗粒，嗅着还在飘扬的微光。

"要开窗啊。"马赛对我说了四个字，他已经跳下桌子，把一侧的两扇玻璃窗摇了起来，总在高层捕猎的风发现了失防的缺口，湍急地灌溉进来，屋子里的味道一下淡去了不少。我还愣愣地站在原地，伸手摸到附近的桌角，桌角上的纸，笔，什么都带着糙糙的沙粒一般。

"……"

"怎么了？"

"唔？"

"还得再去物业找人来看看线路才行，是怎么会烧起来的呢。你有物业电话么？"

"……等我找找。"

"好的。"他见我没有动，"嗯？"

似乎有个声音提醒我，只要动一动，就会在这层落了满地的白灰上留下败退的脚步，一个一个记录我逃亡的方向。所以，在最初几秒，我的思路碎在很缥缈的过往，我记起有两个月，我们之间没有任何联系。一度我认为之前那段仓促不堪的情缘早就宣告了完结，字幕也上了，灯光也亮了，扫地老太太也出现了。可不料我的伪装已经贪婪至此——我一定会是商家们最为厌烦的客人，拿着早已超出保质期的发票，索赔一幕不在受理范围内的夜晚。

原来我从来也没有毁灭过想见一见他的念头。

等到物业上门把电线维修完毕，会议室内的灾害后果在重燃的灯光下直接地弹出一张让我颇为无言的牌。

"这得擦一阵吧？"我倒了一盆水，绞了两块抹布，也扔给马赛一块。

"好脏的。"

"是啊。"

"我以前从不知道原来灭火器是这样的。"

"学校没教吗？"

"什么啊。我念书那会儿和你才不一样，你这种受'素质教育'长大的，比我们那时只是考试，自习，考试，自习的可幸福得多了。"

"哪至于啊。太夸张了，愣说成是两代人。"他站到高处去擦一边的书架顶。或许觉得爬上爬下有点麻烦，转过脸来问我："帮我个忙？"

我将自己手里刚绞干的抹布替换上去："怎么今天会来公司呢？"

"只可能是加班诶。"

"唔。"

"你呢？"

"你不也说了么，只可能是加班。"

"呵，还是那么忙啊。"

"……"我对这句话里的时态顿了顿，吸了一口气后，"是啊。"

"注意身体。"他把同一块隔板反复地擦了又擦，手臂绕成一个定势的机械的圆。

"都是屁话。"

"真理大都是屁话。"好像那面夹层真有那么脏。

等到盆里盛的水越来越浑浊，赶在我端起它之前，马赛先一步搭住盆沿："女用卫生间在走廊尽头吧，所以还是给我好了，男用的近，就在隔壁。不是么。"

"嗯……也好。"

我站在桌边，用食指去刮它灰色的表面，至少大部分痕迹已经消失，等到过几天开工，其他同事一定很难察觉出什么异常，也许没有人会知道曾经在这里可谓异样的几秒内，那是有声音的几秒，介于"嘭嘭"和"沙"之间，砰然地腾起一团足够戏剧化的白烟。吸了对健康无益的白烟，可我记得，自己在那个瞬间，猛地吞进了很大的两口。

因为只有这样，我才能遏制住喊出他名字的冲动。我是用毒来挡。不让心死去一些，它简直就要原样地复活如初了。

但是它——"扑通""扑通""扑通""扑通"，宛如是一副嘲笑我的姿态，扼杀三分，就十倍地重生回来。

"我想说，那种感觉就好比，'自己什么也不是''呸''真的什么也不是''一文不值的那种''平时跩得二五八万的，以为谁都不在眼里'……到最后，什么尊严、自信、骄傲、扬扬得意的猖狂通通像扔进沸水里的冰块，连一点声响也没有，就无影无踪了，比魔术还可怕。你就觉得自己什么也不行，做什么也没有用，过去花费了那么久的精力造出的躯壳，瞬间就粉碎了。你当然也知道这样是最蠢、最傻、最贱、最下作，可没有用啊，知道又怎样，就像对吸毒中的人劝慰'别吸啦，毒品有害健康'一样，他都一把鼻涕一把眼泪，拿起剪刀狠狠地往自己身上扎了，你觉得他会在这个时候瞬间正常了，然后相信你说的话？"

"行了，吸毒都出来了，越说越邪门。"我抽出插在杯底的调酒棒，"太夸张啦，不就是谈个恋爱么。怎么一副随时要签'病危通知书'的架势。"

"你不信吧，你觉得这种都是傻娘儿们才会干的事，但你不会失控，你最理智了。"

"……应该吧。"我抿了一口威士忌，"被恋爱搞得'什么也不是'，这可不是我想要的。"

好友回过脸来，用她被酒精催发的红晕冲我笑："死鸭子嘴硬啊。"

差不多直到手边的酒瓶完全见底，她斜倒在沙发上唱起小调，表明进入了彻底醉倒的状态，我尚且能稳住脚步将杯盏收进厨房。

那一天，从水龙头流出的冷水，在我的手指上率先开始了讨论。

"'什么都不是。'"

"'一文不值的那种。'"

"'粉碎了。'"

"'没有解决的办法。'"

——其实，听起来似乎也很不错的样子啊。

"再换两次水大概就差不多了吧。"马赛四下看一圈。

"大概吧。"我摆弄着自己的期期艾艾，"……你等下还去加班么。"

"不行了，得回家洗洗。一头一身的灰。"

"是啊。对呢。"

"你也就回去？"

"嗯。"

"是哦。"

"对……"像用勺子轮番挖一块蛋糕，可谁也不愿意将最后剩下的那份端走算是完结，都努力地再留下一点，再留下一点。

"有电话诶。"马赛对我抬起根手指，顺着看去，手机正在振动着打转。我抽了一张湿纸巾过去正打算把屏幕擦干净，那个蒙了灰的名字突然让我停了下来。

"不接吗？"

"什么？"我从手机屏幕上将眼睛移向马赛。

"……不接？"

是啊，已经连续响了半分钟有余，让"章聿"这两个字染上了读音外的声响。我咬住一半嘴唇："喂。"

仔细算来，可能连一个月也未满，但当时我们闹得太难看，那次吵架足够让偶遇的路人们回味良久，于是特地绕路过来献上两枝仙人掌做怀念也未可知。不过我毕竟从此就没有和章聿继续任何联络，我们陷入僵持的冷战，彼此都没有让步的意图。我坚持一旦服软便代表自己的道德底线受到了冲击，而她，她也许早就被自己引上身的火烧出一副发光的骨头。

发光的骨头，吗——所以我还是不忍的吧。那么多年，我终究渐渐明白了，和章聿的关系，我们的友谊，很多时候我无非在几近卑鄙地利用着她。我无非利用她去挑战那些自己恐惧的难题，她仿佛被我当成问路的石子，投出跌跌撞撞的一路。我每每观察她在爱情中间或痛苦或甜蜜，就以此为戒愈加守卫自己。

"喂？"话筒那端传来了陌生的嗓音。

"……你是？"我不由得重新在屏幕上确认，但那确实是"章聿"的名字。

"请问你是章聿小姐的朋友么？"

"对……没错。"仿佛预感到什么，我将自己移步向角落。

"章聿小姐的手机似乎忘在我丈夫这里了。"

"……"当然是再没有第二种可能，不可能是一个平淡的温和的发展导致出这样一句话。我绝没有那么自欺欺人的想法，虽然内心还是保留徒劳的挣扎："你是？"

"不好意思，因为我看了一下章聿小姐的短信记录。感觉你和她应该是挺熟悉的，所以才找到你，盛小姐是吧？我可以跟你碰个面么？"

"……但我跟你并不认识。"尽管我从来都期待着章聿会把"爱情"实践出怎样的路，她这颗石头究竟最后会找到怎样一片我闻所未闻的光景。但我其实没有料想到，她会走得那么远，会把自己孤注一掷般投向漆黑的海洋。

"'自己什么也不是''呸''真的什么也不是'——可我真觉得这样挺棒的，我觉得犯贱起来，有种特别过瘾的病态的快乐。"

"够啦，女疯子，少给我洗脑。"我从厨房转出半个身，甩了一手凉水在章聿脸上。

3

这个吃碗白粥也要在里面挤半盒芥末的丫头，
本能地秉着如果伤害可以更多，
那绝不能让它有所保留，
一如爱可以更多的时候，
任何伦理道德应当全部抛在脑后。

章聿每次和我说她对小狄的一见钟情，都能说出个不一样的版本来。

　　最初是她拖着一个伙伴等到晚自习间隙，跑到学校电梯前开唬人的玩笑，门一打开，对着轿厢里唯一的小狄做摇头状："怎么搞的，又满员啊，我们等下一趟吧。"

　　"而他瞬间就笑了。随后说，'你们一共三个人啊，挤一挤还是挤得下的吧'。我当时就想，哎呀这个男生怎么那么坏！害得我和我朋友离开的时候头也不敢回！"

　　"你那叫自作孽好吗！"

　　等到下一个版本出现，是小狄被分配来负责章聿这班的值日监督，"我嫌拖地麻烦，骗他说我是学钢琴的，手指很重要，得保护才行"，小狄听完后一如既往地笑笑，"他把我的手抓过去翻开来看了看，太突然了我吓得来不及反应"，好在小狄最后点点头"原来没撒谎啊"。

　　"你的手很漂亮是没错，但高中时的兴趣不是投铅球么？"我把吃完鸡翅后的五指吮得震天响。

　　但章聿的过往不会因听众的恶俗表现而褪色分毫，它们早就累积了数年，有了时间的最得力协助，淬炼出炫目的美丽和相匹配的坚硬，既然上面依然凝结了她青春中最宝贵的部分，最纯挚的部分。随后她说到下一个版本，那是冬天里，她和几个女生同赶一场文艺演出，结束后哆哆嗦嗦地赶紧往身上披羽绒服，而章聿身体被羽绒服的直板造型绊住了，想低头想弓腰都不顺利。拉链上的拉头在视野盲点里半天也对不上，那时是小狄在她面前蹲了下来，应该是什么都没说，什么都没说更符合这个忽然空空落落人声俱寂的后台。他蹲在章聿面前，一个"提起"的动作后，就把章聿锁在厚厚的羽绒服里，领子直接围成一小圈城墙，让她在自己突然厚重不堪的呼吸里仓促应付。

　　差不多到这时，该成定局的已成了定局，往后一切只可能起到推波助澜的作用，她开始不停地回放男生的一切动作，遥远望见的，近处揪心的，还有他蹲下来，把她衬成一个值得怜惜的玩具一般，他的眼睛压根没用来和她对视，笑的是手里的拉头和拉片，但章聿仍然觉得自己是被他囫囵地看了个透，心有几层都根本藏不起来。

　　"我一直觉得没有什么比爱情更高了。它是像咒语一样的，不，咒语听起来不够伟大——我的意思是，有时候我会觉得，好像宇宙都是爱情被创造出来时留下的边角料。宇宙也不过是附属品而已。嗯，差不多就是这样。"

　　"太玄乎了，不懂。"

　　"呵。所以难怪有人说，一谈恋爱，全宇宙都可以用来陪葬。"

　　"请不要打搅到我们这些无辜的市井小民好吗？"

　　"嘿嘿。"

我等候在餐厅沿街的卡座上，天气异常灿烂，路边有条在晒太阳的小比熊犬。没一会儿我的手机响了起来，一个陌生的号码在等待我的接通："喂？……"

　　"哦……盛小姐，我看到你了。"

　　"你到了？……"我循着扭转起脖子，马路对面，有个人同样将手机放在耳边。

　　"嗯。"随后她挂断了电话，朝我走来。

　　"……你好。"

　　"你好。这次麻烦你了。"

　　"没有……"

　　"我姓胡。"

　　"胡……小姐？"我在称谓中突然犯难。

　　而她似乎给予了默认："这个，就由你还给她吧。"她从挎包里掏出章聿的手机，不知是有意无意，过程里带动了屏幕一侧的按钮，手机桌面上章聿的大头照就冲我亮了起来。是她之前在圣诞节那天在广场上拍的纪念照。很长的卷发，黑色的围巾和米色的大衣。笑得非常非常美丽。

　　我立刻被浑身的不适激起了一丝俨然是怒火的体感，从血管末梢开始颤抖起来的尴尬让我肯定了这绝不是一次明智的会面。我默不作声地将"赃物"收到手里："行。还有什么事吗？"

　　"你不用警惕什么，我也没打算找你吵架或干吗，真的。"

　　"……其实以我的立场，我是不能说什么的。不管怎样……她还是我的朋友……"

　　"盛小姐你结婚了么？"她突然问我。

"还没有。"

"是么。"她目光里用了一点力气似的稍稍凝住我，我看出她的失落，"我原本以为你或许也是已婚，所以更能明白一些——你不要误解，我没有其他的意思。"

"嗯……"

"我知道我先生原先有过一段，怎么说，'轰轰烈烈'吧，他有过这样一段。我和他的认识也丝毫不浪漫，我们是经人介绍才认识的。结婚到现在，基本就是柴米油盐的日子。垃圾谁去倒，洗澡后谁没有收拾。没什么味道，的确是没有味道。所以你那位朋友，我没有她那么……"她的眉毛些微地攒到一起，"狂热。我没有办法。但我想说的是……我想说……"

"你说。"我抚着手里一杯先前倒上的白水，两腿绞到一起才能维持住身体的纹丝不动。

"她真的不要以为自己的行为就是美好的，浪漫的，生动的，而我所过的日子就是庸俗的，糟糕的。她从来没有比我了不起到哪儿去。请她首先在这点上，别太高看自己。"

章聿对小狄的感情一烧就烧了将近十四年，也许世界上真的会有永动机的存在。大一那年她跑去小狄的学校里试图告白，在图书馆里迎头撞见小狄的女友半躺在他怀中，章聿没有立刻两眼泪涌甩手而去，她捧了本书坐在两人不远处。

"我当时想好了，只要他女友一离开，我就上前去告白。"

"……壮士，受我一拜啊壮士。"

"被拒绝也无所谓，但我无论如何要说。只是当着他女友的面多少有些不妥罢了。"

"你人生中还有'不妥'二字啊？"我严重受了惊。

可她在那本巨大的画册后坐了五分钟，二十分钟，五十分钟，最后女生眼前的桌面上积了一大摊的水渍。她悲壮地擤了一个超分贝的鼻涕声，却也没能干扰不远处情侣之间的甜蜜。章聿就这样鼻涕一把眼泪一把地回来了，吃了我带去的两盒红烧带鱼才算治好。

"盛小姐，我女儿刚刚两岁，我和我丈夫结婚已经四年，上个月就是我们的纪念日。"她的声音非同寻常地平静，像已经在冰水中淬炼成形的灰色的剑，"我只是想和章聿小姐熟悉的人有所沟通。毕竟，现在就打电话给她的父母，也不是很好。"

听见"父母"两字，让我顿时投降了："行，行。你有什么，先跟我说。"

想想我几个月前还在饭桌上与老妈一起观摩正房和小三在电视上厮打，真心期盼被正房抓在手里的那簇亚麻色毛发并非道具而是取自活体，我们一边贡献着三俗的收视率，一边就这个经久不衰的话题展开探讨。

"就那么抵挡不住诱惑吗。明知道对方有家室，还要往上凑的人，我真是不懂她们到底图什么。"我表露着自己充满韭菜口味的道德观，"这种事情，明明就像偷盗高压线一样，'一碰即死''不死法办'嘛。"

我确实不懂，要放在感情这座祭坛上的祭品如果有那么多，对于吝啬而追求投资回报比的我来说，那实在是一份不能投入的事业。

但章聿果然是那个和我最大相径庭的人选吧，她天生如同被根植在基因中一般，就像野兽对于鲜血的渴求，布置在四下的危险反而挑起它更强的欲望。她只要放任出自己"以爱情至上"的标准，便能完全释放掉一切束缚，到后来明知对方此刻一定是在庆祝着结婚纪念日，但她几乎在享受这份奇特的折磨，依然不依不饶地纠缠着打了十几通电话。

　　以真实事件为噱头的电视节目，却仍旧是请来群众演员进行表演吧，饰演正房的那位没准开机前还在和小三讨论同某个品牌的折扣活动在何时召开，但一旦入戏，她就要在眼角挤出愤怒的眼泪，一边在主持人假模假样的阻拦下咒骂对方"狐狸精"和"不要脸"。而小三的扮演者同样有着不能输阵的演员气骨，烈士就义般铿锵地念着"但是我爱他，我做不到放弃"。

　　当时在我听来，这绝对是值得从鼻孔里喷出一根黄豆芽的蹩脚台词，但事实上，我小看了编剧们的水准吧，它依然是每个有着类似情况的人，永远不会放手的救命法宝。

　　"但是我爱你，我做不到放弃。"章聿按着手机，拼组出的每一个字，都像电影中那个扮演黑天鹅的舞者，要从皮肤里长出黑青色的纹路。

　　正赶上换季的日子，还没有开始把酷暑咄咄逼人地展现之前，空气用和煦的温度填进一个女孩握着冰饮的指缝，填进路边一条宠物狗的项圈，它在地上打个滚儿，让画面似乎又更温暖了一点。

　　因此我完全有理由把自己如同脱壳的金蝉一样，趁着空气流过的机会，灵魂从身体溜出，端详一下面前咖啡上的奶泡是否绵密，再望向一旁商场贴出的巨型促销海报，上帝保佑千万不要让我上周才刚刚割肉出手的皮鞋已经打成了对折。或者再远一点，好像飘来了烘焙店的香味，过去我总嫌它过度的甜腻仅仅是脂肪（又名肥肉，又名膘）的代名词而已，可此刻，我却是有些贪婪地在吸收它释放的诱惑。

如果这样就可以让我完全忽视自己正面临的境地，营造一副我无非是和对面这个女人刚刚经历一番血拼，此刻两人正在路边歇脚，我们聊的是某部电影，某位刚刚路过的小帅哥，某个最近正在成为微博热门语的大八卦。

无可否认的是，八卦这玩意，确实和淘宝上的"实物图片"一样，远在屏幕那端时，它们是"韩版""潮款""气质""蕾丝""一步裙"，可一旦穿到自己身上，就是"一周没洗"的"厨房抹布"，P.s."附有葱丝"。

"但你也清楚吧，这些话，你对我说也没有用，真的没什么用。我不是当事人，我能起到怎样的作用吗？章聿和我说到底也只是'朋友'而已，我没有权利去命令朋友能做什么，不能做什么。"是啊，"朋友"这个词在平日里常常显得法力无边，翅膀能够遮住整个月亮，可一到关键时刻，却总是会有仿佛被打回原形的弱小模样，三两下跳上一块石头"铃铃"地叫两声。

"我知道的……"对面姓胡的女士，我注意到她手指上还包围着一圈银色的婚戒，"我也不妨向你坦白，其实我很无助，不知道有什么实际的方法——甚至是，哪怕给我一次时间倒流的机会，我都不知道，要去哪一天，去做什么，才能阻止这件事情发生。除非是回到结婚的时候，阻止我自己。"

我瞬间语塞，倘若在事前我还在内心存有一丝幻想，希望这次杀上门来的正房可以堂堂正正地在马路上冲我叫骂，用她的失态为我尴尬的立场补充一些分数，但现在她既不哭，也不闹，她干脆要把底牌都亮给我看，"我也没有办法""如果这门婚姻真的不行了，我一点办法也没有的"。

"……只是我的话，章聿也未必听得进去……"

"说实话，讲到现在，我知道不可能完全指望盛小姐你。你也是被牵扯进来的，很无辜。不过也正是因为这事和你没有直接关系，我有些话才可以跟你说。"她终于在脸色上收拾起一副悲壮——说悲壮也未必恰当，如果一切都已经水到渠成，气愤过了，悲伤过了，苦楚过了，像下过雨后迎来第一场降温的寒流，她终究要变得冷漠起来，狠毒起来，要用力地冻结一颗原本要坠落的露珠，在它凝固的体内布下絮状的裂痕。

在章聿艰苦卓绝的八年暗恋后终于获得胜利时，她曾经拉着我神秘兮兮地去一家位于某层商铺四楼的小店。而我老远便看见门前仿人皮飞舞，一只黑紫色的老虎像受过核辐射，顶着与身体极不协调的脑袋瞪着我。

"刺青？"我一把抓住章聿的手腕。

"对。"

"……你真要自残，把水烧开了以后脸往里按就行啊。"

"谁自残了。我想好了，我要把小狄的名字刺在手臂上。"

我感到熟悉的头晕："小狄到底哪里得罪你了，要你用出这种连世仇都享受不到的待遇去对待。汉字那点美到你这里就全被糟蹋光了……"

"胡说什么嘛，当然是英文名啦。我已经设计好图案了。看。"她掏出一张圆珠笔的图案，里面像印度人的蛇瓮一样盘满了弯弯扭扭的曲线。

"这是，梵文？我怎么不知道小狄是印度人呀？"

"不跟你说了，你不明白。"章聿一噘嘴。

好在我看出她也决心未定，一双眼睛在踏进店面后被害怕扇动得四下飞舞。毕竟章聿虽然时常流露出镇静剂又失效了的精神属性，可依然有一身怕疼的普通人之躯。她最近一次哭得梨花带雨，不是因为遭遇路边的流浪猫或看了一部爱情片："我不小心把指甲剪得太靠里了。"

"你不怕疼？会很疼很疼啊！"

"我知道会很疼。"她牙齿里挤出几个字，额头上的汗反射一点屋子的灯光。余音我是听出来的，很疼，所以很值得。如果不疼，反而和她的情感无法产生平衡，那些毫无难处的方式，换个手机挂件，改个电脑屏保，之类在章聿看来等同于零。

"你当真？这种东西不想清楚可不行，将来万一你准备除掉，苦头比现在吃得还要多。"于是我抓紧最后的机会动摇她。

"将来万一要除掉？我一点也没有这个打算啊。"

"你现在这么说罢了。你不想倘若将来你和他分手……"

"我真是一点也没有考虑这一点。"她不由分说地打断我，脸上那股武断却坚贞的神色又层层地叠加上来，"跟你说，昨晚我和小狄接吻了。"

"……是吗？"我踊跃地跳上她扔下的八卦性鱼钩，扯着章聿躲到走廊上，"跟我说说！跟我说说！怎么个情况？"

对章聿来说那必然是刻骨铭心的。真正的刻骨铭心，要从她胸口剜掉几层肉。而她一定是反复着这个动作，把自己几乎刨成一根摇摇欲坠的濒临折断的柱子。她像被喜悦的涂鸦所完全覆盖了，于是用到嘴上的词语需要眯着眼睛在这根柱子上仔细地寻找。但我还能听明白个大概，那是和所有情人之间所发生的一样，互相攻击和占有的接吻。她体会到了陌生而灼热的失败。

"所以，我就想，还有什么能做的。恨不得真的把他刻进身体里去那样的。"章聿的两颊还没有褪尽绯红。

"你个下流坯。干脆去吞一颗写着小狄名字的金块算了。虽然会有点七窍流血的副作用不过别太担心。"我继续打击，但语气温良许多，"知道么，我对你这个人啊，好像只能是羡慕，一点想要效仿的忌妒也没有。"

章聿刺青的计划最后因为我们俩当时都没带够费用而被迫搁浅。可我知道章聿总还有别的方式，让她一如既往，掏心掏肺地奉献。

她从高中起就用着和小狄有关的密码，哪怕日后与小狄分手了，也根本改不过来。于是她每登录一次网络上的论坛，输入一次银行卡的密码，都是再一次对小狄的回忆。当它们逐渐变得钝口，失去了戳伤的能量后成了融通而温和的东西。她与这千千万万休战的伤口一块儿回归了短暂的沉寂。只是连我也没有预料，原来这里根本不是想象中那么单纯的湖口与森林，这里的安逸和轻快无非一次旷日持久的等待，很快它开始摇动地表，终于酝酿出久违的爆发。

"就如同我前面对你说的，事到如今，我最不能接受的是你朋友一副以爱神自居的模样，并因此来藐视我的平凡生活。"她仿佛是在嘴角边冷笑着。

而我完全能够想象出她口中那个"傲慢"的章聿来，只不过，那是一直被我所喜爱的，我称之为"神经病""该吃药了""镇静剂忘带了没""当年动物园是怎么让你逃出来的"——我用各种玩笑话，却丝毫不会折损我对她的倾心。

"她也不是……"

"她是的。"

"……随你想吧。"

"你觉得，她会不付出任何代价吗。我并不是说，我要怎么怎么，打她一顿，或者再平常一点，去她单位闹之类。我连她现在在哪里工作，有没有工作都没兴趣去打听。我只是很单纯地问，你觉得她这样，真会很顺利地，一点代价也没有吗？"

我在路边扬手招了一辆出租车，但没开出几分钟就保持一动不动的姿势，高架像一副功能紊乱的肠道，怎样也不能把我们这些它体内的食物向前推进，消化掉半米一米。只是当我回过神来，身下的坐垫椅套早在不知不觉中被我撕出一条糟糕的毛边，与此同时，我的右腿也持续着一个会遭到父母冷眼的节奏的抖动，无法叫停，干脆有愈演愈烈的迹象，甚至在这个静止不动的车厢里，默默地传递给了前排的驾驶员，让他在后视镜里不断递来同样烦躁的目光。

但又怎样呢，我没法用语言表达，也不清楚可以对谁表达，于是唯有这样粗暴地寻找一些无谓的出口吧。事情很多，问题很严重，而我一点解决的能力也没有，我什么也不会，我连自己都不知该如何是好，又从何而来多余的能力去帮助别人呢，见过英语测验 23 分的人要去辅导别人六级冲刺的么，那不叫帮助那叫欺诈吧，又或者一个溺水的人还尝试搭救另一个溺水的人，我几乎已经能够想象在池面上归于平静的终结性的旋涡，把我们的人生定点成两个浑浊的气泡。

　　在我一边犹如喝了后劲极强的烈酒，一边胡乱地从挎包里翻出零钱支付车费时，动作却忍不住变成摔摔打打，好像是还在嫌弃这个手袋的把手不够脆弱，直到它如我所愿地断成两截。但我却莫名舒心，说实在的，倘若眼下正是最烦躁的阶段，就不妨让所有事故都在一起发生，免得再去祸害我往后寡淡的日子。

　　大约敲了半分钟，门被人从里面打开了。章聿穿着睡裙，直直地一直拖在地上，她头发更长了，于是整个人看起来是被这两束线条扎在中间的花囊。而除了眼睛似乎稍微有些浮肿，看起来并没有太特别的异常。

　　"……曦曦。"

　　"嗯。"我不由分说把自己请进房间，环顾室内，除了床上有些杂乱，却也多半是章聿自己的衣服厮打在一起。稍微有些异常的只是卫生间的纸篓里堆满了成团的纸巾。

　　"你怎么……"章聿没有继续往下说，想来她也立刻能够猜到我出现的原因。

　　"你手机换新的了么？"

　　"什么？"

"不见了几天吧？"

"哦……手机是新买了，但卡号还没有办移交。"

我将那个先前几次被我伸手进挎包攥住的手机终于摆到她的面前："给你带回来了。"

"哦是么……"

"嗯。"果然太糟糕了，为什么原本应该发生在其他人身上的对质要由我来开展？可是我用再嫌恶的眼光去瞪着章聿，也只能在这片灯光下发觉她的气色不好，不只双眼，整个脸庞都有些肿胀："你还好么？……"

"还好。"她低着头，眼睛似乎落在手机上，却轻得没有一点质量。

"你应该庆幸了……"但我终究按捺不住想要开炮的冲动，"对方只是来找到我，我是什么？无关紧要的人？我不是你的亲戚姐妹，也不是你的上司同事，不会对你将来的人生或工作有任何实际的影响。可是啊，现在我却突然觉得，那个胡女士也很有一手，她就是看准了我这种无能为力会给你最大的难堪吧？你觉得难堪吗？——这件事，我没有立场也没有资格来干涉，况且说白了，我的话你压根也不会听吧。你非要往身败名裂这条道上死磕，非要有一天出现在微博热门关键词上，我怎么拦得住？我的所有劝阻也只会被你看不起，对吧，你不是说过么，我这种人，根本不能像你那样懂得'爱情'——"

"曦曦——"章聿抓住我的手。

"抱歉我就是这么小心眼又爱记恨的人了。"我能够骂醒她吗？有这个可能吗？"就是不能理解把'爱'字当作尚方宝剑，不管是什么妖魔鬼怪请它出来，我们这种凡人都要乖乖回避让路——"

"——我怀孕了。"章聿再度打断我。

　　"想要一次真正的恋爱，遇见命中注定的人，和他结婚，生子，女儿或儿子都可以，女儿的话从小就给她穿最漂亮的衣服，儿子的话要让他去学习足球或篮球，总之受点小小的皮肉之苦。每个周末全家一起出门去野营，烧烤也可以。原先儿子和同班同学打架，爸爸说这次的活动也取消了，可我到底心软，说他已经知道错了，结果爸爸反而说我太溺爱，换成我们俩开始吵架，这个时候儿子跑过来拉拉我们的手说爸爸妈妈不要吵了——"

　　"这什么腐朽又欠智商的桥段啊。你能不能多看点有水平的小说啊，别老盯着电视了。电视台会给你颁奖吗？奖品是脑白金吗？"

　　"怎么啦？这就是生活好吗？"

　　"你放过生活吧。被你形容得我恨不得明天就是世界末日。"斗嘴一直持续到前排的教授放下手里的书本冲我们用力地"嘘"了一声才不得不暂停。

　　"都怪你啦！"我朝章聿拖着气音骂。

　　"明明你的声音比我响——"

　　"你再说我不借你粉底液了。"

　　"啊别别别，我晚上还要去小狄的学校看他。"

　　"什么看他啊，明明是'偷看他'！"

　　教授的第二声"嘘"吹得他嘴唇上的胡子都飞了起来。

　　我几乎只能一点一点将章聿从握住我的手开始，看向她的臂膀，她的肩膀，到她的下巴，她的鼻子，她的眼睛里全是眼泪。

　　其实我必须承认，那些既腐朽，也许还没什么智商需要的生活，很可能，要实现的话比登天还难。

4

所有这些要怎么办啊要怎么做啊要怎样才行啊，
我需要爱我没有爱要怎样才能过有爱的日子幸福的生活家庭也好事业
也好婚姻也好，
父母也满意，从青梅竹马开始情投意合，
郎才女貌白首偕老，子孙满堂其乐融融，
这就是人生吗这就是每个人的追求吗，要如何做呢如何实现呢，
有没有标准呢有没有计分呢多少是及格呢怎样才算错误呢，
所有这些问题——够了，我一个也回答不了。
都是狗屁。我也是狗屁。总之，别来烦我了。

"几周了？"我到此刻还是站着的。

"不满两个月……"只不过我对面的章聿带着倦容坐到了床边。

"确定吗？去医院查过了？"

"嗯……"

"所以呢。你什么打算？"

"打算……我没有打算……"

"我想也是。你跟他说过了么？"

"还没有。"

"呵呵。是得有多猴急，连套子也可以不戴。"

"不是这样的……"

"你要去打掉么？"

"我不知道……"

"你当然什么都不知道了。"

"……那你觉得……"她对我的冷言冷语是有心理准备的，可这也让我愈加以为必须把刀刃磨得再锐利一点，刺破她织成几层的铠甲。

　　"没什么'我觉得''我不觉得'。我的看法可以说一点意义也没有。从一开始，这就是你个人的事，你做什么选择，喜欢谁，跟谁上床，怀了谁的孩子——章聿，都是你的事。说白了，和我有半点关系吗？"余光里，墙上的钟表是灰色的指针，窗户外还有一幢建造到半途的高楼，今天天气尚可，适合携三五好友一起出门，聊天打屁攻击马路上造型奇特的无辜群众。说起来，我好像有一阵没进电影院了，钱包里也有两张冰激凌的优惠券快要过期了吧。那还等什么呢，赶紧吧。"你想怎么样，你自己决定，都随便你，行吧？你也不用来征询我的意见，我是反对是赞成，不用来，千万不用来找我。可以吗？"

　　冰激凌的兑换券果然过了期，那就罢了，自费买一杯吧。目前正在上档的电影里只有一部国产悬念剧勉强可看，而我确定要把 80 元票钱捐给这些用小肠来编剧的故事吗。这个时候，似乎只有等一位穿粉色丝袜的路人阿姨出现来拯救我干涸的思路了——我抱着胳膊站在商店门前，并确信自己是在认真地审阅着影院海报上的每个字，如此说来此刻的我应当是，平静的吧，笃定的吗。那些轰隆作响的雷声般的喧哗全都退在异常遥远的地方，如果走的是一条灰白的路，我的脚步也能淡定地保持匀速，掏出钱包时也没有因为情绪上的波动而出现多余的颤抖。

　　"就是这样。"我在最后把手指插在额前的刘海里，施加的力量仿佛恰到好处，沿着经络关闭了一些意图亢奋的器官。这让我能够完全用笃定的神态，安心地表现自己的冷漠，丝毫不为难地在最后告诉章聿，不关我的事，我无所谓了，我管不着，别来烦我。"真的，问我也没有用。和我有半毛钱关系吗？"

我实在喜欢那一刻遍布在全身的属于我的冷漠啊。压根儿不会耗费我的体力，让我做出把手握得咔咔作响，或者掐着章聿的肩膀咔咔作响，或者牙齿咬得咔咔作响这些劳神费力的事了。倘若曾经应该出现的所有情绪，它们费尽心机地终于突破了界限，却像一场神秘的化学事故，瞬间便烟消云散了。当越过了顶点，我只感到无限大的无能，和在无能中得以重生的，强烈的不可控的厌烦。

台词虽然做作，可它依然能够贴切地概括我的心情：所有这些要怎么办啊要怎么做啊要怎样才行啊，我需要爱我没有爱要怎样才能过有爱的日子幸福的生活家庭也好事业也好婚姻也好，父母也满意，从青梅竹马开始情投意合，郎才女貌白首偕老，子孙满堂其乐融融，这就是人生吗这就是每个人的追求吗，要如何做呢如何实现呢，有没有标准呢有没有计分呢多少是及格呢怎样才算错误呢，所有这些问题——

够了，我一个也回答不了。都是狗屁。我也是狗屁。总之，别来烦我了。

一路走到附近的公园，我在临街的长凳上瘫软了下来。寒风里吹了良久的铁制椅垫冷得人一醒。

我把手机打开网络浏览器，过一会儿找到两家"医院妇产科"的网页。同时我也不忘习惯性百度一下"堕胎的危害性"。这让我先前总是以"明星露点""明星整容"为关键字的搜索历史有了一个质的飞跃。

回想在就读高中二年级的时候，托市重点的福，让我们这些优等生里也许还有为数不少人持有"婴儿都是从垃圾桶捡来"这一诺贝尔级观点。也难怪当某天突然爆出学校里有女生因为怀孕而休学时，我有种遭到全世界垃圾桶背叛的震惊。

"怀孕？怀孕？啊啊啊，真的假的？真的假的呀？"餐桌上几个根正苗红的清纯妹子放出了仅次于死人的最大瞳孔。

"是谁呀？哦，就是那个据说一直很乱来的女生吗？"

"呀，好恐怖，怀孕诶。"

"……那意思是，'睡'过？……"

"哗……"俨然打开了毁灭世界的核弹密码。

"怀孕"或"生产"，真的是太遥远，遥远到不可思议的话题。正如同"人生"和"社会"一样，连"性"字都无法光明正大地提及，还把它当成一桩唯有成人世界可以行使的神秘而猥琐的游戏。它将久久地等候在目光接触、情书、告白、牵手之后，以至于压根儿不属于同一个世界。

是当初的我们被这种"故步自封"式的幼稚所局限了么，可从来，不论几次回首过去，也不会觉得有任何遗憾。尤其当它在彻底纯真，以接近真空的方式将我们环绕了几载之后。而唯一的缺陷，也许就是一旦走出校园，来自真实世界的空气多少让我们脆弱的心肺有些招架不住。

所以章聿一定是在首次孕吐后吓坏了吧。她的一无所知在此刻被更进一步大大地丰富了，生活中的一切细节似乎都能被贴上疑虑的标签。怀孕可以吃辣吗？能喝咖啡吗？是不是要开始扶着腰上下楼梯了？洗澡时能站着吗？水温有讲究吗？可以坐浴吗？还是必须坐浴呢？然而，大大背离了她茫然双眼的，她的双脚和双手都开始浮肿，上厕所的频率明显增加。从医院领回的手册上大幅度使用着"子宫""泡管组织"和"乳房"这类赤裸裸的生理字眼，是伴随毫不留情的机械式冰冷，一寸一寸把她的身体打上无甚美观的记号。

　　怎么我的周围就不能出现至少一例，一个例子也行。有个三十岁的单身女性，虽然几经相亲的挫折，旁人的冷眼，但有一天，犹如上天对于她长久时间煎熬的回馈，即便太晚露面，可那个一表人才的真命天子终究出现在她身边，happy ending，主题曲《欢乐今宵》响彻洞房——哪怕一个类似的例子也好，能够在我越来越不足的资本里狠狠地打进好比 200 万的底气。

　　不过话虽如此，假若身边真的有一位剩女朋友获得类似的幸福结局，难免会招来以我老妈为首的一干妒火中烧吧。想当初曾经和我手拉手走在相亲无果道路上的邻居家女儿，去年突然风驰电掣地认识一位如意郎君，没过半年楼下的草地就遭到了鞭炮的轰炸。那天我的老妈可是把一锅白饭烧得格外地硬啊，引来我们全家在晚餐时的咬牙切齿。

　　我还在一页一页刷着那满屏的陌生词语，老妈的电话来了，挺不愉快地问我人在哪里。

　　"不是说了今天会过来么？"

　　"什么啊？"

　　"今天在电视台有演出啊。你忘记了吧？果然喏，我就跟你爸说你肯定忘记了。"

　　"……是今天啊。"

　　"是啊，都快开始了，你不来了是吗？"

“我啊……不知道……可能不来了。”

“真的啊？上次不是说可以么。”

“……我有事呗。”

“算了，你要是很忙就算啦。”但她的声音却一点也不"算了"，之后的疑问甚至有些小心翼翼，"很忙吗？"

“……”以往都是老妈，她在过去十几年频频作为观众出席我的各项活动。开学典礼，毕业典礼，哪怕是悲喜交加的家长会。有一年，我作为班级合唱团的一员，在文化节上表演，几乎不消寻找，就能当即发现挤在第一排角落处的老妈，她举着当时还相对流行的磁带式录像机，坚持要把女儿心不甘情不愿的样子记载成一册成长中斑斓的花絮。只不过，现在换我替代老妈的位置了吧——其实最近几年，我作为家庭支柱的形象交替，似乎正在完成。老妈有什么决策必然要征得我同意，哪怕老爸，他一直以来辛辛苦苦地要把全家安置在脊梁上，可现在，他仿佛已和衰老的后背融为一体，于是接受了我作为他的下一代，为他继续推进这个家庭的齿轮："行了行了，我来呗，你等着就是了。别催了啊。"

“好呀好的。”她在声音里拍了下手。

我呆呆地看着通话结束后重新跳回了浏览器页面的手机屏幕。做了个站起的姿势，骨节与骨节的每个接合处都发出不堪其扰的抗拒声。刚刚在章聿家流失殆尽的力气，此刻面临试图覆水重收似的艰难。我从隔壁的便利超市里挑了罐冻得最干脆的可乐，走到路口上刑似的一气干完，筛糠似的打了一串激灵，象征已经把脖子插进了沙漠，不远处的狮子由此可证是不存在的。

凭老妈发来的短信，我在电视台的门卫前领了观摩证，经过两道检验关口，走到位于八楼的演播厅。从走道就开始分布的全市各区老太太们，诠释着各自的美学。有的以青蛙作为图腾崇拜，有的还在实践白毛女的流行风潮，相比之下，只是在头发上别了一朵红色绒线花的老妈，已经算是相当循规蹈矩了。

"还好是红色，白色的话就太不吉祥了哦？"我伸手替她打理那几枚"花瓣"。

"诶是呀是呀，我当时也和她们这么说。你是刚刚下班后过来的？"

"嗯，爸爸呢？"

"说在电视台里有熟人，叙旧去了。"

"是吗，都不知道，他还留了这么一手？"我调动调侃的力气，"你不担心呀。没准儿是女明星啥的。"

"得了吧，他能认识女明星倒好了，让我们俩也开开眼界。怕就怕尽是些餐厅厨师，或者清扫阿姨之类。"

"瞧你，又要和劳动人民为敌了是吧。"

"好了，不要开玩笑了。"老妈不停用手侧刮平衣襟，"你看我这样还行吧？还不错哦？"

"不错了，漂亮的老太太。"

"……怎么是老太太呢？你外婆那种才是老太太啊。"她居然有些着急。

我坐在观众席上，四周多半也是激动的儿子们、丈夫们，老妈表演的是扇子舞，前奏响起，她便跟随着队列跳了出来。离得近，我还能看清她脸上醒目的紧张和严肃。她死死地抿着嘴角，一双眼睛更像是在追随着火箭倒计时般不敢有丝毫的懈怠。

——漂亮的老太太。

其实老妈早早地就被那些四十几岁的商场售货员称为"阿姨"了吧。平日里有三四岁的小孩被家长领来串门，老妈自然而然成了小娃娃口里的"外婆"。毕竟也年近六十了，是个放在其他人身上，必然会被我认定为"年老"的岁数，只不过老妈在我的睁一只眼闭一只眼下，还能被划分在一个灰色的区域里——她不算年轻，可绝不是年老，因为她是我的妈妈。

可该把原因归结为舞台上过强的灯光吗？当老妈和她的伙伴们为了与之抵抗而在脸上化了厚厚的妆，她偏白的粉底和过红的唇色，却忽然之间，将她反衬成了一个极其真实的老人。

随着曲声往上高潮，所有在场的观众都能看出，队列中有一个人节拍远远地落在后面，别人扇子舞到了六七八，她还在一二三，再往下，别人扇子舞到了一二三，她从队列中干干脆脆地脱落了出来。两步就站到了台中央。

我的拳头一下子攥成了真空。

老妈的脸被灯柱强烈地包围，她就这样独独地站在群体之外，原本就已经稍嫌勉强的舞蹈动作彻底没有了，垂手，摊着肩膀，站成一个走在路上，站在厨房的寻常姆妈的姿势。一个原本再寻常无味的集体舞，忽然多了个预计外的老朽来妨碍。她唐突得毫无技术，压根没有能够弥补回来的缝隙。

舞台上的时间须臾间被放得很长很长。一秒当成几十秒在度过。可我却惊讶地发现老妈没有犯错后惯见的慌乱或局促，她看着台下的眼睛是寻常的眼睛，她脸上皱起的一星点儿笑容也并非为了尴尬而进行的掩护。她有了一点点近乎儿童般的空白，眨了眨眼睛看向我的位置。

　　我努力搜索着脑海中和愉快有关的话题，最后实在无奈，只能胡编一段我和辛德勒的短信记录。说他那儿的时差和我的差了十一个小时，说他坐飞机的时候差点弄丢了行李，说他问候你们好，说他要带当地的什么巧克力来给你们做礼物。

　　"不用的，怎么好意思呢。"老爸在出租车的副驾驶上回过头来，可他看着老妈的方向说。

　　"随便呗，也没必要想得太隆重。"我一把拉起老妈的手，"还不是你自己说喜欢吃巧克力，让人家听进去了。"

　　"……我说了啊？"

　　"说了的呀。"

　　"诶我的脑子……"她捶了捶胸，"真的越来越不灵光了。"

　　"算啦别想啦，你忘了吗，我读书时去表演合唱，话筒全程都是拿反的，一口气就快红到隔壁省了，我还不是挺过来了。"

　　"坍台死了。要命啊。"她的两脚在车垫上胡乱地搓着，"我怎么搞的啊。恨死了啊。"

　　"都说了别想啦。要我说点别人不开心的事让你开心开心吗。我一个同事之前参加公司的运动会时裤子被拉了下来哦。还有之前看到网上说的，还是学校的校长呢，喝醉了以后掉进了护城河。还有啊，以为自己收到诈骗短信，就是那种'你把钱打到9558×××账号就行'，火一大，发信息过去骂对方说，'你的丧葬费我不是已经给了吗，还不够吗，你还要死几次啊'，结果立刻电话就打来了，一接是刚刚换了手机号码的老板——是不是很惨很好笑啊！"我演得很投入，捂着肚子做捧腹状。

　　"……好笑什么啊。真遇到了，肯定很糟糕的。"老妈又把头再度倒向窗边，"我真的老了。脑子一片空白。一片空白。什么也想不起来……一片空白。"她戚戚地说："我今天还想让你看看呢……你老妈也挺能干的，宝刀不老……让你和你老爸都看看……前面排练还格外卖力……结果，都是什么啊……"

我动了动干涸的嘴唇，把老妈的手背无力地拍一拍，她的手背很软很软，零星一两颗斑点不可避免，很早前她得过灰指甲，包了半年的药膏后好了很多，那两枚指甲现在只余下治疗后浅浅的棱纹。再等一阵，入了冬，手指尖就会开裂，她洗个菜也疼刷个碗也疼。

"没事的啦……"我把她的右手捏一捏，"我老妈，去小区附近两公里打听打听，社交名媛一枝花啊！别人买十八块一斤的河虾哦，她走过去，话也不用开口，靠脸就能直接打八折！在小区广场上跳个舞，小区停车费都要跟着涨一涨才行，不然啊，早就角角落落都爆满了，所以，宝刀哪里老了！你今天那叫剑走偏锋好吧！"

我回到家已经半夜，刚抱着衣服进浴室，一侧的瓷砖奇迹般接连脱落了三块。背后的水泥暴露出来。我出神地望着那三块灰色的缺口，又忽然觉得它们好像俄罗斯方块中的某个部件，变着姿势就要降落下来。

不知道原因何来，但俯下身去打扫瓷砖碎片时，我忽然觉得累得动不了。由外至内，再由内至外地罢工，我听见身体里发出引擎突然失效时，仅仅维持了最后几圈空转的呼呼声。

我需要一点好消息。在连续喝了几口过咸的卤汤后，想要吃点带甜味的来平衡那样简单。电脑看多了，想闭上眼睛缓一缓的合理。日头下走得久了，想要坐一坐的自然。心情坏了太久，想寻找点让心情可以回升的人事，就那样恰如其分。

"喂？……"电话那头响起久违的男声。

"……"我没有说话。

"……"马赛用同样的静默回报我。

"现在有空么，我能见你么？"几乎就要在他开口的刹那，我打断了他的迟疑。

"……现在，是吗，现在吗？"他重复一遍，"好。那我过来？"

"我在楼下等你。"

"嗯。"

微糖的乌龙茶，合眼后的纯黑色，树下的休闲椅，马赛就像它们。

他跳下出租车的时候，我就站在几步之外。身边是用刚刚睡醒的目光，却不乏犀利地把我打量的门卫，并且仿佛瞬间就意会地在我背后点起了头，当他看见马赛朝裹着外套的我走近。

"已经睡了吗？"我率先开口。

"……还好，还没，在看一个 DVD 呢。"

"是吗，什么？"

"《史前巨鳄》？还是什么来着……不好看，特别套路。"他衬衣外的条纹开衫还没有系上所有扣子，被我一厢情愿地解释成源自出门时的匆忙。

"这么晚让你出来——"

"没什么。没事。"直到此时，马赛终于流露出那份为我熟悉的面容，他个性中无法摆脱的那部分温和使他轻轻地摇头，"进去吗？这里会冷。"

　　"嗯，好。"

　　马赛询问完我一天的作息，又表达了一下对室内空气的担忧，可他始终停留在玄关附近，像一个不谙水性的人在沼泽前迟迟地犹豫。

　　"你说什么？"我走到客厅转角，用声音撒出一路诱饵，希望可以将他引入自己草率布置的陷阱。

　　"我说，地上怎么有个水泥铲？"他总算走了进来，停在电视柜前。

　　"哦，瓷砖坏了，想等工人来修，我先找了个放在那里。"

　　"呵，你不怕吗？"

　　"怕什么？"

　　"他们以这个为借口，半夜找上门来——之类的。"他似乎是在开玩笑的样子，眼睛有一半却是认认真真地看着我。

　　"你傻啊，这个楼道里三个摄像头，难道一直在物业工作的人会不知道？"

　　"嗨——"马赛朝我一扬手，"当心点总是好的。"

　　"那我应该谢谢你。你还算看得起我。"

　　他正在往沙发上落座的腰停顿了半秒，等到抬起头："好熟悉……"

　　我看着他不动。既然他自己会将下半句补充完整。

　　"你这种自暴自弃的说法。又听见了。"

　　我没有说话，却很清楚自己在奇怪的关卡上泛泪。马赛的话必然刺痛了我，好像不由分说被踏住的一枚凋落的叶子，它尚且绿色的部分还能感受到被粉碎的悲凉。但出乎意料的是，被泪腺牵连的仿佛不是我的其他器官，而是胆子，它仅仅是被注入咸味的水分，也能让自己变得无畏一些。我朝马赛软软地挥了挥手腕：

"得了。说得你好像有多了解。"

"至少没什么不了解。"

"你了解什么了。"我把话说得介于抬杠和疑问之间。

"你心情不好呗。"他耸耸肩，"你心情不好才会做这种事。才会想到找我。"

"……瞧你说的。太没道理了。"但我的反驳无力得可笑。

他直接地判断成没有搭话的必要，从地上捡起胡乱倒在那里的几张 CD，正面看一眼，看看反面的目录。投入间将空白留得很自如，迫使我再度开口："明天假期就结束了诶……"

"是啊。"他唔一声，"只不过我明天就得去厦门出差。"

"诶？刚开工就出差吗？"

"对。"

"……是哦。去几天呀？明天什么时候的飞机？"

"好像有十天。"他将 CD 码齐后看了一眼壁钟，"上午九点半的。"

"诶？那不是八点前就要到机场？"

"是吧。"

"……你在电话里跟我说一声的话，我肯定不会提出还要你过来的。怎么没说呢？"

马赛遽然垂下眼睛，他笑得有些自嘲，那个笑容里有许多他不认同不赞赏和不愿承认的事，然后将那个笑容迎向了我："对啊，我没说。"

房间里的光线在我脚下漏成一个洞，哗啦啦地凹出一个黑暗的陷阱，很快我的声音在其中落网似的响了起来："我也去吧。"

"去哪里？"马赛心无旁骛地问我，像一幅白色的雪面，引得人只想破坏性地在上面留下两个脚印。

"我跟你去。我也去。"我又重复了一次，"我想跟你去。"

"……说真的吗？"

"嗯。"

"你不是开玩笑？"

近距离观察马赛的表情，与此同时我却轻松了起来，一旦说出口的话，就是泼出去的水，无法挽回就无法挽回，让它吞没一些蚂蚁们苟且的生路吧："当然不是。"

"没问题？你不得提前请假吗？"马赛仍然在小心地选择着说辞的路线，仿佛一不小心就会倒置了虚和实的区别。

"管他呢。我就是想跟你去外面待一阵。"唯一能够和那些问题抗衡的，那些怎么能帮一帮我的朋友，要怎么做呢要怎么才能开导她呢，要怎样才能也让她重新幸福起来，像我一样的她也幸福起来，像她一样的我也幸福起来。是啊我也谈不上多么顺遂，多么高枕无忧，能够过得像画卷里一般父母健康无忧，节假日子孙满堂其乐融融，我的父母所渴望的我总是无法为他们实现，我的人生能打几分呢，算得上及格吗该怎么努力呢，所有这些问题带来的烦躁和不安——只有一件事能够与它们抗衡。

5

这或许又是连神也不曾预料到的，
他手下一度无知无觉的小泥人们，
在他原先设定的躯壳里频繁地疯狂出界，
不断发明新的折磨方法，
如同可以永无止境延续的化学试验。

不知道你对机场是否熟悉。城市新建的2号航站楼，采用了与1号天蓝色穹顶所对应的土黄色。在堪比足球场般辽阔的空间下，铺着淡灰绿色的地毯。这里习惯了人来人往，用许多仓促的脚步塑造了一个城市在最初一面中的繁华假象。但此刻，周二的清晨六点半，连机场也空空荡荡着一种近乎美好的安逸。它显然是还没有完全醒来。它巨大的落地窗还在熟睡，才会允许窗外若有似无的秋雨，把自己捉弄般地染上不均匀的蓝。它那总是伪装成地平线的跑道还在熟睡，昨晚的夜色还收着翅膀成片停落在两侧。它交换了一个长长的呼吸，也只是让垂悬在头顶的广告画摇摆了一下，或者地毯花纹的颜色变得湿润了一点。

　　会是只有我察觉到的改变吗？

　　再一次环顾四周，我像颗唯一清醒着的病毒，在这份静谧中睁着喜悦的眼睛。

　　喜悦，是啊，我多么感谢这个世界毫不吝啬地将"孤身"一词造得如此逼真和庞大。它让我原本一文不值的碌碌和疲乏都显得高贵了起来。同样使这次私奔无论成功与否，都至少有个足够我留恋的开头。

　　头天晚上，像两个为了第二天的秋游而积极得睡不着觉的小学生，我在电脑上一阵猛搜厦门的旅游景点，完全将"借公差之名"抛在脑后，马赛打着电话在一旁替我订机票，他用两根手指箍住我的身份证，一副认真的侧面对着我，和客服逐个逐个报着数字，到了最后，客服或许在那边和他确认"没有问题？"使他突然转过眼睛来看着我，他的目光足够传递来这个疑问了，只是没等我郑重地点头，马赛抢先和话筒那头敲定"没有问题，请出票吧"。

　　我双手覆着膝盖："啊我反悔了。"

　　"钱都支付了，反悔就亏大了。"他将手机放回茶几，然后把身份证递到我眼前。

　　"也不评价两句的？"我指指身份证上的照片。

　　他重新抽了过去，很仔细端详般，又举起手臂把我和证件在空间上对成一条直线。

　　我让他看得有些发烫，一把重新夺了回来："好了啦，这副样子，好像我整容过九九八十一次似的。"

　　"可我怎么还认得出来是同一个人。"他配合地挑了一侧的眉，"这八十一次的钱花得太冤枉。"

　　"搞什——"

　　"你真想要跟我一块去？"马赛唐突地打断我。

"嗯……嗨。"我后知后觉地感觉到拘谨，"厦门而已，又不是也门，别那么沉重。好啦，你都还没收拾行李吧，抓紧时间回家啊。"

　　"我就特地跑过来给你订张票哦。好能差使人。"

　　"……不是啦……我本意没想这样的——"

　　马赛拍了拍衣襟，用一副将要告辞的姿势站起来："那我回去了。"

　　"……好，嗯……路上小心。"我跟着他到玄关。

　　"那明天见——哦等下，是今天了。"

　　"好，今天，等会儿见。"我伸手握住他身旁的门把手，室外的风在狭窄的角度里吹出三分锋利，我的鼻子一下红了。于是马赛上前半步，也伸出右手抄在我的肋骨下，环到我背后。

　　你应该尝过这种并不陌生的滋味——每当那时，我总是感慨也许真的存在造物主，因为我无法想象人类是在一次偶得中获取了那么多真实而丰富的情绪，必须是远远凌驾于我们的，例如神，才能如此统一地为我们安排并支配出，突然在身体中投下一把血腥的礼花，而它们很快如同涨潮的海，在四肢百骸中燃烧起了，焦躁、尴尬、激动、痛苦、悔恨、愤怒，或悲悯。

　　这或许又是连神也不曾预料到的，他手下一度无知无觉的小泥人们，在他原先设定的躯壳里频繁地疯狂出界，不断发明新的折磨方法，如同可以永无止境延续的化学试验。

　　而我说这种并不陌生的滋味，其实有着更具体的表现。

"其实，不用想那么多的……什么都要想个清楚，要怎么样，怎么样才好，怎么样就不行……根本没有必要。"他在我耳边喃喃地说。

　　"……"我终究是预备了许多反驳和质疑的话，可回到当时，确实，质疑又能如何，反驳又能如何。不能让我的困惑解开一点，不能让我的消沉减退一些。而我这几年，就是被这些前思后想的重重顾虑束缚着，不能轻松一点，它们像一层层的纱布，就要在最后裹出一个完全行尸走肉的我了吧："嗯……是这样没错。"

　　"那就一起走呗，不要想那些已成定局的事了。想做什么，趁着这个机会去做了，正好诶。"这依旧是马赛最擅长的生活逻辑，他走到暗柳下，便认为过后必然是明花，山重水复全都不在话下，"你知道这其实应该叫什么吗？"

　　"什么？"

　　"这算是私奔。"

　　后来有很多很多次，我都会假设，如果那次最后，我真的跟着马赛一起走了，甚至是有些意气风发地走了，飞机是无知无觉的同伙，空姐问完先生想喝什么后那这位小姐呢。如果最后真的什么都实现了，那之后的人生会因此而重大逆转吗？就好比那个平行宇宙的理论，如果从那个支线发展出去的我的人生，会和后来的完全不同吗？曾经在过去，出现的"今天选择了赖床""今天还是支撑着爬起来了"的两个由此人生迥异的我，"选择了A公司报到""选择了进修B国"的两个由此人生迥异的我，那也应该理所当然地，再度分叉成

"去了"和"没去"的我吧。

那个"去了"的我，在后来过的是怎样的生活呢？

我在靠着栏杆瞌睡打到半路，睁开眼是马赛正把旅行袋放到脚畔。

"啊，来了啊。"

"嗯。"

"还担心你会迟到呢。"

"我也担心，所以根本就没有睡。"他高高地伸出手拔了下肩膀。

"困？"

"现在还好，喝了很多咖啡。"

"我也不困。"

"机场巴士还没来过吧？"

"还没。"

"你是独生子？"我把从旁边快餐厅里买来的早饭塞一份在马赛手里。

"嗯。谢谢。"

"和父母住一起？"

"没。不过也才搬出来没几个月。"

"是觉得不习惯么？"

"差不多，就那样。主要我爸这阵老想撺掇我换公司。"

“也许是更好的发展呢。”

“那边的确是有他的老朋友，但我实在对机械行业不感兴趣。”

“但至少和你的专业是对口的吧。”我居然还能记得。

“读到大三的时候已经痛苦不堪了，差点对未来人生都失去了信心啊。连带那几年跟家里关系也险些恶化了。”

“叛逆期啊。”

“消沉过一阵。一方面觉得毫无希望，一方面又相辅相成地，好像力气都积蓄起来，人变得易怒。我总在想，那时只要有一个坏朋友出现，递一支来路不明的烟，或者跟我说，有件很刺激的事你敢不敢做，我大概现在的境遇就彻底不同了。我父母每个月要收拾好行李来探望我吧。所以，这么一想，又觉得自己算幸运。”他边吃边说时，声音也随食物一起糯开了，“至少那几年的浑浑噩噩没给我带来更大的麻烦，仅止于此地结束了。还是幸运的吧。”

我颇不合时宜地跑题：“知道吗，你这段话很能迷住一些小姑娘的。以前对其他人也说过吧。”

“没有。”

“才怪。”

“是真的。”当四周的乘客开始稍稍增多起来，马赛收起腿，朝我侧过脸，“以前她们不会问到我的家庭或学业状况。不太谈及这些。”

我迅疾地笑了：“哎呀真是，我忘了，我这套从相亲里培养出的聊天路线，让你不适应了吧。那等一会儿，缓一缓，我再来问你家有几套住房，是不是在你的名下吧。”

马赛顺着我的玩笑仰向广告牌：“是这样呀？”

"介绍人说对方父母都是大学教师"——好啊；"介绍人说对方刚刚海外学成归来"——行啊；"介绍人说对方有两套住房"——不错啊；"介绍人说对方今年三十八岁，父母离异后跟随母亲生活，在证券交易所工作，目前和母亲刚刚搬到新买的房子里，身高176厘米，卖相还不错"——好啊，行啊，不错啊。这条流水线已经运作得极其成熟，再鲜活的骨和肉都能被粉碎成糜，压成固定的条状，然后塞进包装，贴上售价。我面对的每一位男性，哪怕从来未曾谋面，但他们遵循一个最直接而功利的规则，他们只有三种标签可以决定在我脑海中的形象，家庭，工作，住所。这就是我目前所面临的，最大的麻木感了。我却早已默认它的合理。而同时决定忘记，当"剩女"这个词还远未诞生于世的时候，我踩着一双洗后发黄的白跑鞋，隔着十几米的距离，偷偷跟踪自己喜爱的邻班男生。他是，歌谣，偶像，希望，他是可乐打开后先刺激了味蕾的气泡。他有，一个露在颈后的耐克衣领标志，好看的笔挺的鼻梁，一点习惯沾沾自喜的却依然率真的小愚蠢。他简直活在诗里，我写的蹩脚却无止境的诗里。

　　当然，看看眼下出版市场里对诗歌的异常冷淡——连第四房姨太太生的孩子也会比它多点关照，就知道什么都在改变。

　　于是我也一样，"对方那个女孩"——不知该"谢天谢地"还是"放我一马"，三十岁照样被称作"男孩""女孩"也算是一种扭曲的现状——"是个女白领，父母都退休了，过去都是知识分子，家境可以的，有房有车，她不算高也不算很矮，长得还是挺不错的"。不到五十字，就已经是我了。不需要有任何其他附加，这就是我此刻在世界上的模样了。

　　"你也不必太苛刻了，难道以后相亲都要先准备上一本自传吗，里面详细描述你'内心的清澈或荒芜''你对人世的亲近和厌恶'？！——拜托！现代人都很忙的，下班时间看看地铁上的低劣广告就很满足，没人对你的内心世界感到好奇，甩张照片上来，不要PS的，露腿露额头的就差不多了。"忘了什么时候，当时我在网络上用匿名与人进行相关的谈论时，或许是因为彼此隐藏了真面目，所以总能收到一些毫不客气的留言。

我一阵哑然，随即意识到自己根本没有回击的论点。

不必我用"家庭成员""家境""所住地是城市的中心还是郊区""父母是什么学历""退休没""退休前从事什么工作""有没有什么兄弟姐妹""兄弟姐妹里是不是有高官""还是有病患，病患是肺癌还是鸡眼"——不必我用到任何一个标签去形容的人。

他属于"情绪""冲动""幻想""无凭无据的疯狂"。

又恰恰因为这一点，我总是，我永远看不到那个既腐朽又必须的词语，看不到有可能出现在我和马赛之间，这个腐朽而必须的词语叫"未来"。

从航站楼的卫生间里走出，航班登机信息已经显示在了屏幕上，两三个急性子的人站成了小小的队伍，我用目光找到马赛，他手指捏在眉心，想要揉散疲惫的皱褶，可很快地便和我的目光对视，他的眼睛告诉我那杯最初滚烫的水此刻依然没有完全失温，被我心血来潮投下的那片叶瓣，尚且能够被煮出迷蒙的香味。

行程，住宿的方式和地址，全都没有最终决定，这当然要感谢银联卡和"全球通漫游服务"许诺自己可提供的多种服务，解决每个客人的后顾之忧，也要感谢我这几年来的工作成果，能够使我不受捉襟见肘的经济限制，导致最后只能在周边城市围观一些基本被摘秃的李树杏树啥的。

　　可"私奔"毕竟是为数不多的几个，即便发生于真实，却照样维持戏剧性，绝不输给电视或小说的词语。那么现在应该突然冷汗直冒地考虑自己有没有带上最好看的那几套内衣呢，我该不会衰神附体地，行李里还装着那只因为被染色而毁容成阴阳眼的胸罩吧。

　　"登机牌在哪个柜台办理？"我问他。

　　"应该是——D。是D。"

　　我们提着行李走到航空公司柜台前，柜台人员在电脑上噼噼啪啪敲了半天，长度估计快赶上半幅长篇小说，最后惹得我忍不住伸长脖子想去看个究竟，就在这时她从椅子上站了起来：

　　"不好意思，这个航班的座位已经满了。只有最有一个位置，没有两个……"

　　"乘飞机难道不是一人一座吗，票也买了，怎么会没位置呢？"我困惑极了。

　　"偶尔是有这种可能发生的。您可以选择退票或者改签。"

　　"改签的话，下一个航班是几点呢？"马赛插话进来问。

　　"我刚才看了下，下一个航班是今天晚上八点四十的。"

　　"……得等晚上吗？"

　　"要么我也一起换好了。"

　　"别闹了，你中午一到厦门就有工作啊。"我又把求助的信号发给柜台小姐，"可我还是不明白。"

"因为经常会出现旅客订票后并未购买客票，或购买客票后在不通知航空公司的情况下放弃旅行，从而造成航班座位虚耗，所以航空公司会选择一部分航班进行适当的超售。"柜台小姐念着让我无言以对的一串经，坦荡荡地摆出了即便我之后撒泼打滚，也没有办法上这班飞机的大无畏姿态。

"……那……"我朝马赛看看，"算了，我就改签好了。你先过去吧。"

"你没关系吗？"

"有什么关系呢。晚点到罢了。没关系的。"

"真的不要紧么？"

"不要紧啦……行你先赶紧把登机牌领了吧，省得晚一分钟连你也上不去——那是，绝对，不可以的。"

"行吧……"

"快点，真的，你要是赶不上，到时候变成我的责任了。"我拍拍他，"我在附近的咖啡室里睡一会儿就好。"

"那晚上见。"

"晚上见。"我宽慰他，"别一脸忧心忡忡的，我又不是笨蛋，这点小变动算什么呢。我对得起我名片上的抬头么。"

他莞尔了："也好。'不走寻常路'。"没有等我接口，他突然说，"今天是我生日。"

我眨了两下眼睛表示正在消化，接着却笑了："你好像一个高中生。"

"幼稚了吗？"他理解了我的意思。

"幼稚，当然也很可爱。还会把生日当成一回事的人，说明依然很年轻呵。"我似乎快要母性流露，替他打理领子的一角。

马赛却很快抓着我的手把这层关系谢绝了："你说得不对。我原先也没有特别的考虑，晚上和公司里几个同事去厦门找个饭店吃一顿就算过了。但说要私奔的人是你。选择了今天的也是你。照这样说，应该是'你'把我的生日特别当一回事吧。"

"好好好，把你这一岁算在我头上，行了么。"我依然笑。

"你想要？"

"无所谓的。"

"那就算你头上。"他欣然答应。

"你还真——"我发觉甩不开他的手。

"所以你得记得，我还等着你来了要庆祝一下。"

"行了行了。"我往后拨着身体，"知道的，知道啦。"

马赛刚刚松开我的手腕，背后有个熟悉的声音迟疑着追上来："如曦？诶？你也在？"

"哦？……"我脸上的活泼像被泼了盆冷水，"……汪岚？呀？怎么？"

赶上第一拨赶早旅客的高峰，来时的机场大巴车厢基本满员——更何况，有相当多的人把自己的旅行袋当成伴侣占据了邻座座位，这种一拖二式的作风从第一排开始蔓延。

没有富余的空间了，导致我们最后分开了坐。我和马赛的"我们"。

用手势示意，除非那些尼龙或帆布制品里装有被大卸成八块的女体，不然还是我这个人类更加具备落座的资格，于是我在某一排，等外侧的乘客将靠窗的位置腾出后，坐了进去。差不多与此同时，马赛也在我的前方坐下了。

彻夜未眠带来的倦怠此时卷土重来，因而我完全有理由彻底忽略马赛那一小片，很小一片的，在座椅靠背和车窗玻璃之间笑着的头发。

为什么我会用这个词语呢？笑着的。明明我可以说，它们是柔软的，蓬松的，洁净的，又因为这个人的体征，发色带着浅调的光，随着车轮的颠簸，它们就动一动，但这一动就动出一种仿若笑容般的亲密感来，偶尔的一个减速让我们之间的物理距离愈加减少。

仿佛一瞬之间，我察觉了自己不可控的急速膨胀的占有欲。

只不过，当时我万万没有料到，我一度以为，事到如今，能够与这又重又厚的欲望进行争斗的，唯有我自身的别扭，它们源自被未来所赋予的无望和矛盾——总之全是些虚无得不能再虚无，才让我的这份煎熬仿佛也显得美丽了的词语。但突如其来，一双高跟鞋利落地踏了过来，往上长出了敌人的腿，长出了敌人的腰，长出了一副娇小美丽的敌人的身体，和同样一副娇小美丽的敌人的脸。那个脸的主人我认识，我的上司、好友、单身族群之一的汪岚。所有虚无得美好的问题通通不作数了，甚至它们看来何其可笑。

"你也去厦门出差？北京的培训结束了？"

"是啊，主要是厦门的项目临时有点问题，临时要赶过去。"

"……哦……是这样啊……"我忍不住转向马赛，"你知道的吗？"

"我群发了短信通知的，但不知道你收到没。"汪岚同样和我看着同一个对象。

马赛对汪岚说："收到了。"

"你收到了？"我的反问冒出得极其突兀。

"……是啊。怎么了吗？"他被我的音调挑得有些不解。

"没啊，我有怎么。"

"那如曦你是？来送人的？"汪岚的疑虑很单纯。

"啊？我？不，我是来接朋友的。我朋友——"我瞄到自己手上的行李，"回来玩几天，不过在飞机上好像吃坏了，所以在卫生间里蹲到现在。是很巧啊，我也没想到会在这里遇见马赛。还有遇见你。"

"那还真是挺难。"

"嗯，有缘嘿。"我一侧的脸颊被马赛盯得很僵硬，但另一侧迎着汪岚的神情还是坚持围着往日的开朗，"你登机牌换好了？"

"是啊，之前就换好了，来得太早。只不过不想那么早进去，刚才一直在前面坐着。""是哦。那——你们进去吧，我也得去看看我朋友，别是掉进厕所去了，真的好久了。"我正儿八经地看了看手表。

"好吧。"汪岚冲我点点头，又转向一旁，"马赛你的登机牌换好了？"

"对……换完了。"

"你们进去吧，我也走啦。"我将行李换个手，"拜拜。"

"拜。"

"拜……"马赛从刚才起一直用了很大的力气在投向我的视线里，到最后他快要放弃，直管开口对我说"晚上等你"。

但我还是抢一步在前，用神色中最微小的摇头要求着他，我很快地凑紧了步伐，好像真是为了牵挂腹痛的朋友而急急忙忙退场一样。差不多直到下一个拐角，我一口气冲进了女厕所的单间。我放下马桶的盖板坐在上面，把行李抱在胸口。

打开拉链，白色的衣料，黑色的袜子和褐色的化妆包透气似的一下抬了头，把它们再度塞回去的动作有些杂乱无章，袜子很快和化妆包的拉链搅到了一块儿。再解一会儿，又加入了耳机线这个恶魔，战局立即得到了升华。

我憋着一股自认为很长的气，可惜失效前仍然没能化解手边的困境，终于我倒头埋进了行李中间。

我听见自己的声音在这团乱麻中说"不去了"。

6

稍微会影响到姿态的做派都不可以。
由喜爱到仰慕，由仰慕引发的流连，
在流连中滋生出的急切，若不加控制任凭它变得鲁莽了，
激烈了，一场轻微的雨水也能带来穷凶极恶的疯长，
锯齿的草叶织出苦苦追讨苦苦挽留苦苦索求的绳索——
这模样让我仅仅是假想也会浑身别扭。

争夺一个男友的戏码曾经在大学时代看见过，当两名可谓漂亮的女孩已经打起了全武行，她们刚刚画上彩绘的指甲就要在对方的头皮里断出一条整齐的截边，脸色乘着情绪一阵斑斓，胜过所有的彩妆品牌，然后她们开始大声咒骂对方的不要脸，让我怀疑是否两位都出身中文系，熟知明喻暗喻借喻，可以用各种姿势和生物比拟对方是多么容易对人类繁衍做贡献的一族。

大概回头就会为此懊恼至死的，但那时又怎么管得上，血涌上大脑后就认为用诅咒和肢体就能赢得爱人。

只是我转过去看一看那位十分尴尬的男生。他很尴尬，那是必然的，劝说两边的过程里又同时引火上身惹来一句"你不是人"。可为什么除了尴尬外，我那么清楚地看出了他的兴奋和得意呢。它们的含量高到已经让我无法用"一丝"来定义。他真的得意和兴奋啊，想要按捺也按捺不住的程度。

"你以为只有女生才会假仙着说'哎呀你们不要为我而打架，我好伤心好困扰'呀？"当时身边的友人这样评价，"换成男的照样开心啊——快来看一看啊瞧一瞧啊，不要错过这样的好戏啊，哥我很红很帅很潇洒人气很高呢，皇天不负有心人终于让哥等来这一天了啊。让妹子们都这样疯狂了哥我是不是该被判刑啊。就罚我为了我的帅和潇洒而在感情上入狱三年吧。诶这句话不错等下我要发到网上。对了，你们谁有把她俩打架的视频拍下来上传吗？麻烦一定要标注上我的名字哦。"

"太倒胃口了哈哈哈哈。"我拍桌狂笑。

"再倒胃口，他不还是有两个女生为之疯狂么。"友人摊出一双妇女之友的双手来，"呜呼哀哉。"

"没错啊，其实应该把他甩到一边，两个女生手拉手一起去看电影嘛，'既然我们俩品位类似，要做好朋友哦'。"我放下手里的烧烤串，在脸边比一个配合的笑脸。

"孺子可教啊！"

"所以你不会吗？"

"什么？"

"和别人抢夺自己的男友之类。"

"啊呸呸，别触我霉头。"

"假设啦假设。"

"不会抢啊，应该瞬间就失去兴趣了吧。"

"是吗？"

"是啊，就为了不让他有一秒钟得意的机会，也会慷慨地说'那你们俩在一起吧，答应我，一定要幸福哦，早日生宝宝哦。虽然他的精子存活力可能不太好，但能节省下很多买避孕套的钱诶，多么会持家的男人啊，把这方面都替你考虑好了'。"

我哈哈大笑："你好毒。"

"本来就是。才不要那么难看地去争一个也谈不上有多值得的人。"

友人在多年前就结了婚，生了一对龙凤胎的宝宝，过得很幸福，看来长期以来刻薄的毒舌没有给她招来什么"老天的报复"，即便日后渐渐地我们失去了联系，可有些往日依然能够毫无阻碍地回到我的身边，撕扯我摇摆不定的意志。

咖啡杯里的残渍已经由二十分钟前的火山形状下塌成了一圈扁扁的日环。我依然伏在手臂上，睁开眼看见餐桌下自己的鞋带松了一边，地板难得地擦得亮洁如新，几乎可以隐隐约约看见一点点人的倒影。可惜空气里的咖啡味还是淡了很多，在这个四下没有墙垣，纯开放式的店铺里，它们早被稀释在整个机场的空间中。

我伏得连脖子都发涨，抬眼起来的时候有一瞬看不清敞亮光线下的四邻，但我还是迅速地发现了一侧的挂钟，时针和分针夹出一个七点五十的角度。离最后能赶上登机的界限已经无限趋近了。秒针前进的速度在我耳膜里敲出真实的嘀嗒声。我脚边的旅行袋也在这数个小时里，一阵活过来似的变得碍眼，又一阵死去般消失了存在，反反复复随我的决心生而复死死而复生。

我知道什么也说不好。更何况自己似乎是占了上风的。但连"占了上风"这种判断我都没法甘之如饴。何来的"上"，何来的"下"呢。

必须是同一个层面，同一件事里，对着同一个参照才会有的比较吧。

这须臾就成了形的索然寡味果然是因为，我不喜爱去争夺一份——无论它是什么吗。我永远没有那样高昂的斗志。人生至此我都活得非常平和而中庸。考试八成会挂吧，那就准备重考咯。快赶不上末班车了，那就住个一晚。美味的餐厅要排很久很久的队，回家吸面条呗。乙方提出的条件过高，那就把它换掉。得力的属下想要离职，虽然挺遗憾的，但还是祝他一路顺风——本来也，没有什么是需要豁出性命去追求的东西，至少生长在和平年代的我感受不到。大体上，尽量太平地活，得自己应得的。稍微会影响到姿态的做派都不可以。由喜爱到仰慕，由仰慕引发的流连，在流连中滋生出的急切，若不加控制任凭它变得鲁莽了，激烈了，一场轻微的雨水也能带来穷凶极恶的疯长，锯齿的草叶织出苦苦追讨苦苦挽留苦苦索求的绳索——这模样让我仅仅是假想也会浑身别扭。

缓慢地在坐姿上调整了一下重心后，我把从很早前就耗完了电，自动黑屏的手机塞回了旅行袋的侧边拉链里。我不再去想那些马赛和汪岚坐在同一个航班里的场景，下了飞机时也许他很有礼貌地替她取下了行李。我不再去想他把汪岚让在身前跟着对方走下舷梯，他有心或无心，眼里都能看见汪岚的背影。我不再去把这些理应平常无奇的点滴想象出突兀且巨大的阴影，继而让它快速地冷却了我先前的冲动。

将面前的咖啡杯放回碟盏，又把两片被撕扯开的白糖纸袋也尽量摆出一个调理的形状，有执拗的一角翘起来，还颇为认真地把它用心地按按平。再折下背，把散了的鞋带系出很端正的蝴蝶结，随着连另一边原本好好的鞋带也被拆了重系。

我一件一件地做着手里无关紧要的活，好像是布置了一个很安定的环境，如同等待水面恢复无波，等待雨一曲终了地停了，等待站台在最后一班列车驶出后结束了所有的戏剧性。

广播里的声音说着"前往厦门的旅客，您乘坐的航班马上就要起飞了，请您抓紧时间登机"。夜空下有连续不断，起落的红色光点。

到最后我还是恢复不出原始的动力，结了账一路走出了候机大厅。

刚到家，门口坐着一个人，姿势却有些奇怪。我就是从这个奇怪的姿势里看见了章聿的脸。

她在我走近时站起来，姿势保持先前的迟缓。

等我掏出钥匙开了门，在玄关找到一双拖鞋放到她脚边。

我听见了房门关闭的声音。

"没关系的——你是，要出差？还是刚回来？"

我绕过她的问题："水要喝么？还是怕上厕所？"

"嗯。"我拿出两个杯子，倒满后放到茶几上。章聿依然停在玄关，似乎还在等我随后的发话："饭吃过了？"

"吃过了。"

"我还没吃，那你先坐着。"我走去厨房翻出一盒方便面，回头她已经在沙发上坐定了。我好像是安了心，蹲着的双腿在站起时有些发晃。

电视虽然开了，但音量调得很高，倒也平衡住我和章聿之间彼此不发一语的状态。她两手捧着茶杯，将它神明似的供在微垂的眼皮下，换作往常一定被我用"别装啦"亏回去，可我继续一筷子一筷子地捞着还没有彻底软透的面条，发出如狼似虎的吮吸声。

如预想中一样，这份彼此间的沉默带给当时的我一阵舒适，当余光里扫到章聿的膝盖，刹那间我有点想把脑袋搁上去，闭上眼睛好好放空一会儿的企图，而如果她和过去一样，把脑袋塞到我的肩膀上，我应该也会将一边的身体停滞住，以安顿她不堪重负下的小憩。我和她此刻扛着属性不同的两类疲惫，它们彼此交互，在房间里散发出淡淡的暖涩感。

然后我多余地瞄到她外套下的腹部。里面藏着的一桩源于自甘堕落的果实，藏着她用丑陋的姿态讨来的一段激情，理智迅速地归位到了我的神思中。很快地，我刚才还稍微温和下来的动作重新变得硬邦邦，一度源于自如的无言开始变成刻意。

她就这样把手上的茶杯左三圈右三圈地转个不停，仿佛这是唯一能被原谅的动作幅度，而连呼吸稍微大声点，也是很可能招来异议的。

那么我大概是在等待，等待她开始哭泣，开始诉说，开始反驳，开始怀疑与自我怀疑。总会有吧，之前没有，之后总会有，既然我早就认定她现在处于一种精神上无家可归的状态，那自然了，我一度因为厌倦而舍弃她，离开的灯光，原来再转半圈就会重新在海面上发现她破败的桅杆吧。

直到我忍不住被电视上主持人的玩笑逗出一个喷嚏，我根本是破戒般对章聿开口："这也太扯了吧？"

她没有准备，受惊似的转过眼睛看着我。瞬间的事，可我听到自己溃败般心软的声音。

"我没看过这个节目……"她居然也会有这样怯怯的声音。

"……"我重新闷头把最后一口面汤干完。

"是新的吗？"

我没有回答，只是心乱如麻地绞着背后的沙发布。

"最近好像有个很火的连续剧，不记得是日本的还是韩国的了，说检察官的啊。"她有一句没一句的，开始自言自语，"更新换代好快啊，我之前喜欢的那批演员，转眼就没有声息了。对了，大学的时候，最开始的一年，学校到了熄灯时间就拉电闸，我们电脑上放的剧情就没有了下文，然后大家都凑在一起胡说八道地给它们杜撰自己想象的结局，有好多男女主角都硬被我们掰成原来是亲兄妹，呵——"

"行了——"我实在按捺不住，"现在说这些有什么用，回忆过去也不会让现在软化一点。你这种做法只是逃避而已，只是矫情地逃避而已。行了吧，啊？"别再提过去了，和饮鸩止渴无异，回忆那些单纯得一塌糊涂，人生至高理想是和喜欢的男生拉个手的过去，徒让此刻大着肚子的自己看来更加没救了。

章聿停顿住，她的眼睛开始发红："曦曦……"

"叔叔和阿姨……他们知道了吗？"

她艰难摇头。

我觉得身下是沼泽，不可控地它又把我吞噬了一点："如果不满两个月的话，流产手术还是相对简单的……"

总有人得说这话吧，总有人得说吧，总有人得把"他今天换了白色的衬衫""你去看呀他在体育馆""你去广播台给他点歌好啦""你好死相啊""牵手了吗什么感觉？告诉我什么感觉"——总得有人把这些陈年烂芝麻一锅端走，换上今时今日的真相吧。

"他会离婚吗？""他会为了你离婚吗？""他做了这一步那

你就是标准的第三者；他不做这一步，那你更惨，你是被玩剩下的破鞋。"“也不小了，这个年纪头破血流，那以后的日子怎么过呢？"“这样下去人生就完蛋了啊。"

总有人得说吧。总有人得出面，一字一句地指出，我们都不是十年前的我们了。幻想是幻想，代价是代价，非同寻常的代价。可一把油花炸醒了锅子里的五谷杂粮，却没能停止女生在书桌后继续悄悄翻着双膝间的漫画，她要过多久才能体会，还是永远体会不了。那些机械的凉，酒精的熏，和人世的重。

"你还真是很舍得……"我觉得自己的话说得并不是带着酸的。

"……"章聿不出声，面前的杯子又被她左左右右地抚弄起来。

"我真的，很难‘切身体会’你。没错啊……我们俩的想法，其实一直都差得挺远啊……"

"嗯……我也知道的呢……"章聿像和那一串附在杯壁上的气泡在说话，"你总是更理智一点的。"

"我倒不觉得肚子都被搞大了,还能用‘只是没那么理智’来概括。"

"不是的，我没有这个意思……"

"……唔。"

"我没骗你。"

"唔。晓得。"我觉得自己心底的问题也快被一双手左左右右地捏出了成品的形状了，"……你不怕的哦？"

"有点，但能忍住……"

"我是一直很难想象，明明知道对方已经有了归属，为什么还能豁得出去呢。不担心会难堪吗，会丢脸吗，被拒绝了呢？明明白白告诉男人，'我没你不能活'，让他知道你就是少了他不行……你不会从心底里觉得发毛吗。这种付出不会让你有一点丢了脸的窘困？"

"好像是……我真的没有这些所谓的。"她不怕直接亮出最虚弱的底牌，从此往后的一切都有了孤注一掷和绝地反攻般的凛然。她如果有了对手，这只会更加大大激励出章聿的投入，她应该是巴不得自己的感情要披荆斩棘地抢下来，才配得上结局的完美。而我却是，早早地就把自己流放在外，只为哄住那颗脆弱无力的自尊心。那是我根植在本能里的弱点，没有任何解药的，屡战屡败的弱点。

"你怎么能一点也不害怕……"我想起连老妈都做过类似的点评。

"你和章聿还真完全不一样的。"老妈端详着我，像工匠在检视她一件耗尽心血却依然难掩瑕疵的作品，只是这瑕疵却召唤来她更多难舍的情感。"你啊，什么都守着，不肯冲一冲，看见一点危险，一点困难，就立刻收手了。但我倒也不是在责备你。毕竟这个年——"她敏捷地更换了说法，"都已经走到现在了，要投入一段感情，肯定也要前思后想才行。"

"所以了，连你都这么说，你该知道我有多难办了吧。"

"我一直知道。"老妈语气伤感着，转过身去把脚下那台缝纫机踩出欲泣的咿咿呀呀声。

"要么是，小时候我发过一次严重的高烧，也许那时候脑子烧坏了吧。"连章聿也逐渐地察觉我的疑问并不是针对她的，她的声音逐步柔情起来，"人大多有自我保护意识，稍微风吹草动的不妥，也会让他们宁愿放弃吧。说到这个，可能有点偏题吧，但我之前看过一道选择题：红，绿，两个按钮，红色那个按下，有百分之一百的可能，你会得到 100 万；但绿色那个按下，有百分之五十的可能，你能得到 1000 万，但另百分之五十的可能，你什么也得不到。你会选哪个呢。"

"我会选红的。"我的回答压根没有经过太纠结的思索。

"哈，我猜就是。"

"而你是选绿的，对吧。"

"嗯。我也是，毫不犹豫就选了绿的。也有一点，类似吧。和前面说的。"

"所以，就是因为这样……总是害怕最坏的结果，所以每次都选择不参与，选择最安全的自保方法……我才会一直一直也没有办法投入地和人恋爱吗？生下来就定死了的，狗改不了吃屎，还指望着好好地，顺利地恋爱吗，我也配？我有什么资格批判这个批判那个啊，我这种孬种有什么资格说'我心目中的恋爱应该是怎样怎样的'？叶公好龙不是吗？真的遇上了，觉得未必会善终，担忧难保会分手，害怕对方搞不好就移情别恋了。发了两条短信，没有回音，那就差不多可以把对方石沉大海了，要我再朝前踏一步就跟踏入爆炸中的核电厂一样。所以，还是选择那个红色的按钮吧。有个最低的保障我就满足了。"我想起之前和辛德勒之间的短信往来，里面也用到了许多言不由衷的微笑符号，可当时的屏幕反射着我的表情，力证我确实是微笑着的。我微笑得完全不明理由，全然为了微笑而微笑，以此就能抵挡住我写在邮件里每一字每一句虚无的问候，里面灌溉着全部的狡诈而阴险的意图。KTV 里有首被唱烂了的老歌，叫作《至少还有你》，然而我以前没有考虑过，这个语法组合的句子还有这样几近邪恶的意义。只是，我在这个邪恶的念头中，获得了为数不少的慰藉。

"至少还有你么""顶不济还有你啊""有你也行了啊"。

"你见过这种人吗。"我继续冲着章聿咒骂似的斥责着自己，"'喂，这里有绝对没有缺陷的，不会过期不会变质的，也不会有一丝一毫腻味的可能，永远顺眼，打过玻尿酸，刷过福尔马林，还被水晶棺材保护的一样，你能提供这种恋情吗，你能保证绝对不会有一点点问题哦，不会让我有不适，有勉强，有顾虑哦？你就当我是豌豆公主嘛！能保证吗？你不能保证的话，那我就还是挑这堆鸡蛋回家吧，反正我对鸡蛋没啥要求，能炒出泡花来就行'。你见过这种呆 × 吗？那不就是我吗？是这样吧，所以一切我这个呆 × 都是自找的啊。我认认真真表达过吗，专注地沉沦过吗，我什么时候能舍下自己这层脸皮？这层脸皮到底有多金贵啊？所以我绝对是活该不是吗。我过成眼下这样子绝对是活该啊。"我听见从自己身体里发出难以遏制的哭腔，宛如吃到了辛辣的食物，产生痛觉的却不只来自唇齿。当长期以来对自我的麻痹终于暂告一段落，我才呼吸急促地发现，这个伤口带来的痛楚感其实惊人地强烈。

"……别这样想，你看我的肚子，像我这种，也不怎么样嘛。难不成你还发自内心认为我现在这样挺？那咱俩换呗，我现在一天里小便多得都能把大便冲走，你要跟我换吗？"章聿在鼻涕中破着笑对我说，"也许只是因为你遇到的总不是应该的人。所以，有什么好投入的。等到真正对的人出现，搞不好你比我还疯狂，一个没留意你就把对方切了吃了。可别啊。"

　　"我已经没有信心——无论多喜欢，我也没有信心，可以克服自己本能上的缺陷了。"

　　"……不会的……"

　　"呵……"

　　"不会的……"章聿在我身边缩紧了身体，那个源自腹部的提示似乎完全失去了先前的效力，她的头发因为鼻水而沾了满脸。但我也顾不上去替她打点这一切了，我也需要仰视着天顶，让情绪中正在绵绵不绝涌来的伤感不至于一口气战胜了眼眶。

7

两手空空的结局，
有一半原因是自己一直默契地配合对方而得来的。
她回想自己配合得真好，
一点也没能发现，一点也没有质疑。
外界是给了最大的舆论支持，说她是被蒙蔽了。
但系在眼睛上的布条，难道不是自己选的吗，
自己扎上去的，还扎出了忠心耿耿的紧。

那天晚上到最后我和章聿分不清是谁在哭谁。理由成了一个抽象的施令者，中间繁冗的论证过程被省去了，从"难过"到"落泪"之间近得无非两三步，拍拍肩膀就能拥抱到一起。都说"性格决定命运"，这行名言应当是唯一能够在全世界每个人身上都得到证实的绝对真理。只是人与人之间各异的性格是如何被塑造成绝不相同的两片叶子，满树林都是在空旷中被高深回荡起的沙沙声。

　　我回忆不出自己是不是童年经受到了什么，从此后对失败产生了巨大的排斥感，导致多年来习惯了像鹌鹑般缩着脖子过活。也不知道是什么造就了像章聿这样抗压的戏剧性格，但至少不存在那么简便的方式，把我们放在一起就能取长补短，我和章聿建立互相交换熊掌和砒霜的学习小组，让问题轻易得以解决。帮不了，实质上的帮忙根本不存在，除非钻到对方的皮囊里用自己的灵魂替对方活一次，但结果也很可能是和目前不相上下的各自惆怅。

原先预备着在第二天打开手机后，短信提示音"叮叮当当"连成一条不断的山涧，砸得我既满足又心碎。而短信是有的，也的确来自马赛，但内容和数量让我失策。他发来了前后共两则，上一则说"上飞机前给我消息"，下一则问"登机了吗"，之后排在了队列里的就是流量通知，天气预报，团购新活动（未完）和团购新活动（完）。我逐条逐条翻阅，手机没有再兴起任何动静。查验信号是满格的后，我接着拨出自己家的号码，证实不至于遭遇欠费停机。原来什么都好好的。那不好的——我的眉头静静地扭了起来——马赛的短信内容停在了一个设定之外的地方，给原先的剧情断出了令我陌生的逻辑关联。

　　正在我暗自苦笑的时候，手机突然活了过来似的在手里振出了铃音。他的名字反映在"来电人"一栏，令最初全无防备的我瞬时手一颤，居然不小心按成了"拒绝"。

　　但我前一秒的失意终究得以释然，在等待马赛再度来电时嘴角下意识拧出对自己笨手笨脚的嘲笑。原本赶往公司的步伐也由方才的焦急而松散起来，仿佛暗中要在路上空出一段来给他。

　　然而我的期待换来梅开二度的落空。手机重归了静默。一直到脸部肌肉都纷纷抗议，我才从自己陡然化为萧索的五官中计算出这份等待持续了多久。久到他的放弃成了存心为之。

　　我忍不住了，在公司大楼前打了个弯，躲进一边的屋檐，吸了口气回拨出马赛的电话。

　　"喂……刚刚你找我吗？"

　　"……"听筒里持续着沙沙的电波音，却能够依稀发现马赛的呼吸声。他停出一个让我心慌的空白："啊，是。"

　　"……怎么了吗？"

"没……"

"那为什么……"指缝中冒出了忐忑的湿润，"是在生气吗？……生气了？"

"不……倒也不是。"他前缀了个莫名的副词。

我像连连踩空楼梯，神思上难以维持镇定的平衡："我是……后来冷静下来……主要手头还有很多工作，所以……再加上有其他熟人也在的话，多半是不好的。"

不知道马赛有没有把我提及的"熟人"和汪岚画上等号，他仍然不停地否定我："不是这样……"电话那头的矛盾心情快要把守不住，有刹那几乎让我看到了从马赛艰苦的按捺中，仍然要把容器撑破的真相，最后他悻悻然地说，"算了，有什么等我从厦门回来再讲吧。"

"嗯，好啊。"

"你不要……总之别胡思乱想。等我回来吧。"他省略掉的也许是十几个字，也许是几百个字。但我那会儿还以为只是省略掉了一个委婉的埋怨。

"我没啊，我不会的……"我撑着一侧的瓷砖，在上面留下自己的几枚白色指印，缓缓地它们开始往下延伸，可就在我打算继续追问的时候，马赛匆匆地收掉了电话。

对话结束，我面对一条笔直的大理石路面却认为自己走进了迷宫深处，神经在四周的围逼下草木皆兵地鼓噪着。等我走进办公室，会议室里两名正在边吃早饭边闲聊的同事目光灼灼地抓住我："盛姐！盛姐！你听说了没呀？"我干咳一声，带出"什么"的语气。"这次汪老大不是去了厦门吗，你知道撞上乙方的负责人是谁吗？"她们等到我配合的目光，于是口气愈加高昂着，恨不能亲身经历的遗憾要用另一种渲染来弥补，"是她前夫！"

"……前夫？哦你说那个，谈不上前夫吧，前男友而已……"话说到半路，胸口却仿佛撞上了暗礁，迎来"嗡"的一声响，接着沉没开始发生，短短几秒内，四面八方地被攻陷。

似乎是，隐隐约约，但不会有多少偏差地，我觉得自己可以猜测出来了。

在故事从豆浆牛奶，面包饭团里建立起时间人物地点三要素的最初几分钟里，我都不住地诧异自己居然没有多动摇。更奇妙的是，宛如得到了真相后，不论这真相如何，照样值得我单纯地松一口气。

汪岚在厦门遇见了前男友，对她而言，称得上是老天歹毒的恶作剧，她险些就要称了老天看戏的心，脸色白得盖不住，手指里布满了细小的惊惧。投射在她瞳孔里的小人是如此客套，和气甚至绅士，递来名片的同时，声音也温文尔雅地询问："你还好吗？"但仅凭我的认识，在和汪岚经历数年恋爱长跑后，当初也是同样的人，顶着未婚夫的头衔，"我和我父母也谈了一次，他们也理解了，所以希望也能得到你的理解"，三言两语，就在一张饭桌上撕出两个阵营来，刚刚从家装市场抱着一只落地灯回来的汪岚得到一个分手宣言。

似乎是有了比汪岚更貌美，家境更富裕，房产证可以凑成半副扑克来打，岳父岳母深藏在京城的宅邸里，喝的水和吸的气宛如都是从外太空里特供来的——总之有了条件更离谱的女性可以选择。于是他根本没花太多时间来痛苦，他非常清楚一旦过了这个奥运村，之后就再没这个精品店。屁股上点一把火就冲上云霄去追逐自己的幸福了。

在如此赤裸的理由面前，反而让人连投入的憎恨都徒显多余。"跟一般人分手不一样，感觉就好似有天接到通知说，'你未婚夫是头猪，不是比喻，是真的猪，鼻子朝前拱，耳朵巴掌大的那种''其实他之前都伪装得挺辛苦，反倒是你一直没发现吗，他每次路过超市的'双汇'柜台就会发抖诶'。"当汪岚把这事描述得越来越像个标准的笑话，她毫不为自己辩护的爽利表明已经从摔倒的地方站了起来。爱过的人是个傻×没错，百分之百纯天然无添加，字典里倘若需要"傻×"条目的配图，那就是他的照片没错，傻×们如果集合起来建个国家，元首只能是他没错，这个和自己携手共度了数年的人，唯一能对世界有所贡献的就是掺进几颗玉米做成甜香肠。

她最后一次走进装修中的婚房，这里摸一摸，那里敲一敲，角落里堆着买回的灯，还没拆封安装，外包装上画着图形，这部分线条原先是要出现在她的未来人生里的，未来的人生的画卷，需要一缕很好的光线，区分了图画上的明暗面，让瓶里的花立体了，让沙发上的靠垫松软了，让一个周末夜晚的房间融入整个城市的"寻常百姓家"里，连朴素的懒怠和慵懒都带上了香味，她想象自己把电视让给了对方看他喜欢的财经频道。

汪岚从房间里离开时，下巴上带了一条疤，不算很深很长，但估计还是流了不少血，据她说是让钉子剐到的。新家没有东西让她止血，只能蹲在还没安装洁具的水龙头下洗了又洗，最后胸口的衬衣也湿了一大片。她把伤洗到了胸口，冷得在心里狠狠哆嗦，还是咬住了牙齿没掉眼泪。她的意志在那几天飞速地坚硬起来，像得到了真正的淬炼。

耗时多年的付出，末了堪比上交一笔奢侈的学费，既确认对方是无耻的傻 ×，也明白自己其实好不到哪里去。两手空空的结局，有一半原因是自己一直默契地配合对方而得来的。她回想自己配合得真好，一点也没能发现，一点也没有质疑。即便外界给了最大的舆论支持，说她是被蒙蔽了。但系在眼睛上的布条，难道不是自己选的吗，自己扎上去的，还扎出了忠心耿耿的紧。

汪岚就是这样，等到她在机场见到了那个从旧时光里来的加害者时，等她可以直接对视来人，才意识到原来陌生和熟悉间的重合严重地腐蚀了她的理性。汪岚一把钩住离自己最近的手臂，且不管那个选择会连着怎样的根，有根还是另一片彻底无根的浮萍。如果那些骄傲的大义在此刻遭到霜打弃她不顾，至少还有一个荒谬的念头愿意出来替她先挪动棋盘上的一个位置。

我是过了许久才听说当时的具体情景。倒还真和我的猜测八九不离十。

"我么？还好。"汪岚接过前男友递来的名片，"哦，忘了介绍。"她挽着马赛的胳膊。"这位，王博潭。"她又转过脸，"这是马赛。"

"哦——你好，'马赛'。"

而汪岚已经被削至最薄的神经听出那个藏在尾端的，只是些微凸起的问号，于是她在口气里笃定起来："嗯，我男朋友。"

她大概是彻底地铁了心，电视里那些跳着蹦极的极限运动员也未必有她那么决然的孤注一掷，使得她的声音无可挑剔地真实了起来，像从头至尾都交代着一件不容置疑的关系。

我沿着走廊来回地踱步，动物园里躁动的狼大概也和我持有类似的心情，这个时候倘若有谁丢一只活鸡过来，谁知道我会不会突然兽性大发跳到半空叼住它的脖子呢。打小我就不是一个逻辑思维严密的人，老了也一定属于诈骗犯们重点监控的对象，而年轻时——如果我此刻还在这个区域里，直觉总是最高领袖，让我往右走我不敢朝左，让我吃麦当劳我不敢进肯德基，而眼下它只告诉我一个方向：

　　"别去想了。"

　　领袖的话听着怎么也跟放屁一样呢，难道他没有听说过那个著名的心理试验，"不要去想白色的大象"么。

　　远在厦门的马赛现在就是我心里白色的大象。

　　我靠着玻璃窗，用手机和心里的语文老师进行殊死搏斗。一稿："厦门好玩么。"二稿："厦门好玩么，工作忙吗。"三稿："厦门好玩么，工作得怎么样，有什么状况没。"四稿："厦门好玩吗，工作得怎么样，有什么状况没，有吗。"

　　到了第五稿，我感觉自己仿佛生平认识的汉字，可以运用的汉字只有那十几个而已。却偏偏要用它展现我的推理，我似有似无的在意，我的一点怜惜，我更多的理解，和我真正想要告诉他的，我强烈的不安和不甘。

　　"×的。"拜托以后作文不要再出一些无关痛痒的题目，庄子说了什么做了什么关我屁事啊，"梯子不用时请横着放"关我屁事啊，"握住这滴水"关我屁事啊，来点更实际的，能让人不至于在日后痛不欲生的练习吧。

我终于和汪岚通上了视频。

起因自然是工作，但很快掉转了方向。

"你太强了。"我比出拇指，"这种情况下都能忍住？你包里不是一直放着把铁锤吗，拿出来砸那王八蛋的天灵盖呀。"

"是啊是啊，要不是坐飞机时被安检没收了，诶……"她附和地笑。

"王八蛋还有脸来主动跟你打招呼？……"汪岚的前男友名叫王博潭，虽然至少这几年来他都是用诨号活在我的印象里。

"其实他能做出这种事，我并不吃惊。去年我姐生产，不知他从哪里得来的消息，居然还发个短信给我表示祝贺。"

"好可怕……你没有回复，祝他也尽早投个好胎么？这辈子算是没救了，至少下辈子争取当个猩猩。"

"我冷笑一下就删了。只不过，这次确实太突兀了。"

"看来他现在爬得挺高啊。"

"要爬得不高，还怎么在陈世美界混呢？会被其他陈世美联合鄙视吧。"

"嘻嘻。"我乐得像个诚恳而老练的托儿，"你没想个办法报复他么？"

汪岚朝我张着眼睛，显然她是在参透我的句意，可事实上，比任何人都紧张的是我吧，我感觉自己才是那个等待审判的犯人，惶恐让我抓住每一丝在汪岚神色中可能游过的任何痕迹。她是莞尔，是不解，是释然，或者干脆哈哈大笑，都能将我从悬崖上拯救回那关键的一步吧。

"啊？报复？……"可她偏偏沉思起来，说沉思也不准确，只要顺着她五官中的那些蛛丝马迹拉一拉，扯一扯，就会轻易落下来的，会是那些粉色的，羞赧的叶瓣，"其实，也没什么的。"

"说呀？！"有什么不能说呢？说他和你没什么，只是那些常见的，他只是帮你挡了一把玻璃推门，给你顺便带了一杯咖啡，他朝你的笑只是寻常的笑。马赛的好心在你最糟糕的时候合情合理地站在一边成了支柱。

"真没什么。我先下了，还有事要忙啊。"

"诶？那什么时候回来？对着那个王八蛋你还要在厦门留十天么？"

"十天？我原本也没有要待那么久啊，也许是其他人吧，我后天就回来了。"

"……唔嗯……好。"我不甘心地在最后追问一声，"真没别的呀？"

那之后的十天里，我跑了一趟近郊，开了六个会，回了一次家，老妈烧在锅子里的排骨给忘了，黑漆漆的两大块送给楼下的野猫吃，连野猫也深深地鄙视着跳过了。我给章聿打过两个电话，说不了什么，问还好吗，身体有变化吗，被家人发现了吗，"决定了吗"。等到汪岚回来后，每逢午休，我都得花五分钟设计聊天的线路来打探我渴望的内容，而接着便再花十五分钟说服自己别犯贱了。

第十天，我的手机上跳出一条短信。下班后我又磨蹭掉四十分钟才下到车库，坐进车里，没有多久，他在我的车窗外出现了，和我对视一眼，他绕到副驾驶侧，而我也打开了门锁。

马赛坐了进来。

"饿么？去吃饭？"我问他。

"我其实还好。看你吧。"

"行，我记得前两天他们还在说新开了一家越南餐厅挺不错的样子。"我开始用手机搜索餐厅名称，一边随意地问，"真不饿？"

"同事下午刚在办公室里分了蛋糕。"

"哦。谁啊？我认识不？"

"应该不认识。大学还没毕业，来实习的。"

"女生？"

"男的。"

"男的？分蛋糕？"

"我也是这么想的。"他忍不住笑出一些，"虽然我也吃了一大块。"

"原来你不讨厌甜食。"我找到餐厅的地址，就在踩下油门的时候，回过脸问他，"厦门好玩么？"

这一切都是我计划之中的，接下来我要遇到一个号称手动挡必杀的上坡路，一个收费处，出去后还有市中心繁忙的十字路口等待着我，我有许多事情可以做。我可以和收费处的小妹交谈两句，可以让马赛帮我整理一下发票，可以抱怨一下过久的红灯。它们可以把我整整齐齐地切碎了，把我的疑问整整齐齐地切碎了，让它们的威力被自然分解成许多碎片。

马赛在后视镜里抿起了嘴，他的牙齿下必然是像镇纸似的，用力压住了一些关键的词语。

"吃沙茶面了吗？我记得好像是特产来着吧。日光岩呢？去没去？"我要继续撬一撬。

他些微地动了动脖子，那是摇头的端倪吗？

"那天我打你的电话……"马赛终于出了声。

"嗯。你说'等我回来吧'。"我简直不依不饶起来。

"我这么说的啊……"

他的语气奇妙地平缓了，好像在什么我看不见的地方被某种高温的物质熨了一下，我按捺不住，扭过头去："是啊。你不记得了？"

但马赛没有回答："小心，前面有车在倒库。"

"哦……"我咬下嘴唇，这原本应该是属于我的调节剂才对。

"对了，我那天打电话，其实是想和你确认，是不是我的女朋友。"他用最漫不经心的起首，开门见山地问我。而我已经驾驶着自己的车，结结实实地撞上了坡路尽头的立柱。

撞了进去。陷了下去。保险带扯住我一部分身体，又动弹不得。

离最近的车库保安赶来，顶多也只有一分钟的时间吧，我只有这一分钟，哪怕肉眼可见的程度，我的车前盖已经被吻出了清晰的弧度，但我必须抓紧这一分钟时间："……是吗。"

"是的。"马赛慢慢地压着下巴，让头点得既轻又慢。

"……"我持续语塞，时间在手里纷扰地逃走。很快传来了保安们大惊小怪的说话声，他们比画着逆向的圆圈形状，催促我把车驶离事故现场，方便检查受损情况。我在座位上僵持了几秒，最后还是放弃了，虽然内心深处的仓皇传到脚底，让我连倒车都有望达到八十迈的飞速，两位保安当即不满地嚷嚷起来。

"你搞什么啊？要死是吧？还想再撞一次？" "不会开不要乱开。脚底要稳一点，不懂啊？"

"你瞧瞧，这擦得厉害啊，你肯定要进保的。怎么？你倒是下来看看啊。"其中一人回到车前，对我连续比着手势，最终把我从驾驶座上唤了下来。只不过我一下车，就转身朝电梯走去。

眼看电梯快要停在负二层时，我掉过头冲了出去，用力地拉开安全出口的门，但门那端也有外在的力附加上来。我和马赛推拉着同一扇门定在那里。

"我觉得你真的可恨至极。"我恶狠狠地瞪着他，"你是在享受这所有的事吗？忽然当真忽然不当真，对你来说都是再正常不过的了？"

"我从来没有那样想。"他没有回避我几近诅咒的目光。

"得了吧。"这事又不需要一句句一条条用笔记下来，张贴海报才算数。你的潜意识里早就确定了，你的潜意识是长着翅膀的，它们根本不会受到任何限制。

"其实我也不懂你，对你来说，你到底是需要我的存在呢，还是我的存在反而让你讨厌呢。你的需要才是时有时无的，行吗？"他居然反咬一口。

"你混账——"

"我从来没有跟一人，跟着她，她让我半夜十二点来我十二点来，让我半夜一点走我一点走，她对我说那我跟你去吧，她让我等得手心里全是汗，最后还是一声招呼也没有地结束了。"可原来马赛在真正地生气，他在生气，他凭什么生气？

我一下离自己内心里的地面异常遥远，胡乱甩着身体希望从那根带着我跑的绳索上，甩断掉下去也好："……你不懂就不懂吧……"

"你松手。"他撞开门，把我拦在电梯前，"我出门，走得再远，再久，给家里打电话，也从来没有跟我父母说过那种话，只是没有这个习惯而已，我顶多说'飞机是明天几点的''你们不用来接'——"

♕

　　"什么话——"可我在出声的刹那就明白了，"……"

　　"想想也很奇怪，'等我回来'，难道我是要回你那里去吗？"

　　"……"他大概是砸碎了一个玻璃般的器皿，在我的脑海里，分裂出来的所有带着刃面的碎片，让我一动也不敢动。

　　"我也一直想问这样的话啊——你到底想要怎么样呢？你是我女朋友吗？"

8

　　但从什么时候开始，那个传闻中的幸福，
　　　　变成我要从别人手里讨过来。
　　从父母的认可里讨过来，从上司的赞许里讨过来，
　　从路人的回头里讨过来，从新开的商场里讨过来，
　　　　从堕落的朋友和孤傲的知己手里讨过来。
　　　　　　从一个男性手里讨过来。

両位保安带着满脸的错愕赶上前来，责问的语气里还腾腾着一种缉拿肇事逃逸者般的兴奋，只不过等他们看见我和马赛堵着一扇电梯门，哪怕不用过多修辞和描写，他们也能瞬时领略到一种意外的"关"和"开"在僵持不下。

"围观群众"的出现除了突显我的烦躁和不快外没有任何作用，尤其是余光里掠过他们居然饶有兴致地抱起了手臂，肘弯里的空余为一袋瓜子做好了预留。我愈加紧张，一切都在督促我必须尽快为这个镜头打上"完结"的字样。

"行了。不说了。"我甩下马赛的手腕。

"你先回答我。"他却迅速地反击了上来，重新回到我手臂上的力量带着更进一层的逼迫感，不再是和先前一样笼统地握，它们变成五根明确的手指，在我的皮肤上一根一根地上锁。

"回答什么？有什么好答的。"余光里的观众们看得眉开眼笑，我胸口强烈的抵触情绪像在绞杀一根稻草的轮轴，已经崩出脆弱的飞屑。

"你不要回避。"

"我没有回避。你赶快放手，我得打电话给保险公司。"

"这事还没必要着急。"

"你知道什么——"

"只要你的电话是在四十八小时内打的，就都没有关系——这点常识我至少还是知道的。"他快要在微笑中故态复萌。

"……你不幼稚吗？……"我没有其他话好说，只能笼统地胡乱开炮。

"你先回答我。"不自觉地，马赛扬起下巴，角度让他的目光被削成锐器，他就要从那里切下什么，"盛如曦，你先回答我。"

我太没用了，我真的一无是处啊，用更直接点的说法，我弱爆了，我笨得像头驴，不，连驴都不会像我这样愚蠢，我居然是在这个时候，这个节骨眼上——一辆撞瘪了前脸的车停在二十米外，两名喜洋洋的路人在身旁围观，我错过了一切的时机，却因为对方只是喊了我的名字，三个字，连名带姓，马赛喊了我的全名，他毫无征兆地触动到我的哪个开关，让暗门下，有了泪腺作用的咸味。

我忽然就冒出了眼泪。

真真正正的眼泪，想忍耐的念头刚刚兴起，就把它们逼得像堵进狭窄入口的潮水，孤注一掷般涌得更高了。

当我明白过来，这突如其来欲泣的冲动既不是源自气愤，也绝非愕然或恼怒。恰恰相反，眼泪装饰一般沿着眼眶，软软地泛成了连我自己也无法理解的，压根是带着甜味的怅然啊。甜的，饱满的，宛若一颗露珠的，怅然啊。连从我的眼睛里看去的马赛，过往那些牵扯不清的标签从他身上迅速隐形，"年轻"也好，"后辈"也好，每一个强调着我和他之间固有差别的标签。马赛好像一件件脱去冬天厚重的羽绒服、围巾、毛衫，然后只剩一件单质衬衫那样，站在我面前，成了和我平等的人。

　　是这样的吧。对他来说，此时的我不是什么前辈，我无关资深，也没有那么多和现实有关的拷问要在他额头上绞起紧箍咒，于是他可以露骨地瞪着我，毫不避讳地用全名叫我：

　　"你不说清楚，我就始终过不去。我就老是弄不清楚自己的状态。我没你想的那么无所谓，所以盛如曦，你先告诉我，你是我女朋友么？"

　　马赛完全地正色，看着面前这个比他矮大半个头，鼻尖在情绪下泛红的我——他觉得忽冷忽热，多少有些无法捉摸，以至于让他忍无可忍的我。他没有丝毫犹豫、退却，甚至连距离感的礼貌也成了多余，既然我们都是那么平等地站在一个属于感情的难题上。

　　"我答不出来，因为我不知道。"是啊，我为什么就会知道，为什么必须得由我来决定，"为什么不是你来决定呢？凭什么由你来咄咄逼人地问我？"

　　身边的车库电梯在此时打开了，闪出一对女同事的脸，她们冷不防被面前的状况吓一跳："怎么了？这是？"

　　我终于得以乘机架开马赛，眉头一紧，仓促地扔下谎言："突然冲出来，害我撞车了。"

　　"诶？要紧么？你没事吧？"

　　"没什么，就是车剐了，我得上去找一下保险单——"我朝两名保安转过头，"很快就下来。反正车不是停在主路上，不会影响其他人进出吧？"

"……什么？……你现在去哪儿啊？"他们的注意力终于回到了本职岗位。

"说了上去找一下车辆保单。"我站进电梯，目光避开马赛，按下了关门键。尽管大概从我长记性起，比"人之初性本善"更早学到的就是"电梯绝对不会因为你死命按着关门键而关闭得更快一点"，但这也绝对是许多件明知却依旧要故犯的事中必备的一件了。

那天在机场咖啡厅里的近十个小时，我差不多把自己坐成了店员眼里的流浪汉。有一位早上打飞的走，晚上打飞的回的商界精英，在归途中发现那个清早就趴在吧台上的女人，居然把姿势一模一样地维持到了现在，他眼里的惊诧不小，甚至不由得看了看窗外的天色，以确认不是自己穿越了时光隧道。

可我还是多多少少为自己找了点事做。包括把手机里的通讯录全部配上照片，又用它看了半部电影。观察了一下周围的客人，猜测他们彼此的关系。回头观察自己的手指，从化妆包里找出长长的指甲锉刀时，突然想到，这玩意很可能过不了安检吧。

就这样，明知结局我并不会去搭乘那班飞机，可我却花了很长的时间盘算要怎么解决这把锉刀的难题。

最后我是找到了咖啡馆里一个非常不引人注目的死角——有把沙发在靠垫与坐垫间破了个小洞，几乎不用花什么工夫，我就在店员们不注意时悄悄把指甲刀塞了进去，它大概一直滑落到了背部的底座里，伸手能从外面摸到笔挺的形状。我又在沙发上换了几个坐姿来回确认着，确保既不会伤害到其他人，也着实是完完整整地藏匿。

我体会着大功告成的宽慰。仿佛从此有了和这个庞大的机场之间，一点天知地知你知我知的小小秘密。具备了这份交情，往后我们便不再是只以旅程为目的的旅客和场所。我们之间有了游戏，有了故事，有了可以期待和被期待的关系。

我不知道为什么坐在办公室前，胡乱翻找着抽屉时，自己会突然想到这一段。

好像尽管是充斥了混乱和煎熬的十个小时，我原来还给自己留了一手。

车送去维修的第二天，我久违地挤起了地铁。早上八点四十分在车厢里感受着濒死体验，一路上已故的亲眷们排队在窗外冲我招手，到后来连我也不得不加入了凶狠的抢座位大军，和四五个彪形大汉一起，为了那个即将腾出的空座位使出了指甲鞋跟的卡位战术，眼看胜利在望，余光里一位颤颤巍巍的孕妇终于在人群中露出了她的肚子。无奈我只能深吸两口气，用胳膊架出一个小通道，冲她点头"你来"。

孕妇很是感激，连连冲我道谢，她甚至用"端"的姿势，冲自己肚皮里的小孩说"今天遇见了一位很好的姐姐哦"，又仰着头朝我笑笑，这一来一去让我没有办法维持假意的沉默，只能和她闲谈起来：

"男孩？还是女孩？"

"现在还不知道的。"

"哦……"果然我的问题有够外行，"对啊，好像国内医院是不让透露性别的。"

"嗯。"

"那几个月了？"以我穿梭在贸易数据里的知识，也是无法判断一个圆形肚皮的月份。

"七个月。"

"是吗……那是快生了吧？"

"是没有几个月了。"

"哦……"我想，倘若是老妈在这里，一定会拉着孕妇的手，和她从受精卵开始一直聊到未来要给宝宝用哪个牌子的尿布吧。但我的生活里缺乏这种平凡的大众经历，连话题也要搜肠刮肚地想："这个时候要挤地铁，会很辛苦的啊。"

她赞同性地笑笑，脸色虽然带有怀孕时的浮肿，却依旧能看得出是年龄在我之下，二十三四岁上下的年轻女孩。由于孕期，自然是不施一点脂粉，头发剪得短，大概是为了生活方便，因此平底鞋，还有宽大的孕妇装，手指肉肉的，唯一的装饰是一枚婚戒。

我无意识地站直身体，还能在地铁车窗上映出的自己，衬着车厢的灯光，看起来格外苍白，也照清了穿着 Valentino 连衣裙的自己，头发是上个礼拜重新染好的，今天用了新的睫毛膏——不愧是号称"冲浪也不掉"的神级品牌，为什么不批量生产，刷到台风易发地区的棕榈树上呢。视线朝上一点，看见自己拉着扶杆的左手，因为施力突起着筋和骨，也有戒指，前年在香港大血拼时买给自己的 Tiffany 装饰戒，意义是庆祝自己刚刚拿下的一单生意。

就这样吧，我承认，从头到脚，无论比对几次——我只觉得自己看起来极其疲倦而失意。

办公室里位于八卦第一阵地的卫兵们发来了飞鸽传信。吃饭时有人凑近我的桌子："汪老大的事情好像不简单？"同事的目光里写尽了套话的热烈和急切。

　　"什么？她一直很强啊。哪里简单过了。"

　　"别打岔嘛，我是说汪老大的'办公室恋爱'呀？"

　　"噢。"

　　"据说她和一个企划部的男生在厦门时，走得很近。"最后四个字害怕打草惊蛇似的，一副地下党接头时的小心翼翼，好像周围都是眼线，她的声音越压越低，仿佛已经怀疑咫尺边的饮水桶下有敌特安装的窃听器，"汪老大，还把他介绍给自己的前男友诶！你想想，多精彩的场面。"

　　"我和你现在都走得很近呢，就隔张二十厘米的桌子哦。昨天不是也把你介绍了新的快递员。精彩吗？"

　　"又打岔！你其实也认识那个男生吧？"

　　"诶？"

　　"她们说有看见你和他在车库吵架？"

　　"诶？！"我演技快要炉火纯青，身后金鸡奖百花奖双影后奖杯在发光，"是那个人？是和他？天啊！"天啊，请不要劈我。

　　"对呀。"同事信以为了真。

　　"我的天……那可不靠谱啊，毛毛躁躁得要命，车库里还随便乱跑！"

　　"哦是吗？"同事貌似对车库里的分支漠不关心，"所以你也没问过哦？"

　　"问汪岚吗？没呢。"

"再说了，就算真在一起了也没什么吧。以汪岚的资历，除非是和老板他爸爸谈恋爱，不然很难影响高层对她的态度不是吗。"

"她们已经去围观那个小男友了。"

"小男友"三个字实在刺耳，惹得我颇为不满瞪去一眼："那么八卦做什么？多大的人了，平时上班是很闲吗？"

"越大的人才越无聊嘛。"同事到底不了解我内心的五味杂陈，"何况连那男生都没说什么啊。"

"什么意思？"

"啊？没什么，说是开他的玩笑被他一一默认了。"

"……你们说什么了？"

"还不就是那些，'以后在汪经理面前替我们多美言两句啊''汪经理眼光很不错哦'。后来听和他同在企划部的人说，那男生刚进公司时就一直暗恋汪岚来着……诶……"她完全没有体察我已经加速下坠的脸色，"这么看来，是也不用急，原先都以为汪经理这辈子就这样了，还挺同情她，谁能想到，绝地大翻身啊。"

我咽着一块巨大的饭团，卡在喉咙上不去下不来，再停留几秒，也许会大脑缺氧倒下吧。

我真想就地栽倒，再也不要爬起来好了。

四周的话音还没有退去那些红色的温度，忽然之间它们得以再度地复苏，我倒完一杯热水回来，见女同事们不分国籍站成两排，连那些一直散发着咖喱味的印度姑娘，都悄悄地为马赛让出一条路来，像红海为摩西分成两半。

他和相识的人打着招呼："下半年度的报表，那边让我来拿一下PPT。"

"哦？哦！行，你等一下。"当然没有放过调侃的机会，"这事直接网上传一下就行了啊。特地跑一趟——啊，好不巧，汪经理不在诶。"

"我们那儿的网络今天维修，所以没有办法。"他不置可否。眼神完全没有发现半躲在门后的我。

还是明明发现了呢？

我一脚站在门槛外，一脚困惑着该不该移出，直到看见一旁玻璃上自己的影子——穿着一条正红色的连衣裙，都这副烈士状的打扮了，除非马赛是个色盲，不然不可能没有发现我。

那就是故意的。

哪怕我已经踏出门去，迎着他走两步，始终把头埋在一旁电脑屏幕前的马赛，丝毫没有施舍来半点注视的意图。

我好像是踩着自己的自尊，然后一点点把自己逼到尽头。

这就是报复吧，是不甘心的回馈吧。我理解，我很明白。但从什么时候开始，那个传闻中的幸福，变成我要从别人手里讨过来。从父母的认可里讨过来，从上司的赞许里讨过来，从路人的回头里讨过来，从新开的商场里讨过来，从堕落的朋友和孤傲的知己手里讨过来。

从一个男性手里讨过来。

可每次到手的，那几颗粉末般的东西，连一个呼气都经受不住地微薄。

"怎么了？"汪岚把手按在我的肩膀上。

"没，最近油腻的吃太多，总是反胃。"我从咖啡厅的桌子前斜下身体，撑着右手扶住额头。

"吃了那么多，倒是也没见你发几颗青春痘。"

"因为不再青春了嘛。"我百无聊赖地搅着杯底，"对啦，王八蛋那边的活，你还接着和他一起担当？"

"目前没有其他人有时间来接手。其实我挺淡定的，反正现在不在一个城市，具体的工作又别人来负责，挺好，有我看着点，也许还能及时发现他又在哪里使诈。"

"你好厉害——我真心的。"

"都活到这个地步了，能不厉害么，我家里现在用来打草稿的废纸还是之前那堆买来没有用的结婚请柬呢。"

我想汪岚的独居生活搞不好比我的还要夸张。我指的不是垃圾的过期程度，或者碗筷的堆积程度，或者动辄在电脑前骂骂咧咧和人吵架的三八程度，她的房间干净得像在存心迫害自己，平日里的休闲生活也让人无从想象，而她的女人味也是在堪称严肃的条件下被逐条逐条训练出来的。牙刷总是摆成朝着一个方位，遥控器按身高站队，哪怕是放得即将泛黄的请柬，也仍旧是用丝带扎好放在抽屉里的。她有条不紊地控制自己，喜也喜得节制，怒也怒得合理。因此，一次眩晕中的突破性行径，对她来说没准具有弥足珍贵的价值。

"同事们在传。"我总算是开了这个口。

"传？"

"在厦门的时候，你和王八蛋之间——"

"这什么速度呀，20M宽带的网速也比不上这种下载速度吧？"

"好像连马赛的事他们也有听闻。"

"没办法，又不是在只有我们三个的密室里，周围眼睛来来去去的。"她非常坦然。

我是到了此时才了解了她是如何把马赛拉成己方的一个救兵。我脑海里闪动他挽着汪岚的手。很快，我的肩膀垂落了下来，成了一条破旧帐篷在强风中剩下的弧线："好不像你哦。"

"我也这么觉得。"汪岚对上我的眼睛时，被我率先避让开了。

"但也挺好。"

"会吗？"

"……嗯……你想嘛……马赛模样又不错，还比他年轻，肯定会惹到王八蛋的。"我往咖啡里倒了第四袋黄糖，不知道是低血糖还是缺氧，总之我的身体有发麻的趋向，"王八蛋现在秃顶了没啊？胖得不成样子了吧？咪咪垂到腰带以下了吧？"

"哈，我都不记得了。"

"干得好。"

"不过……"汪岚脸上有些微的苦，"你知道吗，我到昨天才刚刚反应过来……我也是，真的，太不考虑后果。"

"你指什么？"我机械地折叠着桌上被撕成两半的纸袋。

"也许马赛早就有女朋友了呢？——我居然一点也没有想过这个问题。"她心无旁骛地看着我。

"不一定吧。有的话应该早就出声了……"

"是吗？"

"嗯……"

"诶？我记得你还和他比较熟，没错吧？你们之前还一起出差过什么的。你帮我问一下呢？"

"……这个我怎么帮啊。"

"不用看得太严重。我也只是担心，万一他已经有了女朋友，这样的话，我对那女孩子也挺对不住的。所以，只要帮我发个短信，问一声就行了啊。你帮我个忙吧？我直接问还是怎么都问不出口的……"

"是吗……但我真的没办法——"

"你没什么可为难的啊？"

"……"我在额头上掐出自己的几枚指甲印，对汪岚收起了先前松散的视线，我几乎有些严肃地对着她，"行。"

我知道自己会说行。

"汪岚还是很感谢你上次帮了她的忙，不过她有些顾虑会不会给你带来其他困扰，所以她想让我来问一声，你现在有女朋友么？"我将这条短信经由汪岚确认后，攥在了手机屏上。

既然我也需要一个答案——

短信已发送。

在沉静了几秒后，我的手机屏重新亮了起来。

"是马赛么？他怎么说的？"汪岚不由得伸长一点脖子。

"嗯？……"我打开了收件箱，发件人一行果然写着"马赛"的名字，"是的……"

"他说什么？"

我用两手抓住手机各一侧，举在眼前，一个字一个字地，原封不动地，完完全全地读出他的回复：

　　"他写——"

　　马赛写——

　　"'有。'"

　　有。

　　"'就是你啊。'"

　　就是你啊。

　　汪岚翻过我的手机，换作任何一个人听到这样的回复也必然会确认信息的真假，于是我改为盯着手机屏背后的 LOGO 标志。

　　它在我的瞳孔里放大，继而翻倍，然后重叠。

　　而我的眼泪大概是比对面的汪岚，更快被抑制回去的，一场艰难的镇压。

9

喜欢一个人的感觉——无论之前走了有多远的路，
两手中间沉甸甸地收获着，
大颗大颗饱满的苹果，葡萄，荔枝，一罐金色的蜂蜜……
只要遇到了喜欢的人，不需要思考地，
松开双手，为了朝他用力地挥摆出自己。
那些收集了那么久的，饱满的苹果，葡萄，荔枝，碎在蜂蜜里。

　　一个由远及近的黑影，不到两秒，在我看清前，从前额传来的声音让我应声仰面倒在了沙场上。那颗肇事的皮球带着得手的喜悦，弹跳了两步后停在几米外观察我中招后的表情。

　　我抹了把鼻子，果真流血了，一个反呛后，喉咙里流过咸咸的腥味。身边的同龄人发出大惊小怪的呼叫，她们义愤填膺地把犯人揪了过来。即便他百般不情愿，频频转着圈子，想要摆脱女孩们抓在衣角上的一只只手。

　　"就是他干的。他存心的！"

　　"你要对盛如曦道歉。哎呀！你看她都流血了！"

　　如此盛气凌人的言辞当然无法让他乖乖就范，于是我眼看他脸上恼羞成怒后的阴郁从三分熟变成了七分，很快他一块一块地搬运起心理防线的砖石，仿佛是数落我拖了后腿："谁存心的？要怪就怪她自己反应慢。"

　　"我们明明看到，你就是对准了投的。"

"鬼扯。我才没那么大本事。"他又扫一眼我已然姹紫嫣红的人中部位，思前想后决定放弃承担责任，"有本事你们就告诉老师去。"

　　"算了。"我高高抬起下巴，撑着沙地爬起来，只能用小片余光寻找着方向，"算了，他本来就不是故意的，没所谓了。走吧，该回教室了。"抬着宛如高贵的脑袋，其实更像个被掰折了的笤帚，从十七岁的男生身边走过。讨厌的日光真刺眼。鼻血好像不应该吞回肚子里，没营养的东西。能不能干脆借着这个机会赖掉下一堂课呢……

　　"你说那个时候？嗯，没错，那时我是喜欢过你啊。"

　　"是吧？我猜也是。"我敲上一个笑脸符号。

　　"有一次我从别人那里要来你家电话，打了以后才发觉，居然是他们那几个混账给了我班主任家的电话号码。"

　　"笑死啦。"我又敲上一个笑脸符号。

　　"是啊，我回头就把他们臭骂一顿。"

　　"那你现在还打球么，我很早以前就听他们说你被选进省队去了？"

　　"前年就退役了。"

　　"呀，多可惜，你投球很准的。"

　　"是啊，我投球从来都很准的。"

　　表情符号代替了我，对那个已经用婴儿照片作为自己头像的人父，发出了很完全的愉快的笑。

　　我多少也会在某些突发奇想的深夜，抱着陈景润研究杂交水稻的钻研精神（假的），翕动着鼻子，孜孜不倦地追踪前任恋人们的消息。

除了个别烟消云散，要么是投身间谍活动，要么是在百度公司工作——不然怎么会半点搜不到他的消息啊？！其余的，大多能够更新他们已婚或者离异的近况。

于是那一个个被言情小说拍打着窗户的夜晚，我探身出窗去，恍恍惚惚看到过去的影子，他们等在电灯下，影子像烧融的蜡烛在脚下会聚着，只为了供出一双青春少年发光的眼睛。

好像是，又能重新想起"爱情"这个字眼来了。不论我离它距离多远，我赌气不理它了，或者干脆豪爽地把它忘记，但始终，它有任意门，九霄云外也能瞬间堵到我的胸口。

严严实实地把我逼到一个绝境，又用它万能的光让我逢生。

爱一个人，喜欢一个人的时候，我到底是什么样子啊。整个人像一条刚刚从水里打起的毛巾，一路被老妈骂着"地板都被你弄湿了你绞干点不行吗"，可依旧没有办法，没有办法的，稍微拗一拗就能在地面上湿答答地洒了一地。坐也不是，站也不是，躺下三分钟就要站起来，十平方米的小房间能够被我打转成可以容纳三万人的舞台，一首歌曲循环几万次地回荡。

说白了，"爱"，或者"喜欢"又到底算什么呢。到现在为止，我已经有些舍不得去回顾当初最甜蜜的日子了。倒不是因为回顾了以后就觉得现在的自己太凄惨什么什么的，当然这样的理由也是有的，但不占分量，最主要是，该怎么讲呢，那会儿真的太甜蜜了，让人觉得是珍宝一般，所以是舍不得的心态，就想把它好好地藏着吧，既然它也不会丢，不管今时今日是怎样，可至少在那段时候，我那么地喜欢他,他也那么地喜欢我——这样说起来,已经是一件格外美好的事了,它曾经让我不能控制地发光。

一口气坐到了地铁的终点站,跨出车门后面对完全陌生的地方,两条摆放着的休息长凳,我挑了最里侧的位置坐下来。

手机还攥在左手里。

现在想想,刚才在地铁上,我八成已经引起了周围乘客足够的注意了。本来么,差不多每隔两分钟就要从挎包里掏出来看一看,右手换到左手,左手换到右手再塞回挎包里去。好像我手里握的不是著名品牌的智能手机,而是神舟七号的发射控制器,需要我如此神经质地对待。没准再多来几次,它就能变成一只鸽子似的,从我的挎包里扑棱棱飞走,帮我最终完成这个简易的魔术。

可什么变化都没有发生,那条短信的每个字,每个标点,发送时间,收件人姓名,无论我几次重看也没有变化。

它就这样简简单单地肯定在了一个路口上。

大概三十分钟过去,我预感到什么似的抬头,旋即嘴上"啧"了一声,站起来对马赛说:

"好慢啊。"

"列车一路停停走走的。"

"是吗?难道又碰上地铁信号故障了?"

"大概是。"他挑挑眉,"等急了?"

"……是啊。"我不由得硬起脖子,"半个小时呢,怎么,不行哦?"

"没不行,我觉得有些高兴而已。"

"……有什么可高兴的……"我不由自主地避开视线，可他预计的效果已经达到了，我听见自己的声音无形中提高了半个音节，"时间不早了，走咯？"

"好啊。"

我们一前一后朝着十米外的自动扶梯前进，只不过到半路马赛突然喊住我："或者坐电梯也行的。"

"什么？"我回头看他，"那不是给残疾人士专用的么？况且，就三层而已，有必要——"

他却已经站进了轿厢，眼神一笑表示全然不赞同我的想法。

"年纪轻轻的却那么懒惰。"我皱起眉头跟了进去。

"年轻的才叫懒惰。等年纪大了，那就不叫懒惰而叫骨质疏松了。"他背靠着角落朝我抱起两手。

"是啊，好好抓紧现在它们还能握住彼此的时光吧。"我指一指马赛的双臂，"等以后只能隔着一座啤酒肚隔山遥望了。"

他莞尔："真的吗？"

"很有可能——"话音落到这里，我这才突然反应过来，"怎么电梯都不动，诶！你——"我目光绕到马赛背后的电梯内墙上，果然："你忘了按楼层啊。"

"喔。"他哼一声。

"真的……傻死了。"我举起右手要按住那个数字"3"，可是马赛阻止了我。他一个仰身，把我的动作卡在了他的脊背上。

"干什么？"我不得其解，渐渐地，脸上却不住地发热。

但他根本是清白地看着我，他清白地，把自己的意图既不藏着也不掖着地坦诚给我看。

我喉咙发紧："……迟早会有别人要进来的啊。"

"那就到时候再说了。"他很随性地下结论，却丝毫没有考虑到我已经被这句话吊起了最敏感的神经，让它开始风声鹤唳地为那个迟早要出现的第三人一轮一轮做着倒计时。

"这种地方应该有摄像头的。"我的思路混乱起来。

"又不会做你想的事。"他根本是嗤笑的表情。

"屁咧！我想什么了？"我反弹着抽回手。

"放心，要是你乱来，我会呼救的。"

"你这个人哪……"我忍不住睁大了眼睛，脑子里还残留着被浇了一盆冷水的炭火所冒出的浓浓白烟。但很快地，我沉吟起来，好像是听见了从某个门锁被开启的"咔嚓"一声，照进我瞳孔的光让我整个人冷静得近乎傲慢起来。"行。"我往前，一直往前逼近着他，近到马赛的衬衫纽扣能够在我的胸口落下清晰的触觉。本来就是，为什么一次次我都要怀着谨慎且不安的心情任凭他这样一个愣头青耍得团团转，而事实上，我根本不必对他有任何顾虑："想呼救你随时可以呼救的。"

马赛在我的声音里慢慢地站高，他身后已经没有多余的空隙了，他的表情承认了这一点。

"哼。"我终于朝着他长长的睫毛发出了解气的笑容，撤回了动作。更何况，与此同时，电梯在不知某个楼层的乘客按动下，开始朝上运行了。

最后它停在我们目的地的三楼。门外站着一家三口。我扯扯马赛的手腕："总算。该出去了吧？"

他也顺势拉住了我的手。"嗯。"他说话的声音不大，可还是足够传播出去，"刚才来的路上，我一直很想见你。"

　　我需要从他的身上得到力量让自己站得稳稳当当的，尽管与此同时来自他的力量又更大幅度地消耗了我。我好像是一碗被牛奶侵入的红茶，还在旋转着彼此的分界，幸好最后它们稳定下来。它们找到了恰当的比例，留下一个带着香气的夜晚。

　　"嗯……我也是。"我飞快地抹了一把脸，"……我很开心的。"

　　他毫不犹豫地刮了我的鼻子："想问就直接问，还拐弯抹角绕着弯子来问我。用得着那么费尽心机么？"

　　"……什么？绕弯子？"我有些迟疑，等反应过来，"可我不是……"

　　"嗯？"

　　我的左手插进挎包的夹层里去，无意识地抓着手机。我知道的，无论多少次去检查它，那条短信的每个字，每个标点，发送时间，收件人姓名，无论我几次重看也没有变化。

　　它就这样简简单单地肯定在了一个路口上。

　　几乎与此同时，马赛的裤子口袋里传出手机铃声。"等一下。"他对我说，一边松开了手。"汪经理？"他称呼对方，"诶？……啊，现在么？我现在在外面……"

　　是一个分岔的路口。

　　首先是玻璃杯里的水面开始朝外扩散出涟漪，然后是桌面上的一支笔滚到边缘，接着是窗户，然后是马路上，街面在跳跃——我的发抖是由内至外的。

那时汪岚迟迟不能将手机还给我。她一遍一遍地看，好像在破解密码似的专注。可破解密码也不会有她那样微妙而复杂的表情，至少我从来没有在谍战片里见过哪个特务用那样含情脉脉的目光注视一台发报机。但它们几乎尽数收录在我的眼睛里。是一个失手，打翻了所有的糖似的，让整个浓度发生了质的变化，还是一次细小的爆燃，从试管里放出了玫红色的火花。

我觉得自己必须要尽早地，离开她的事故："……那个，差不多要回去了啊。"

"嗯？啊，好。"她几乎依依不舍地把手机还给我，"如曦——"

"什么事？"

她食指按在鼻子下，吸了一口气："这事你先不要告诉其他人。"

"我明白……你放心好了。"

"嗯，帮我保密啊。"

"……我会的……"

我们俩从餐厅里一前一后走出来。奇怪的是，脚下像绑着的绳子，让我和汪岚不由自主地同时放慢，然后又领悟到什么似的加快。我们大概是中了同一种病毒的电脑，找不出解决之道时，反复重启是唯一的办法了。

"电话？"我在背后反抓着自己的胳膊。

"嗯。"马赛结束了通话后重新朝我走来，大概并没有察觉在这短短几分钟里，我已经默默地退后好几步。

"汪岚打来的？"

♛

"是啊。"

"工作?"

"不是。我也不太明白有什么事,她没有明说。"而他耸肩的样子几乎让我头晕起来。

"马赛……"我大概不可能把欲言又止表现得更聪明一点了。

他歪一点脑袋看我。

小时候从课外书上学来的知识告诉我,如果养殖了盆栽的植物,遇到外出远行的时候,要怎样维持它们的存活呢。书上说,准备一瓶清水,和数根棉线,将棉线一头浸在清水里,另一头就埋在盆栽中。如此一来,棉线会缓慢地将水分提供给植物。这个方法我试验过,一直维持很高的成功率,直到后来有一次跟随夏令营,大约有三十天没能回家,因而那一次我的方法失败了,料是"课外书"这样永不言败的知识载体,也没有能帮助我的文竹挺过一个漫长的考验。它从碧绿色变成鹅黄,稍微碰一碰,就开始掉下已经枯萎的茸毛似的叶子。

所幸在我一直由于各种原因导致许多动植物早夭的童年时期,这个案例并没能留下过多的阴影。我只大概地明白了,无论怎样的方法,一株草,在失去正常浇灌的三十天后也是会枯萎的。

我挽住马赛的胳膊。

用了很大的力气,让他紧紧贴着我一侧的身体。像第二十九天的文竹,用根纠缠住那条白色的棉线。

"怎么了吗?"

"没。大概是降温了,今天挺冷的不是么……要不今天就这样吧。

我想回家了。"

"诶？"他蹙着眉心，"不是你打电话跟我说要一起吃饭的么？"

"没什么胃口了。嗯，也不是，刚想起来，家里还剩着昨天的菜，不吃要坏掉了。"

"从来没看出你有持家的品德嘛。"

"不开玩笑，是真的。今天就这样吧，何况，你瞧我还忘记加外套了。"

"行吧。那送你回去。"他把最后五个字用"男朋友"的语气说了出来。

我一点也没有睡意。

等今天不知已经是第几次爬起来去翻看手机，它已经呈现被榨干殆尽的印尼童工姿态，宣告电量耗尽而自动关了机。这样也好，我倒在床上，不停地变换姿势，钻研"辗转反侧"究竟有多少种类。

总是有一个至关重要的地方出了问题，让我像所有其他恋爱中人一样，不能一心一意地只要傻笑就好了。用傻笑表现今天的兴奋，满足，冲动和渴望。目标也许在那里，可前面横着无法回避的一个巨大的难关。

我心里有一对尖利的爪子，可它们无法挖穿这堵墙。它们早就快从我的指尖上血肉模糊地脱落下来了，那到时候我就要投降认输吗。

如果不是这时响起了敲门声，我八成已经从床上爬起来又去开了一瓶酒。

敲门声在深夜时分恐怖得让我不由得抓住电视遥控器，大概我潜意识里觉得可以靠里面两节五号干电池电死歹徒。

"谁？谁啊？"

"如曦吗？不好意思啊……"

"……诶？"我匆匆丢下遥控器，跑去打开房门。

章聿的父亲脸色不规则地发红，鬓角即便在这样的夜晚，还是渗着汗水："对不住了。我没有你的手机，还好从章聿的桌子上找到了你之前给她寄快递时的地址……"

"叔叔，是出什么事了吗？是章聿出事了吗？"

"你知道她在哪儿吗？昨天晚上到现在，没有跟我和她妈说，就出去了，然后直到现在也没回来。音信全无，她妈妈是真的害怕了……"

我迅速地按住太阳穴，以防里面沉睡良久的蛇虫又爬出来狠狠地咬住我的大脑。我回忆起来了，上一回见到章聿，她已经开始出现浮肿的脸，她坐在沙发上，我陪在旁边呼哧呼哧地吃一碗面条，最后它在嘴里愈加地咸了起来，而我不断被风干的脸上又沿着几道泪痕扯出干裂的痛。我总归不能完全地明白，为了一个"爱"字，她要把最后的底线都擦得干干净净了，她简直摆出小学里三好生的模样，认真细致，手里的橡皮有着光滑的弧度。她最后吹一口气，就仍是一张白纸了。我好像是在梦中一样，听她从同桌的位置上转过来，明明是一张白净的脸，但告诉我"曦曦，我怀了小狄的孩子"。

"叔叔您先进来，外面太冷，别站门口了。"我小跑进客厅给章聿的手机拨去电话，只可惜回复我的是机械的女声"您拨的电话已关机"，"……应该不会出事的。她那么大的人了，也许，没准只是在哪里玩疯了，又忘带了手机……"我的胡诌能够勉强瞒得住吗？

"她可能会去哪儿，你有大概的方向么？"章聿父亲脸色不见丝毫放松的迹象。

我内心只有四个字"妇产医院"，但无法在此刻捅破："……没有特别的……啊，搞不好，我记得她之前提过有加入了个驴友团，说是有体验活动，去山里住一晚。山里，信号不好，有可能的……"

"不像啊。哪能一声不吭就走了？"

"……"连我自己都对这个蹩脚的借口感到羞愧，只能再换个思路，"没有消息就是最好的消息。我这边也会帮叔叔您找的。已经那么晚了，您自己也要注意安全的。要是最后章聿没事人一样地回来了，您倒被天黑拐伤了脚，那多不划算啊。"

"这孩子，多少岁了，一点分寸也没有！恨得要命！"

有分寸的话也就不是章聿了吧。她就是那样的人。她就是那些大摇大摆要冲上高速公路的野猫。而事实上，大概连她自己也是不能控制的吧。大概她自己在心里早就下了比我还要恶，还要狠，还要绝的咒语了吧。可喜欢一个人的时候，真的，无论手里捧着多么丰饶的东西，哪怕那是积累了许久许久的财富，还是可以一秒之内压根想也不想地扔掉，只想上去牵着他的手跑。

"她挺一根筋的……"我不知道是从哪里来的凉意，沿着鼻腔一直缠绕进我的神志里，在我说话的时候，它们前后圈起我的双手，"一般人看了都会觉得夸张，会被吓到"。一般人，有拘束，有节制，有后路可退的人，有割舍不下的担忧的人全都觉得，夸张了吧。也对，本来章聿也好，我也好，真的也不是小孩子了，多少都该懂一些。但是，谁让她碰到喜欢的人了呢。她觉得没有比喜欢一个人更好的事情了。

喜欢一个人的感觉——无论之前走了有多远的路，两手中间沉甸甸地收获着，大颗大颗饱满的苹果，葡萄，荔枝，一罐金色的蜂蜜……只要遇到了喜欢的人，不需要思考地，松开双手，为了朝他用力地挥摆出自己。那些收集了那么久的，饱满的苹果，葡萄，荔枝，碎在蜂蜜里。

10

我彻底地沉默着，将她的掌心揉开，
看着上面密密麻麻的网似的纹路。
大概总有一些人，她们就是冲动惯了的情绪惯了的，
神志里总是养了一群生生不息的鱼，
令她不惜疲惫地渴望逆流，回到精神上的永无乡去。

　　章聿的脚背肿得很高了，不仅是脚背，连带脚趾也一样。如果说它们像婴儿般，却又截然不同，婴儿们胖乎乎的四肢是幸福的象征，那投射在章聿身上的，只因为怀孕而带来的副作用，留给她的就是"负荷"两字。对我来说陌生得有些见外。毕竟她的青春之美不仅在长发上"闪耀新生"，往下一直武装到了脚趾。多少次夏天，我和章聿以竞走选手的姿态穿梭于高跟鞋专柜间，她每次脱出自己涂着糖果色指甲油的脚，我都能听见售货员碎裂在心里的一声哀号。

　　章聿把脸睡向里侧，头发被扎成一束，下巴说不清是尖了还是圆了。整个人和四壁中容积的温度合为一体，都是凉凉的悄悄的。

　　我走过去，把被子扯一扯盖住她露在外的一双脚，她旋即醒了，看见我时愣了愣，一开口我却不知为什么有点想哭："……果然我就猜你会找到我的。"

　　"……怎么搞的呢？手机也联系不上。"我靠着她的病床坐下，捏住她露在被子外的手，一边的桌头真够简陋的，垮垮地搭着一条她的围巾，连杯水也没有，"我跑了三家了一大圈，幸好你在这儿，不然全市的妇产科我都得转上一遍了。你说这叫什么旅行路线呢？该买点什么纪念品回去呢？吸奶器？"

"医院里才没有卖的。"她弯开两条眉毛。

"还有力气跟我打哈哈！"

"怪我，怪我。"

"……急什么啊？没事吗？"

"没什么大事。"

"到底怎么个情况呢？"

"见红了，突然之间，吓得没办法，只知道赶紧跑来医院看。医生本来让我回家观察情况，不过我还没走出大门呢，就又见红了，所以医生让我留下来观察看看。"

"那结果呢？"我的声音有点发抖。

"嗯，能确定小孩没问题。明天就能出院。"她说得太简短了，"不过，你怎么知道的呢？"

"你说呢？你父母都快急死了！啊，我得赶紧给他们打电话通知。"

"……但你预备怎么说呢？"

"……"我不知道说什么，这个空间的气息胁迫了我。从小我就对医院难以适应，更别提这类每分每秒都在实现着"呱呱落地"这四个字、充满了"母亲"色彩的拥挤的病房。

"就说我去外头玩，让人偷了包，手机和钱包都没了，只好暂时在别人那里借宿一宿。"

"笨死了的故事！"

"没关系啦,他们只要听到我没事,也就安心了,不会再追究什么。没关系的。"她又轻轻地对我重复一次,总是涂着活泼指甲油的手指现在也撤下了所有的傲气,单薄地刮着我的手心。

于是我实在按捺不住。"别生了。"我动用所有否定的词语,"不能生的。你这样没有办法'幸福生活'的。怎么过呢。没可能的。太渺茫了。"

章聿强撑的笑容在我面前凋零下去,随着她身体一节节萎缩起来,好像床褥上有个流沙似的洞穴正在将她一点点吸走:"早上,我来的时候,看见有一溜来堕胎的女孩子。一溜,好多个。其中一个大概是刚刚动完手术,直接让人抱出来的,跟死掉一样,脸色惨白惨白的。不小心被我碰到了,右手立刻垂落了下来。我快吓死了。"她的眼睛望着天花板,似乎还在不断复现先前的画面——如同突然放下的停车栏杆一般,使她猝不及防地踩了一脚刹车,胸口被保险带勒得生疼。

"长痛不如短痛。"连我也不清楚自己说的话是朴实还是无能,"你一定要想清楚的啊。这真的不是随随便便的小事,不是你能够负担的。"该死那些浪漫的电影从来只会强化描写那些虚无的情啊爱啊、月夜啊、星河啊、玫瑰花啊勿忘我啊,我倒想看看有哪个敢直接把镜头对准产妇的临盆下体拍个三分钟。

"你说的我都懂啊。我什么都明白。但没有用。"她几近冷淡地朝我笑了笑,"我昨天出门,其实是约了小狄……我准备好要告诉他了……"

"……你准备好要告诉他了……"我喃喃地重复一次。

"嗯,我原先等在店里,要见他。没一会儿,突然觉得不对劲了。我赶紧冲到厕所。几乎是血流成河啊。最大的血块，足足有五六公分。我敲门，拉了一条缝让排队在我后面的女孩替我先买点卫生巾去。好在她本来就带着。后来还是她扶我到外面，我等着的时候她和她的男友一起还帮我去叫车——是个很好的女孩子啊，看起来应该还在读大学吧。我坐在那里的时候就想，大概是孩子保不住了，我和他没有缘分吧。大概就是那个时候——其实，就是那个时候，我看见了小狄。"

"……诶？……"

"我是看见了他的。但我身体很冷也发软，使不出力气。我没有叫他。我在大堂旁边的花坛那儿坐着，他就在不到二十米的地方，往我们约的店拐过去。穿着黑色的外套和一条深咖色的裤子，头发又剪短了一些，就比板寸长一点，还是很衬他的……那个时候……我觉得……"她的呼吸变得激烈起来，"我应该是要恨他的吧。我完全可以恨他的，他一点也没变样，两个多月了，什么都维持不动，也或许他其实是变难看了，但我却没有办法觉察出来。我怎么就对他一点办法也没有呢。他倘若想整死我，几乎就是轻而易举的。我怎么就能容忍自己那么屈服于他呢。但不论我怎么想，我发现自己一点也不恨他啊。明明我有足够的理由可以恨他入骨，但我怎么也恨不起来。连理论上保不住的孩子，医生检查过，胚胎都还活得好好的，没有流产，一点问题也没有。"她将手放到那个代表了一切的腹部上去："所以，你看，不论是我的意志能作用到的地方，不能作用到的地方，都服从他……我就这样吧。"

我彻底地沉默着，将她的掌心揉开，看着上面密密麻麻的网似的纹路。大概总有一些人，她们就是冲动惯了的情绪惯了的，神志里总是养了一群生生不息的鱼，令她不惜疲惫地渴望逆流，回到精神上的永无乡去。

蹲在路边给章聿父母发短信时我的情绪非常低落，警告自己不要露馅不要露馅，一边替章聿撒着千疮百孔的谎言，"但人没事，不用担心的，她很平安"，却在"平安"之后还是忍不住加了两个莫名的感叹号上去。

世界上明明有再太平不过，寻常不过的方式，让两个人认识、交往、结婚、生育，组成家庭——一头急汗的丈夫胖胖得几乎弯不下腰了，但他还是要在刚出生的宝宝头上亲一亲，亲个不够，睡在旁边的妻子头发还是湿着的，眼睛也是眯着的，肿胀的眼皮已经和好看无关了，她精疲力尽却有柔情满怀。

这些再太平不过，寻常不过的方式，也是不肯给予每个人的。

章聿的留院观察第二天就能结束，我去附近的超市替她买了些基本的饮料或食物。实在没有概念，孕妇能吃什么不能吃什么，我一个刘姥姥突然误入了育婴院。我可以买乌龙茶给她吗，里面的茶多酚会不会对她有害？那么果汁呢？番茄红素听起来不像是会对婴儿下毒手的罪犯啊。

我提着一袋食物，临到付钱时又塞了两卷泡泡糖到收银员面前。

"嘿——"章聿见我拿出一根菠萝味的放在她胸口，笑了起来，"真的假的。"

"可以吃吗？"

"我也不知道……应该可以吧？"她努努嘴，"不过，都多大了。"

　　"没所谓。多大也可以吃。我们以前还吃什么来着，跳跳糖？果丹皮？还有那个跟耗子屎一样的，叫什么？"

　　"盐津枣？"

　　"哦哦。"我们各自含着那几乎很早就退了流行的糖果，说话也开始变得含混不清，"好甜哦……"

　　"是啊……不好吃呢。"

　　我将下巴搁在章聿的被褥上，低低地看向她此刻依然并不明显的腹部位置："是怎么发生的呢？"

　　"……你说孩子吗？……"章聿仰起头，神情不自觉地紧张起来，仿佛就要回到过往的羞涩中去。她鼓圆了嘴，吹出一个粉红色的泡泡来，又等它们"啪"一声爆炸。但很明显的是，无论那是多么童趣色彩的道具、姿势，但章聿的眼睛在疲劳中染成黄色，同时有一对淡弱的细纹在她的脸上划出桨去。

　　我把头钻进被子里去，昏昏沉沉地闭着眼睛，脑海中一阵灼热的空白，慢慢地，好像有船的汽笛声，我记得以前也曾经听见过，虽然隔了很远的距离，但是凌晨时分，在城市的江面上拉响的轮船汽笛，初曙中依然格外清晰，一度它在我心里留下几近寂寞而浪漫的诺言——而此刻它又响起了，"嘟——""嘟——""嘟——"越来越清晰。

　　我一个猛子坐起身体，掀开被子跳下床，跑向玄关。

　　"再不开门，菜都要凉了。"马赛抖一抖肩膀，"外面真冷。"

　　我回头去看墙上的钟，转过脸来，晃着神："……要进来么？"

　　他有些无辜地忽然笑着："可以不进来的。"

"哦，没……不是这个意思。"我跳着退后一步，让出的空间里，马赛把手里的袋子往地上一放后，蹲下身解着鞋带。当我看着他露出在颈后的衬衫领，我脑海中唯一的念头，一片空白中唯一的念头就是我要拥抱他。

在桌子上摆了筷子也拿了盆和碗，我没什么成对的餐具，虽然商店里但凡推出什么新品，总是一只黄色一只蓝色，一只黑色一只白色，连杯子勺子都要变作一双以防它们孤单，好像在厨房里摆一摆，过六个月就会多出一只绿色和一只斑马纹的后代来。好在我没有严重的选择障碍，替我大大地节省了一笔。

马赛拿着那只我所有餐具中最简单稳重的白瓷碗，对比之下我手里的米黄色可以用鲜嫩得幼稚来形容。

是因为这个理由么，我难得地觉得他今天看来与众不同，以往总是紧紧包裹住他，让我有所畏惧的名为年少的藤蔓此刻荡然无存，甚至他不过是自如地朝我看一眼，也让我手指间有些难以控制地哆嗦。

"……如果是夜宵的话，不应该是带烤羊肉来给我才合适吗。"开口前我先舔了舔干裂的嘴唇。

"谁教你的？宽容一下吧，这个点儿可没地方卖，有羊肉馅的饺子算很好了。"

"我都不知道饺子还有羊肉馅的。"

他干脆地乐："真没见识。"

我也干脆地认："是啊是啊。"又打开一个圆形的盒盖，"那是什么？生菜？"

"嗯。"

"都捂成熟菜了。"

"半天没人开门啊。"

"我是……"我回神，"怎么你就来了呢？"

"嗯？"他被我问得一怔。

"怎么突然来了呢？"

"觉得你八成没有睡，八成里的又八成在玩电脑，八成里的又八成的又八成饿得直叫。"他信心十足的蓝图八成都是错的，但我却挺窝心地没有戳穿。看他用筷子往我的碗里一颗一颗夹着饺子，于是之后马赛说了什么我根本没有听进去，他筷子拿在偏尾端的地方，比一般人的位置要高，指甲盖上看不见什么白月牙，那说明什么呢，是身体很好的意思还是身体不好的意思？我一发呆就忘了自己已经停顿了动作，直到马赛用目光把我唤醒。

"怎么了吗，累了？"

"不是。"我用力地摇头，筷子尖插进饺子去，仍然冒出一些油亮的汁水来，而更快的是新鲜的香味，在转瞬之间侵入了我的神思，"……怎么你就来了呢？"

"诶？"他没听明白，"刚不是说了嘛——"看我这次摇头的频率变得既慢又凝重，即便不明真相却也知道有什么东西绊住了原先轻快的空气。"出什么事了吗？"他伸过手握住我的手掌。

"……"我还真不知道说什么，只是回握的力气无可奈何地透露了我的慌张。

章聿的腮帮子还鼓着一个小山丘似的圆包，那是属于我们幼年时期的记忆，她在讲话时那个山丘便不时左右地滑动着，我似乎能闻到那块泡泡糖在她嘴里灌满了的甜味。但她用那么甜的味道，简单地吐出十几个词语给我："喝醉了，其实是我故意的。我让他送我去的旅馆。"

　　她的声音轻柔，似乎品味着其中独属自己的温情。但我还是不可自制地打了个哆嗦，我下意识地环顾四周，确认自己所处的环境。即便没有那么多慈悲心肠，可常识依然告诉我这是个不断诞生生命的地方。那么，当中又有多少个生命，是用"喝醉了""故意"和"旅馆"为开端，就像从河流打捞出的空罐头一样，被抛入这个世界的呢。

　　"……我真是落伍了……"没有其他话可说，我只能尴尬地苦笑着。

　　"你回头可以尽管骂我。"

　　"我不骂你。"我看着章聿发黄的眼睛，咽下了后半句话。我想说"反正无论说什么你也不会听的"，可既然连我自己都明白，又何必多费口舌呢。她正是坚信醉态中的自己具备更胜往日的杀伤力，外在上的，或者内心里的。所以她咕哝的声音无止境地诱惑下去，她把自己放倒在床上，从床单上抬起红润的脸，眼光里的羞赧却是完成了一种豪放的暗示。她就用那模糊的视野把自己也模糊地画了进去。在那里是小狄慢慢远掉又终究近了的轮廓。

　　最初只是平常的同学聚会，但章聿从开始就抱定了决心，她是一眼看到了今日的结果的，但心里唯有献上祭品般壮绝的优美。所以她喝得连自己都没了数，把即将要献给灾难的身体用酒精沐浴了一遍又一遍。

等到一切都由进行时发展为完结时，她从喘息里察觉眼睛周围的水汽。她在昏昏沉沉中回想着，方才小狄把自己从KTV里拖出来，塞给她一张卡说之前她借出的钱，现在都在这里了，"密码是你的生日"。

小狄大概千不该万不该，不该做这种思维简单的设定，000000有什么不行，123456有什么不行，偏偏选择了章聿的生日。

而他随后忧心忡忡地替她打开手里的包，替她拉开里层拉链，又合回去，照顾着这个已近半失魂状态的她。

"我会等你的！"她朝小狄的背影喊，里面那么吵的K房，她的声音竟然还是略胜了一筹。小狄的背影不自然地定了定，但转身的动作不够艰涩，等于又给了章聿可乘之机。

"我以后再也不可能遇到和你相比的人了，我知道。"她一开口就透露了自己眼下有多么"沉醉"，但她舌头还没硬，恰恰相反，她有一瞬仿佛回光返照式地无限伶牙俐齿，"我常常听别人的一种说法，很有可能一辈子也遇不到自己命中注定的人，知道他在，他一定存在，他和自己是百分百的，上帝拍胸口做保证——但是她们知道有这样的人，却根本不知道他是谁，在哪里，怎么才能找得到。我就想，比起她们来，我是多么地幸运才对啊，所以，别人想求都不知道怎么动手去求的，我就这样眼睁睁放他走了，会遭天谴的吧？"她快把自己讲出眼泪，但很快又笑成饱满红润的苹果："和你分手，是我上辈子，这辈子，下辈子，下下辈子通通加起来比，都找不到比它更让我懊悔的事。我想修正这个错。我会等你的。"

把这段话清清楚楚地说完，用完了章聿所剩无几的理性，没多久她就在KTV里软成一只小小的虾，小狄要送她回去，被她拖住说自己忘带钥匙了回不去，就送她到一旁的宾馆去吧。

当小狄找人合力把章聿抬上出租车时，她大概是以为，自己什么都准备好了吧。

我在一个很长的憋气后，重重地吸了口气："……太胡闹了。"

章聿率先叹了一口气："我再有一个月就三十了。你记得么，我们以前一起看《老友记》，还没有办法理解，里面每个人过三十岁生日的时候，为什么那么抗拒和惊慌。也真是，到现在我才理解。离得越近我越害怕。我孤单坏了，我甚至觉得怎样不齿的事都可以做一做。"

"……你这个人太极端了。"我心里凉凉的，"那未来的四十，五十，六十，是不是就别活了。"

"不一样的……"

"有什么不一样。"

"现在我的心还没有死，可一旦它放弃了，那就是真的死了吧。"

"……"我一瞬脑子里开闸似的充了血，我说不清自己是不是又开始愤怒和不安起来，但我必须忍住，我知道自己在见证一个极大而高危的赌注，"先别说了……今天你先好好地休息，明天我来送你回家……"大概连我自己也忘记了，等到反应过来自己的舌头下还压着那颗和章聿同样的泡泡糖，我的整个口腔已经完全被那童年时分的甜味吸干了所有口水，它硬得像颗石头。

"有个朋友，生病了，之前去医院看了看她。"在马赛的掌心里，我唯有这样避重就轻地逃避现实。

　　"噢，是吗。"他毫不怀疑，"病得厉害么。"

　　"倒还好。只是我挺心疼她。"却心疼得始终不明不白不情不愿。

　　马赛夹了一个饺子到我面前："嗯。"

　　"你明天调休么？"我一嘴羊肉地问他。

　　"可以晚些去吧。"

　　"哦是吗。"我低下眼睛搅着碟子里的醋，"也要注意身体。"

　　"你可没有资格说我呀。"他还有开玩笑的心。

　　"唔唔。"

　　"凉了吧？"

　　"还好。"我囫囵地又吃一个。

　　"好像是有点凉，我去热一下？"

　　"唔唔。"我头点到第三下，发现自己好像是哭了。我抬手用小臂蹭了一下，果然有水的痕迹。然后如同开关跳到了上一个级别，突突突地，从我身体里开始全速运转的机器，拼命地挤出了大滴大滴的眼泪。我是掉在一个酸味的湖里爬不出来，连腰都直不住了。

　　大家都想要"幸福"啊。说一万次一亿次，几乎被透支的词语，但我们每个人都还是想要啊。到后来不择手段，气急败坏，掷着那个总是不肯给我们正面的硬币，依然心怀希望总有下一次会成真。但被甩的被甩，被骗的被骗，走一条孤悬的桥就快到头了可它依旧要坍塌，求不得的依旧求不得，放不下的依旧放不下。

我用力地，紧紧地抓住马赛的胸口，到最后几乎像要把自己的味道蹭到对方身上去的犬类。

"……"他在一阵屏息后低着头问我，"没事吗？"

"没"字惯性地要应声而出，可我咽了回去——这大概是有史以来，第一次，我可以全神贯注地把自己的精神意志当成可见可碰的东西，倾注到那枚名叫"幸福"的硬币上，我用了所有力气吧，以至于不知道还能怎样用力，等待它给我一个明朗的正面。

11

我和汪岚都认为人的心要挽救回来是天大的难事，
四面八方地使尽全力也往往很难撬动它挪个窝，不可能完成的任务，
我们的额头的汗水已经干了又干，认定这是一道无解的题。
世界上无解的题很多吧，
有些过了千百年，等到后人来放个支点和杠杆就搞定了，
但这道却是永远无解的题。

从4S店里重新回到我身边的座驾换了一张新的前脸，那副犹如什么都没发生过一样的"完好如初"，仿佛反悔般要否决我记忆里与它有关的画面。而车库的立柱也已经被粉刷一新，不愧是一平方米要收取八块八毛的高端物业，工作效率飓风似的快速。我站在这根比以往更加光洁的柱子前，脱下手套，用右手的食指端一抹，一小块尚且新鲜的粉末就在上面老老实实地招认了。啊，果然，掩盖得再深，那依然是确实发生过的事——我像个重回犯罪现场的侦探，这里的蛛丝马迹只激发出了内心更深的兴奋，再动一动鼻子，也许连当时分布在空气中烦乱而焦躁的气味都能重新闻到吧。于是，侦探，加害者，被害者，我似乎是带着多重身份，再访这个现场。而不管是谁，无论表面上有多么不屑一顾，本质中还是难逃对drama queen的向往，因为我一颗颗在皮肤上站起的疙瘩，大概就是竭力掩饰自己此刻有多么得意的后遗症。

所以也没有多少害怕了，当回到楼上的办公室里，汪岚冲我一招手时，我迎向她的每一步都额外地抬着膝盖，仿佛有一个悄然的下行的台阶。我在巨大的得意中把自己默许在了高处。

两三句聊完工作，汪岚伸展着手臂："累坏了。"

"又加班了？之前的报表有问题吗？"

"嗯。"

"啃，谁的年终奖要蒸发了？不过，干吗事事亲恭呢，不是手下牛马一群嘛。"

"一群黑毛和牛与赤兔马，比我还难伺候。"

"呵，农场主里你人品最好了。"我与她玩笑地闲扯，却在每个句尾上都翘着按也按不下去的笑容，"所以，弄完了？"

"差不多了。"

"噢，今晚一起吃饭吗。"越来越昂扬起来的快乐没准与挑衅无异了吧。

"诶？"

"想吃点好的呀。"汪岚自然不知道，我津津有味聚焦在她脸上的视线里，蕴含了累积数日的近乎"资本"的东西。她在我看来彻底地一无所知和蒙在鼓里，让我忍不住假惺惺地几乎想要怜恤她："我请你啦。这顿。"

"干什么，还请我客。"

"没干什么，请你吃饭有什么不行。"我舔舔嘴角，好像那里干涩着我的无耻之心。

"不过今晚……"汪岚想了想，"啊今晚不行，我有事，跑不开。要不改天？"

"也行，看你方便，然后我们就去好好吃一顿。"

本来嘛，我有足够的理由去发表一个炫耀性的宣言。就好比一个赤贫在突然得到天降的巨款后，料是他有一颗再冷静不过低调不过的心，克制了一路，也会难以自制地在尽头的甜品店里买下他们所有的切片蛋糕吧。而汪岚就是我第二天能够找到的唯一一抒发窗口。

　　我好像怀着迫不及待要将她的店铺席卷一空的期待。一整天的闲暇里，关于这份臆想的冲动都在不断填塞我的大脑，那迟迟不退的高温升华了我的声音，以至于接起下一个电话时，我的嗓门罕见地活泼喜悦：

　　"喂？是哪位？"

　　"……"对方被我结结实实吓了一跳吧，有一秒没有反应，等到再度开口时，他也显得很宽慰，"哦，是我。老白。"

　　和"是我"组合在一起的称谓太突兀，我面对手机屏上一串"无法显示来电号码"还在迷迷糊糊，但记忆渐渐复苏，像播放快进时的一株植物："啊……哦……哦是你，你好……诶？"

　　"我今天晚上的飞机就回来了。"

　　回来，从哪里回来，不得不承认，我把辛德勒的一切早就完全忘得干干净净，但我必须保持一些类似冷淡的礼貌："是吗？要回来了？"

　　"嗯，不过飞十一个小时后，要到也是明天凌晨了。"

　　所以呢？我在不由自主地皱着眉头："真是挺辛苦的。"

　　"明天晚上你有时间吗？"

　　"诶？"

　　"没空吗？"

　　"啊……"事已至此，我总该想起来，的确是，在我的生活里，还存在着一位这样的相亲对象，他早早地通过了我父母的认可，并且也一度被我沉默地接受了的角色。我感觉额头开始微妙地发热："明晚不一定……最近挺忙的。有什么事吗？"

"没什么，大概走了两个月，想回来后见见你。如果很忙，那就再改时间好了。"辛德勒说得平静，但我还是听见唯唯诺诺做着答复的自己，是那份巨大的心虚，让一颗石头落下半天也触不到地面。

"真不好意思……"

可是辛德勒冷不防扔了一招撒手锏出来："我前面没说实话——其实是给你父母都带了点东西，本来偷懒想让你帮忙转交，那要不我直接送过去？就上次短信里和你提到过的，别担心，都是小礼物，不是什么古埃及的方尖碑那种啊。"

我脑袋嗡嗡响："啊，诶？……"到后来字字句句说得咬牙切齿，"要不，我还是抽个时间过来吧。"

如果让老妈接触这个久违了的"未来女婿"，我无法想象那会是一个多么失控的场面，搞不好她就摆个我的照片在桌上，然后要辛德勒和二维的我先拜个堂成亲。谁知道呢，对于"逼婚"二字，我永远不敢去设想它的可能性到底会突破到何种程度。

挂了电话，终于从昨晚开始一直紧紧地，把我像动荡的电车中的手柄一般紧紧地抓着的激动的情绪，开始急速地消退。我茫然地站起来环顾四周，好像已经停止在一个没有预料的车站上。

呼吸，冷静，这不是什么难事。去和辛德勒见一面，完完全全地拒绝他，跟他说对不起，然后回来，驮着荆条去见老妈负罪，听她一顿捶胸顿足控诉我如何糟糕后，我就可以全身而退了——顶多损失掉几分听力而已。

但在那之前我要先打个电话回家，我要先做一下铺垫："那个，白先生刚刚联系了我啊。说他明天就回国了。"

"白先生？哪个白先生？"

"要命啊！你连他都能忘记？！我还以为你宁可忘了我是谁，忘了李秉宪是谁，张东健是谁，也不会把这位贵人给忘了呢！"

"什么啊，我真的反应不出来啊。"

"……他不是你给我介绍的吗？介绍人做成你这样，社会要暴乱的。"

"哦？！哦！是吗！啊，'白先生'啊。"老妈的语气犹如给喜羊羊配音，"这次出差真够长的，终于回来了哦？"

"对了，他要送你们的东西，不要了行不行啊。"当然我必须先就此好好质问她一番，"他还不算我们家什么人，这样多难看啊。"

"什么？他要带什么东西过来？"

"我哪知道。哦对了，还不是你前面和别人说自己喜欢巧克力之类，搞得他上心了。"

"噢，那好呀。"

"……好什么呀！不收行不行啊。"

"至于吗，白先生不过是客气客气吧，拒绝掉才是没有礼貌的表现，我可不想他为这个在将来记恨丈母娘。"

"丈母娘你个头！除非下辈子吧……我马上就要跟他一刀两断！"这种话现在说出来，也许对住在我家那栋楼里的十几户邻居会带来意想不到的类似瓦斯爆炸的伤害，所以出于人道主义我也要先忍："懒得跟你说了……反正你别给我添麻烦了！下次不会再收的！"好吧，看来之后光是负荆大概难以为我洗去积累的罪恶，我不仅要背负荆棘，还要再雇一个大汉在上面表演铁锤砸砖。

　　但一切都没有关系啊，现在的我既不觉得需要硬着头皮，也不会有一丝打退堂鼓的犹豫。只要让我回到之前的夜晚，回到昨天晚上后，往后一切都仿佛有了一个预设的HAPPY ENDING，板上钉钉地告诉了我哪怕经历一些挫折和考验，它们也只会如同飒飒的雪片，把这条路衬得更加美丽而已。

　　昨晚我的房间里没有雪，但仍然有带着同样密度和重量的—— 一会儿是言辞，一会儿是音乐，一会儿又是图像，一会儿又是温度，一会儿又是触觉——总之他们在每　个感官上奴役了我。

　　我把自己全副交给它们后，就可以用仅剩的，类似魂灵般的核去一遍遍对马赛确认，我要他告诉我。

　　"我喜欢你。"

　　无论他说第五次第六次，我继续回答："嗯。不够。"

　　直到他笑在我脸上："怎么不够。"

　　于是我也终于笑了起来。

　　所以没什么需要顾虑的，害怕的，我甚至可以拍着胸口对自己保证，对老妈老爸保证，对全天下关心我不关心我知道我是谁压根不知道我是谁的人保证。我在恋爱里，不管是如何开始，也暂且不说未来它究竟会不会圆满，但至少此时此刻，我被肯定了，被保护着，被认可在恋爱里。

而只要一想到这个念头，如同冬天里把一双冻僵的脚放进热水盆——这是最接近我记忆里，带给我"活过来了"一般体验的事物了。那会儿我还真没考虑过，再热的水也会有变冷的可能。

厦门的项目进展到了正式的前期调研，这回轮到对方飞过来和汪岚等人面洽。因此我很快在走廊上被静电打了手指似的突然一怔，从擦肩而过的人那派走姿上，认出了汪岚的前男友。

其实没有和汪岚的前男友直接碰面过。那短促一面里引发的忐忑源自某天在汪岚家看DVD时，她不小心拿错了光盘，在电视上放出了用来剪辑成婚礼视频的素材影像。汪岚似乎是在意识到错误的刹那就选择了放弃，她放弃惊慌，放弃尴尬，放弃重温一次的感伤，朝我比了个"damn"的手势，反而是她主动问："要看吗？"

换我僵在地板上："……能看的？"

"能看的。"她也盘腿坐了下来，"至少能看看我当年的样子。还不错吧？"

"还挺不错的……"她那会儿的头发长点，是年轻女性流行的及肩，离得靠气度驾驭才能相得益彰的过耳长度还有一段距离。说稚嫩一点好，还是说天真一点好，青涩一点好呢，我好像在看一株笔挺而美丽的树木刚过碗口粗的当年。难怪影像里的光线都偏爱着她，勾勒着带着融融光带的弧线，脸颊上，肩膀上，手腕上。

我刚要真诚地赞美她几句，画面里带过一个男人的样子。差不多是我头一次见到这个传说中的人物。至少第一眼看来离"丑角"的名头很远，与之相反，"正直"和"温柔"几乎由内在品质外露到了可见的地步。终于我恍然中能够理解，为什么连汪岚也能有被蒙蔽的时候。我们大家都有一块盲区的存在，从眼球通到心脏，还真有人能够找到这块隐秘的区域，从此他只把想让你看见的给你看，不想让你看见的在盲区里，挖了一个可以穿越整个地球的洞口。

"老天瞎了眼啊，这副长相拿去给随便哪个劳动模范不好吗？"

"我同意。就是打从他开始，往后我对美男子都很难提起兴趣，现在坚信不疑他们回头就在小区虐猫，或者专门堵孤老家的厕所。"汪岚和我头点在一个节奏里。

"那是，一朝被蛇咬，十年怕蛇皮袋。"

我们用对话把空间补得很满，你一言我一语地把彼此的意识都尽量从视频上剥离出一点，多了点时间调侃人笑，弄得直不起腰，就少了点时间去温故画面中糟心的历史——汪岚让王博潭一横手抱成童话里的公主，她设了四分的防可还有六分的不设防，因此尖叫和笑声里惊喜是完美的，没有被惊喜完全破坏的姣好的容貌也是完美的。她伸手去揉王博潭的头发，揉成一只似乎永远不会对你变心的玩具熊。

好东西一旦馊坏，带来的寒意果然比什么都瘆人。

"以后必须找个又丑又老，身高不过160的才行。"

"头发浓密行不行？"

"当然不行，不求全秃么，半秃最完美。那被风一吹，两三根最长的毛发在盆地边缘迎风的样子，好迷人是不是。"

"没有体臭行不行？"

"怎么能行？！最好能把我熏得半晕，一天上班后的劳累瞬间就忘却了呢。"

　　"对牙齿有要求吗？"

　　"有牙垢，缺两颗漏风的话更加分。讲话嘶嘶嘶嘶，自带回音效果啊！"

　　"遇到这样的男人，一定要嫁。"

　　"不嫁不是人。"

　　但这也是发生在马赛入职前的胡言乱语了。我和汪岚都认为人的心要挽救回来是天大的难事，四面八方地使尽全力也往往很难撬动它挪个窝，不可能完成的任务，我们的额头的汗水已经干了又干，认定这是一道无解的题。世界上无解的题很多吧，有些过了千百年，等到后人来放个支点和杠杆就搞定了，但这道却是永远无解的题。

　　因而等我想起那个背影有不大不小的可能来自汪岚当年的盲区，可是等我加快脚步想追上去看个究竟时，已经没有了目标。

　　"汪经理等下要出去吗？"在卫生间里遇到汪岚的助理时，我装作漫不经心地问。

　　"对，对方有个样本工厂，汪经理下午会过去看。"

　　"在哪里？"

　　"具体路名我忘了，但是挺远的。"

　　我想了想："汪经理应该不会就自己一个人去吧。"

　　"诶？"助理对这个提问疑窦丛生，"肯定不会啊。怎么了吗？"

　　"……没，当然没，就随便问问……"我还没来得及找机会跟汪岚说明，从一条带着误差的短信开始顺叙还是倒叙呢？几天来内心的腹稿打了千百遍，换算成长篇小说估计已经出版到第五册了。可每次刚挤出一丁点儿勇气，又被我趋近真空的不安回收了进去，来来回回，反反复复，我的拖延症在这件事上得到最淋漓尽致的体现。

没过多久马赛发来消息汇报着自己"今天会去外面看个工厂，大概九点多才能回来，到结束了打你电话"。他好像能够探知我杯弓蛇影的心思了，用"不要担心"四个字做了收尾。我果然让它们安抚得一瞬乖巧了，两脚在地上走的是直线，却在想象里拼命地转圈。

入夜我等在客厅里，隔几分钟看一眼时间。一盘豆腐干吃得心不在焉，站站坐坐自己在房间里演独角戏。好不容易手机有了体贴的回报，第一条还是辛德勒，告诉我他已经登机了。这让我不由得自惭，对方都把情况交代到这份上了，我连最简单的"一路顺风"四个字都说不出口。

很快第二条短信杀了进来。我还来不及看，第三条和第四条是直接用语音通知了我。一旦从文字变成声音，什么都没了回旋的余地，好像一个完成了进化的怪物，躯干的任何一处都真实无误。两个同事口音不同但语气相同地告诉我关于这个怪物的事。我放下手机，在沙发上找衣服裤子，毛衣套上后都没立刻察觉前后是对调的，脖子让原本该属于后颈的高度勒得发憋，我那时只认为是自己本来就喉咙发憋。冲出门时想起没带钥匙，钥匙在哪里，我两脚朝摆在四面的梳妆台，茶几，电视柜和餐桌转了连续几个九十度，到最后头也晕了，耳朵里嗡嗡响，才从自己干涩的手心里听见它们大概喊了许久的"在这里"。

差不多就是这副失魂落魄的样子，等我从路边坐上出租车，不顾驾驶员的一脸莫名，把后排的玻璃彻底摇了下来，让三九严寒天里的冷风对我进行沿路的拷问。

　　就在我冲到派出所大门的灯光下，隔着楼前的小院子一眼就看到了在正前方的房间里，正熙熙攘攘站了不少人。随着我逐渐接近，自然看得越清楚。

　　副总经理在此刻打来给我的电话，他说自己现在在医院看望伤者，王先生没什么问题，可他的秘书还在动手术，不幸中的万幸是生命没有大碍的，但医生说脾脏破裂的结果依然很严重。他的声音充满了可怖的威严感，问我："你现在在派出所？"

　　"嗯。"

　　"行吧，等警察那里有结果了，你第一时间通知我。"

　　"嗯。"

　　"搞什么东西！"他不出预料地在愤怒中咆哮起来，"简直匪夷所思！怎么会出这样的纰漏？会给公司带来多大的影响？完全不考虑的吗？"

　　"嗯。"

　　我等在三米外的走廊上。在大多数人的胡思乱想里，派出所毕竟还是个有距离感的存在，仿佛里面直接储存着一把霰弹枪，一条老虎凳，一个狗头铡，关着一个火云邪神，电梯直达地狱十八层，总之一句话，靠近即死。尽管这个社会早已日趋沦落，晚上八点后有楼上的丈夫对老婆施暴，晚上八点前有老虎机在楼下诱拐未成年人的零花钱，而把我三十年人生里丢过的钱包全部加在一起，说不定早已足够买下一打按摩浴缸了，可生平第一次踏足派出所，一点点地我发觉原来它还是非常普通。几间办公室、电脑、办公桌，做笔录的警察长了一张停留在大学第三年被篮球砸中面部时的脸，手边摊着一个记事本，此外还有三四名我的公司同事，总共不到十个人，却把小小的空间站出了地位区分，有的一眼就能看出是站着证人会站的位置和姿势，有的一眼看出是坐的嫌疑人该坐的位置和坐姿，被轻微却一致地抵触了的中间的位置和姿势。他脸色好像还很坦然，反而把其他人都衬出彻底的苍白来。

这份苍白里有汪岚一份。

她垂着脸坐在一张凳子上，在周围全是大男人的环境里，她的瘦弱也显出额外的美。她 手托着脸，另 只手——

我看见汪岚仰起了脸，然后她举起另一只手，下一秒，屋子中央的她抓住了另一个屋子中央，脸色坦然的马赛，她抓着他的手腕。这个流畅的动作让前因后果都刹那归位了于了合情合理。

"啊。"这是我唯一能够发出的声音。拿着一个杯子走到水池边，手一滑它打碎了的时候会发出的声音。有时想抄一条近路，却在拐弯后发现前方是死胡同时会发出的声音。养了很久的植物，发觉它烂了根，只有叶片部分假装还存活着时，会发出的声音。算了一道过程繁杂的题目，信心满满却依旧被判定答案是错的时，会发出的声音。

12

她似乎会被永远停留在那个时间里，
她不会老去，她不会消失，
她不会遇到之后的人生难题，它们不可能靠近得了她。
她的这份美丽是要和许多个人的记忆一起永存的。
而我就对着这个陌生的远远的在几条代沟之外的高中女生，
突然在心里涌出剧烈的感动。

刚下过场雨，工厂前的地塌了一块，积水后成了个坑。中间临时摆了条供人行走的木板，去的六个人就在上面走成了一线天。

　　汪岚在第一个，气势拿捏得很妥当，长靴的跟高一点也没克扣掉她脚步中的顺畅，这天连她自己也没有意识到，早晨出门前化的妆，眉笔重了些，眼线翘了些，口红上还难得地又沾了沾唇蜜。她把服装也挑出了更苛刻的要求，一步裙的长度稍微有些不妥，哪怕是毫米之间的失手也被她不由分说换了下来。唯有经过这轮残酷的海选，获胜的选手才能最好地展露她双腿的线条。那是一点也看不出疲态，看不出过往，看不到复仇之心的，单纯美丽的线条。

　　事后我对汪岚当时的心境仍然无可避免地认可着，毕竟放到相同的情况下，汪岚的表现绝对是小菜级别的，为了对该死的前男友们展现今日的自己，甩他一个云泥之间的俯视，恨不能把房子穿在身上，或者至少也要事先饿上半个月，只求把自己塞进童装尺寸的女生，我见过不亚于两个排的数量。她们自古都接受着同一种理论的灌输，头可杀，血可流，在旧情人前的脸面绝对不能丢。女生们集体一字排开，出发前唱一首《红高粱》，喝半碗二锅头，才雄赳赳地迈着杀小鬼子的步伐，扭着饿塌的蛇腰踏上征途。

且不论走在汪岚身后的王博潭是不是也跟着太太喝上了外太空的水，至少汪岚有十足的资本把今日的自己从头武装到脚，用她积蓄良久的实力，和同样与日俱增的恨意。

我不知道具体是到了什么时候汪岚才重新认识到自己心头的恨意压根儿还处于完好无损的状态。涂着抗氧化妆品，喝着抗衰老口服液，总之花了大工夫，下了大本钱地一直默默蓄势待发。说抹消就抹消的快意没能发生，所谓的一笑泯恩仇更是狗屁，因此越是离合作中的握手言欢更近，汪岚心里从冰块状态被解冻的恨就以数倍于原先的体积，成为了阵仗浩浩荡荡的水。但凡心里浮现出丁点儿关于早年的画面，得来的就是更加穷途末路似的厌恶，厌恶升至恶心，恶心得她把脸色挂得愈加平静得可怕。除了偶尔地回过肩膀，发现身后还走着一个"同伴"身份的年轻男子，脸上是表里如一的镇定，汪岚朝马赛柔和地笑了笑。

房门里的事件调查还在持续，天非常冷，打开手机的软件看了看果然温度比昨日又降了一个我的猝不及防来，我立着领子，徒劳地想安慰自己的体温。大概连门卫室里的大叔都看出我由内而外的寒意，打开门问我要不要进去躲躲风，或许这个寥落而平凡的半夜三更也软化出他一些不像以往那么特殊岗位的心肠。我当仁不让地答应了，抓住他的好意，在那间不怎么宽敞的小屋子里，哪怕只是站着也好，我的双腿已经快要麻痹了。

大叔在读一张超市优惠海报。我站在角落捧着手机翻阅着新闻。

我们之间没有什么对话。也许最初我还曾经有一份八卦的心，企图和他闲聊一些《派出所的故事》之类内容，听听他所讲述的持枪歹徒或者江洋大盗。但他给了我一个很沉默而停顿的背影，让我无端想起键盘上的Esc键，好像一根按着它的手指，什么都能给退出去。我开始察觉自己的无礼来，乖乖退回到被施舍的屋檐下。

　　一个老同学在开心网上晒她的美洲自驾之旅，一个老同学的孩子会说话了，我的首页有大概四个新上传的视频，系统提示我有一个老同学今天过生日，是我的错觉么，比起先前轰轰烈烈的三十岁，三十一岁的他几乎连自己都忘了，不以为意地转着几个笑话帖。

　　我忘记了是哪一天，不知怎么就在网页上把某个高中的学校论坛从头一页页刷到了尾。说实在，没有什么特别有内容的帖子，两三个骂老师，两三个发表所谓的"各班篮球队实力比拼"，两三个讨论最新的动画，剩下的就是没完没了"三班的班花是谁？""谁知道六班的篮球队长叫什么名字？""学校合唱队里有个超级美女是几班的？"也有人仗着自己可以不暴露真实身份，冲进这个简陋的页面，把众目睽睽装成空无一人地大喊一句"某某某我喜欢你"。

　　但是我很快发现有个女孩的名字在许多帖子下面频繁地出现，有人尚不知道她的名字而在广撒征求帖，有人知道她的名字，把她默默地供在"你暗恋的人"名单下面，有人寻找着她迎新晚会上的视频。

　　我发现了一个被许多人爱慕的女孩子，尽管是在和我毫无关系的一个世界，一个苦恼着和我所苦恼的事物截然不同的世界，一个随随便便就能披着明媚日光让电影胶片两侧的带孔在上下走出音乐来的世界。我好像被某种不知名的毒素般的兴奋鼓舞着，那晚到最后，一直用类似偷窥狂和福尔摩斯合体的精神，在网上不断地搜寻着这个女孩的讯息，直至终于在她所参加的校广播会网页上看见她的照片。

真是非常非常漂亮的，同样也是非常十八岁的照片，她戴着蓝色的细款头箍，及肩的头发，有一对酒窝，一个比另一个稍明显些，使她的神色里酿足了笑意。我想自己在那个瞬间的心情是仿佛安下心般的松弛和满足。远远配得上许多人的倾慕，明着暗着，想尽办法在她面前投个三分球，想要和她说个笑话，但步子到她面前就会投降般落荒地转走，留一个充满懊悔的ID只敢在网络上喊出八九个感叹号，她就是配得上这一切青春戏码的女孩子。她有属于自己的十八岁，她穿着蓝白相间的土气校服也能穿得格外漂亮，她摊着一沓课本要赶作业时苦恼得很动人。她似乎会被永远停留在那个时间里，她不会老去，她不会消失，她不会遇到之后的人生难题，它们不可能靠近得了她。她的这份美丽是要和许多个人的记忆一起永存的。而我就对着这个陌生的远远的在几条代沟之外的高中女生，突然在心里涌出剧烈的感动。太古怪的心情了，我很明白，但却不能阻止这份感动坚持地丰富着我的意识。

无论什么时候，我一旦回忆起那晚坐在电脑前的自己，都会如此鲜明地重温到贯穿了自己的温热的感动。我想自己离那个岁月异常遥远了，也不可能回到那么青涩却又无敌美好的感情大戏里，我眼下走进校园多半会被人叫一声老师，所以仅仅是这样毫无关联地，纯粹单方面地参与，也能十足地打动到我，也能让我察觉出自己内心一千个一万个的不情愿来。

不知过了多久，三分钟，五分钟，十分钟，二十分钟，下一秒有人敲敲窗户。

　　门卫大叔先一步抬头，在我的余光里他回归到工作状态，他说的"干什么"三个字，很生硬，透着固态的怀疑和不满。我在他的背后，顺着他看——门卫室外站着的马赛。

　　他总算来了——这话说得真奇怪，里面藏着我多么矫情的自嘲，即便我方才从头至尾没看他没有跟他说话，我给予他的注意力也许还不及那位警官手里的圆珠笔来得多一点。我想我把自己摆得很冷淡，虽然这份冷淡在刻意为之的前提下简直一点也冷淡不起来。我知道我这份姿态是做给谁看，但反问之，我真的知道自己这样几近幼稚的界限是画给谁的吗？

　　其实王博潭也揣着与汪岚不相上下的较劲心理吧。他得一再证明自己此刻的选择带来的是能为世人所认可的"值得"，捡起西瓜丢掉芝麻的人早不止他一个，这是正常人会做的合理取舍，反其道而行之才是可怕的天真与低廉的做作。好歹他进了著名的国企做总裁助理，之后与美国合资筹办分公司时就被派任成总经理，在美国待了一年刚刚回来，说话中间洋文的比重透露了一切。不仅如此，衬衫袖子上已经不是普通的透明纽扣了，每天换一副金色的袖扣，偶尔出差只带一名随从，也是为了彰显平易近人的另类奢侈。王博潭在二十岁出头的时候无非还没遇上机会，至少汪岚不是他的机会，是一段由青春冲动引发的人生，碌碌地，欠缺惊喜与豪华。

　　倘若真要说有实际的不快，大概还是之前汪岚挽着马赛的时候。王博潭在机场已经注意到了这两个人，可那时无非看来比较醒目罢了，等到身份一经变化，马赛先前在他眼里还没那么嚣张的站姿宛如是计算出了两人的年龄差一样，当即就刺眼了起来，连同马赛头发的长度，卷到手肘的衬衫袖子——手肘里挽着汪岚——通通地让王博潭感到了不快。

他那天自认为很宽慰的笑，到这次又原封不动地保留了下来。一度甚至打算以绅士之姿，寻思在汪岚踏过木板时扶她一把。动作尽管没能实施，可语言里继承起了挑衅的擦边球。

"我还以为你会不适应这种工厂环境。"他对汪岚说。

"没。"汪岚吸着气否决。

过一会儿："其实这附近的自然风景不错，如果改建成特色酒店，客源会更理想吧。"

汪岚不假思索地称赞："很有远见的想法。"后来她告诉我，她原本想说得更刻薄："很有意思的想法""到底是见过大世面了""顺便问下，老婆床上功夫好吗"——但这些句子还是带着一丝自嘲的笑意，在她脸上逗趣似的划过了。

"呵——"王博潭自然也能感觉到一丝弦外之音，那时他转向落在后面的马赛，"和汪总一个部门吗？"

"不是。"汪岚替马赛做了回答，"他，和那位琳达，他们俩是企划部的。"

王博潭笑出一副"我也没多关心"的样子，至少他还有基本的常识，两个公司间的接触，再闲暇的空余里想要一段再无聊的谈话，他都不会当众拿汪岚和马赛的"恋人"身份出来做话题。

马赛站在窗外眼睛望着我，手势是比给大叔的，意思是"找她"。可我从没有这样清晰地感觉，此时此刻，连这个陌生的门卫大叔，也比马赛离我更近一点，也给我一丝一毫的暖意更多一点，更像属于我的阵营多一点。

他的头发被风拉扯得乱七八糟，一双眼睛或许是困倦或许是疲乏半眯起来。理应是每个细节都在召唤，发着好像灯塔似的光。

可我觉得我似乎无所谓了，我一点也提不起靠近的力气，不要说提，连靠近的欲望也没有。我好像是被水草缠住了桨之类的，不仅动弹不得，连黑漆漆的无垠都让我觉得前所未有地安慰。

终于保安大叔回头问我："你朋友？"

"……"我算是以沉默回答，把手机往口袋里一塞，朝他道了声谢，推门回到了尖刻的寒风里。

我瞄一眼马赛的领子，被撕开了一个口，好像开到一半的调味袋，靠近就能嗅到我心里强烈的酸味："英雄啊。"

他撩出手去摸索了一把："早知道穿'七匹狼'了。"

"都完了？"我问他。

"没，我跟他们说想出来上个厕所。我刚刚看见你了。"

"呵，他们倒愿意放你出来？也不怕你跑了？"

"我可不是犯人。"

"这事得警察说了算。"我忍不住缩了点瞳孔看他。不得不说这几个简短的对答已经大大扰乱我的阵脚，我原本是打算放任我的冷漠的，不仅是冷漠，我也许已经做好了准备放任对马赛的一切，愤怒也好，猜疑也好，不解也好，酸楚也好，同情也好，唯独理解不起来。

　　工厂的四楼到五楼电梯不通，几个人改走了楼梯，汪岚说不好是王博潭有意无意落在自己身边，还是自己无意有意地让王博潭落在身边。楼道里她只听见自己的鞋跟，嗒嗒，嗒嗒一下，她就吸口气，嗒嗒，嗒嗒一下，她就吐口气。

　　终究，像我这样的外人不可能做到百分百感同身受，喝同样一口水，不同的舌头都能尝到不同的温度，更何况是横贯了几千个日夜的"得"与随后加倍成几万个日夜里的"失"。就在那个走道里，汪岚想起来，曾经有过一次，王博潭喝醉了回家，她用墙上的门禁对讲系统为他开了大门，但过了半天也没等到他上来。汪岚换了鞋去找，而王博潭是按错了电梯楼层，在楼上的住户家门前呼呼大睡。等到汪岚满头大汗地在地毯式搜索后找到他，王博潭瘫得人都重了一倍。汪岚不得不使出千斤顶和龙门吊的力学原理，在邻居家的房门前摆出一个工地，她以自己的身体把王博潭半拖半背地拽回家去。男人在她脖子上隆重地呼吸着，一个突然回魂似的醒了，抵着她的耳朵喊她"老婆"。汪岚整个人僵硬出危险的生脆来，那还是交往四年后王博潭第一次用这个称呼叫她。似乎感知到了她的震动，那个称呼结成了串，又加上谓语和宾语，成了句子。

　　求婚发生的时间地点和周围空气的甜度都不甚理想，可越是来源于生活，越是浓缩了生活化的重，臭，黏腻，负累，越是真实得让人心颤。

　　汪岚在回忆中侧过脸去，把干巴巴的墙壁看出一层和冬日无关的泛潮。

　　那么到此刻，和王博潭的重逢顶多也就是忍忍便能过去的"人生挫折"之一吧，或许连"挫折"两字汪岚也不愿认同，毕竟她的妆还没有掉，举手投足美丽得要死，她没有喷出歹毒的暗示或讥讽，也没有兴起沿路捡起一个榔头，敲核桃一样把对方脑子敲开的哪怕是玩笑式的想象，无论什么话题都以工作做结尾，在外人看来她是受了什么影响似的，好得不能再好。

所以之后是怎么了呢？是王博潭多嘴的秘书在此刻提起明天就是太太的生日，王博潭没有把两步远的汪岚回避在自己的声音外："我当然知道啊。"

"礼物已经都选好了。明天是我先送到王总家里还是？"

"我自己带过去好了。"

"礼物您要确认一遍吗，是按照太太的意思，您第一次给她过生日时送她的表。"

"没事了——亏你能找得到啊。那是很早以前出的款了吧？是有了复刻？"

"对，今年刚出的五周年复刻版。"

原本在读着文件材料的汪岚哗啦撒了一地的纸，她旋即蹲下来捡，一低一高间，血冲到了头顶。到底是没法忘记，明天这个月份和日子，一直被她画了圈独自记在自己的日历上。昏昏沉沉的所谓求婚发生在走廊里，而触发的因由原来是那之前的一出生日宴会。王博潭喝多了，把话从生日宴会一路说回家。从一个人说到另一个人。前一个拍头说他坏，说谢谢你送我的手表啦，后一个眼泪忍成了窝心的笑，是个汗淋淋的红着脸的小千斤顶。

汪岚从来没有细究过自己的婚礼是以怎样的剧情曲线结束的，她不想知道那些所有徒增伤痛的细节，欺骗时间的长，玩弄花招的多，

- 201 -

加上自己的蒙昧，所有细节都负责雕刻这三具核心。被劈腿，所以分手了。八个字就够她消化很久，别说又扩增出一则跨越了多少年的小说。

所以她的血在头顶下不来。整个脸红得不吉祥，往下又白得更可怖。

六个人是按照两个公司的二加四，坐着两辆车来的。回去也是这个二加四的阵容。可惜入夜后，他们才发现自己把车停在了没有灯的地方。从这里开到厂区得绕过几个圈，还得避开很多堆成山的木柜。

马赛被指派来帮忙在王博潭的车前充当眼睛，他打一个右转的圈，又回一个15度的左转角度，可惜看得见前面就顾不上后面，正要绕过来的时候，汪岚一步拉住了他，站到那个位置上，很明确地说"我来"。

所以到底是谁的问题，使得车辆撞进了侧后方的一堆重得塌不动的木柜，王博潭一开始还有工夫下车检查，带着很是了然的眼神，一脸"我就知道"地前后看一看汪岚和马赛，他还没开口，塌不动的木柜终于商谈完毕，解决了最后也是最关键的一点平衡，轰轰烈烈地垮在车头上。倒霉的秘书没来得及从驾驶室抽身，王博潭惊慌间摔坏了脚。

汪岚感到了眼皮前腾起的烟和尘，她在王博潭怒火中烧，一瘸一拐地冲上前来时压根都没发现他的接近。直到马赛把他拉扯住了，他们开始来来回回地瓦解来自对方的阻挠。周围的声音在尖叫着，忙着害怕，忙着善后。汪岚退后两步，抹了一把脸。有什么在大幅度地挥摆，就像一个粉笔擦，要把一条白色的线条擦拭消失，一旦它的边界消失，所有曾经在灰色地带徘徊的游民便可以一股脑儿地冲向无尽的黑暗。

询问一直忙到凌晨三点才算告一段落。可所有人都明白事情不过刚刚开始，麻烦的远在后头。我等到了和马赛一块儿走出那间小屋子的汪岚，终归有什么改变了，一群人出来，唯独他们俩走成了一块儿的样子。

我把路线在马赛身边绕开，径直走到了汪岚面前："……你吓死我了。"

"医院有消息么？"

"没有生命危险，但还是够呛的。"

"我是问那个王八蛋。"

"哦……他还在医院打石膏吧。"

"嗯。"汪岚回过身体，对四周的人道歉把他们连累到那么晚，尽管有些敢怒不敢言，可大家依然客套地说没什么没什么，就是离开的脚步快得有些夺路而逃似的嫌恶。

还剩下马赛站在一边，风里单薄成个俊美的英雄样，我对他淡淡地说："你也回吧，汪经理我负责送她回去。折腾那么久，很累了吧。"

"……"他拿不准我的语气是不是又里三层外三层地裹了什么，把我俩来回看了遍，"那好吧。你们才是注意安全。"

"马赛，今天真的非常对不起。谢谢你。"汪岚又蓦然地举起手握住他的手腕，在上面传达了一个真切的感激后才松开。

马赛将第一辆出租车让给了我和汪岚，从后视镜里，我看到他坐进了随后的第二辆。他小跑着两步，坐进车门时裹紧了上衣，一下子在这个无光的夜晚勾出了一道短暂却又异常鲜亮——我认为他窜出了一个非常鲜亮的色块。我不得不强行要求自己拉开目光，只是这个距离每增长一尺，我就听见心口轰轰烈烈的悲哀。

汪岚很疲惫地倚着右侧的车窗，不偏不倚地打醒我印象里之前的一幕。我瞄一眼她的手，先前它曾经冰凉地还是滚热地抓着马赛？我当然会反复地琢磨那个动作，没准还带着类似法医的孜孜不倦的钻研精神吧。他的皮肤是比你冰凉还是比你更滚热呢，你有没有感受到他的，很粗犷的，可以用宽阔来形容的手骨，是啊，往日里看来并不属于强壮型的马赛，却还是在每个地方都完好地保留了男性的气概。你用力了吗，用力的话会感觉到他手腕下的一根腕骨发出节奏分明的声音，你以为那是他的，实际上却是来自你自己的。

"你没事就好。"是直到说完最后一个字我才听清自己发了什么言。

"我不会没事的。"汪岚身体依旧倚着车窗，但是把脸转向了我，于是她的动作看来更加瑟瑟和可怜，像一个完整的"躲"般小心翼翼。

"反正最坏结果，和他们打场官司，如果对方真有这个意图要来告我们的话。"我不愿将她孤独地撇出去成为一个"你"，"不过也不见得啦，给一笔让他们满意的医疗费和赔偿金就能了结吧。这种倒霉事，碰到是很惨，但还能怎样呢。"我听见自己把话说得一会儿没了理性一会儿没了道德，大概我还是没法像对待章聿时那样对待汪岚，可以狠，准，烈地攻击她的死穴。

"不用他动手，公司就会把我整死的。"

"……其实不能怪你……"我觉得自己没有说违心的话。

"没有那么简单的。"而她朝我送来感激的眼神，让我着实有些受不了。

"你那么能干，之前给公司赚的钱都够公司每天在路上随便找个人用车轮碾一碾了吧。"我生生把世界五百强说成了人肉包子的黑店。

"别这样讲。"汪岚还有精力来制止我。

"反正先回家好好睡一下……你害怕吗？"

汪岚露出不堪回首的苦笑："有一点害怕。主要，我觉得特别愧疚的是，偏偏还牵连了马赛。"

"……他不会有事的。"

"我不敢乐观。"

"唔……不会有事的。"他是多么好的人，只消短短接触到你无意的求助眼神，就根本无须反应便愿意站出身体，带着年轻的存有普通正义感的热度，又不忘控制自己的发挥。他连袖子也来不及挽，就要上前替你解难。他躲开了王博潭拔出后由冲你转向冲他的胡乱一拳，你大概在那个时候就已经好好地抓住过马赛的手腕了，你在那时就已经获得了得救。那个衣领是在你的眼皮底下破的吧，你终究留下了一分的心情能够任由这个慢镜一格格前推。犹如一根根被拔起的树，白色线头带着卷曲从左到右断裂，弹出微小的碎屑，让你看见马赛脖子深处的发根。

我的眼睛追着道路两侧的树均匀地走，手指间也没有出汗，耳朵里还能清楚地听取汪岚一字一句的絮语。

"你是个很好的人。"

"什么？"汪岚对我突然的发言没有明白。

"真的，我一直很钦佩你，我觉得你很棒，很了不起。"

"……诶？"她想要自嘲地笑，"因为今天这事？你不是在损我吧。"

"哪能呢。我是说，一直以来的……"一直以来，我对汪岚的感情都是厚重的吧，我们可以在上下属的关系中间变成关系良好的朋友，我对她抱怨我那啰唆的老妈，她也偶尔会把写给父母的信给我看，我们应该是非常铁的关系了，应该是不会被那么轻易分裂的。

所以，我到底该怎么做呢。我能做些什么呢。

回到家已经拂晓，冬夜的天亮得再晚，却还是一点点刺破了地平线。空气里的薄暮表明这依然不是一个明媚的晴日。我给自己倒了一杯咖啡，茫然地坐在电脑前——下一步，我已经在网页上回到那个很早以前的地址，我重新找到了那个很遥远而陌生的、十八岁的美丽的高中女生。

已经过去了大半年，那个校园论坛似乎多少有些沉寂了下来，也许是最近正接近期末考阶段，再松散的学生也被迫开始暂时远离网络。而我像是一个前来打扫的卫生员，带上了袖套也系上了围裙，用个帽子把自己的头发盘在里面，打扫他们从一个突然暂停的演唱会中留下的饮料罐、塑料袋，和撕成一半的门票。

但我仍能看见她坐在那里。她变成了名字的两个拼音大写，记录在最近的一则帖子里，"XY是有男朋友的"。我于是顺着去看向她，耳机和人分着戴，我看不清那个男生的样子，但应该也是非常明朗、帅气而阳光的少年吧。果然他们是不会变的。他们手里的可乐还能冒着生龙活虎的气泡，是会有人妒忌的，当然有人妒忌，只是那份妒忌也如此吻合十八岁的空气，它再张牙舞爪也只是一把捣乱的吉他，总会被青春的更大合奏温和地吞没。

　　我一下子丧了气。

　　完完全全地丧了气。

13

大家都是会碰到关卡、遇见极限的，
身体里的电池总有用完的时候，世界上不存在永动机。
更何况这世界上的爱从来不是靠努力讨能讨来的，
苦苦相求只会让自己在未来回忆时恼恨地气结吧，
所谓期望越高只伴随着代价的越大。

总有几次，我特别想冷静下来，用手术台上的医生或者蛰伏在灌木中的猎人那般睿智的目光、清醒的神智，以及所有建立在生死存亡危机中，不容否认的绝对逻辑，好好思考一下名叫爱情的事。它是一小片紧贴着心脏，无论位置或面积都极为邪恶的病变，或者一头只在追求果腹之欲、单纯粗暴的野兽，却兼具着狡猾和力大无穷。但我还是迫切地想要好好地完成一次真实的对峙，无论胜负至少有一个结果。虽然"思考那个名叫爱情的事"，不用多少时间就会在日后变成一个更通俗的说法"矫情时人总是傻×"，而必然早已有无数的受害者，一再地循环在这条自我否定的路途上。他们不论是喝着市价五十元的兑水咖啡，在餐桌上望着雨景兴叹，还是蹲坐在马桶，凝视卫生间镜子上此起彼伏的水渍，内心都保持一致的酸甜苦辣。我和他们一样被一视同仁着，总是打着一场对比悬殊的仗，常常地，我连对方到底是什么这个基本的问题，都要花上超乎想象的精力，好在想到有其他无数的人和我有着全然类似的遭遇——我们连看清那个对手都得耗费上一时三刻，一世半生的日子，我和他们一起颓颓然地倒在这个较量的开端，似乎也让我不再觉得自己是那么窝囊的人了。

那么多，成百上千的情歌，那么多，成千上万的情话，原来都只是在尝试做一个最基本的事——弄明白，分清楚，那个"爱"字打头的情感是什么。

离解决它还有兆载永劫之遥远。

时不时我和人发出嗤笑声，一致首肯："什么少女心的，早就死光了。我现在看的都是政治书好吗，我关心美国对华的政策有什么新的变化，都比看'他睫毛的长度'要来劲得多了。"

"没错，对着那些悲春伤秋的言情最提不起精神了，一门心思想着'关我屁事'啊。"

这仿佛被定义为某种类型的"成长"，以至于口气中满是对青春岁月中懵懂的自己，毫不留情的不屑。隔阂早已如此之深，大约只要将往日的悸动情怀定义成某种"愚蠢"，今时今日既麻木又傲慢的我，并不是一种无路可退的悲剧，反而可以被内心吹嘘得既独立又高贵——

你看啊，那些大俗的情感对我而言真是一文不值。我在这个人世间并不是为了追求一份美好的爱情而奋斗的，它对我来说绝不是太阳，可以直接作用在我的生死上。我时时刻刻都会在追逐那所谓爱情的路上停下脚步，去看一看街边的演出，吃一顿一个人的饭，然后回家就这样睡了，把命再继续存下来朝前独自地活，梦里也不会觉得难过。

是啊，只要这样想了，我就可以重重地松了一口气，仿佛把前路也找好了，原先海面上的雾都爽利地散去，光把未来照亮，照出一片尽管宽阔尽管洒脱尽管寂静的全无人烟的我的未来。

——这其实是，宛如一纸切结书。倘若真的定了神，下了决心，把大拇指交出来，用不着动到沾血这样夸张的地步，再浅的颜色也行，墙的灰土的褐，能把属于我全部的人生这样用拇指上的螺纹锁定了，然后和这个不知存在于何处的神签订一纸合约，留给我的应当就是从此往后的无拘无束吧。

又不是什么灵魂的交易，我得到的没准还是更长寿的岁月，只不过割舍掉那些不适合的：喂奶抱孩子，选喜糖挑婚纱，为了房产证吵吵架，为了钻戒光泽度吵吵架，为了去看动作片还是爱情片吵吵架。

看，诀别掉的真不是多么美好的事物啊。

我在一排专卖店里挑了个橱窗装饰最华丽的走了进去。

名品商店大概是世界上最渴望着他人不幸的存在了。相信我，比起节假日里等着情侣一对对你侬我侬地进门选择互赠的礼品，一个满脸杀气的女人踩着贝多芬的《命运》，嗒嗒嗒嗒冲到柜台前，旋风式地扫下最新入货的提包，仿佛自己买的不是一个礼品而是一个祭品，绝对是更常见而合理并且整单营业额也更高的场景。

因而我异常理解柜台小姐一脸刚刚蒸出笼的欢迎，凭她的见识，早就能看出我的冤大头气质，命运坑了我，我就去挥霍。偏巧我也没法违抗，一口气就指了三双高跟鞋让她为我买单。

"后面两双就不试了。反正尺码肯定没问题的。"

"好的。您稍等。"她微微一笑，原先体贴的表层却翘了一个暴露的角来，我看见她已经按捺不住的内心。真是怪了，好像我购物的数额越是庞大，越是得到她更多的不敬来。

在店内的沙发上，休息着一个正被女友纠缠不休的男士。他当然不能明白，无非一个蝴蝶结是缎面一个是漆面的区别而已，至于让自己的女友像《唐山大地震》里一样心碎地为两个钱包"选弟弟啊""救姐姐啊"地抉择了二十分钟吗。

或许也正因为此吧，多少听到先前对话的他用略带惊奇的眼光看了我一眼。然后他的目光变得复杂起来——贬义的复杂。

没事，陌生人的看法基本就跟某些短命的放射性元素一样，持续不了几秒的时间。因而无论在他们看来我是"疯子""土豪""败家女""郭美美素颜时"，姑且认领就是，我只希望自己不要愈战愈勇地又去买下他女友正在为难的两款钱包。

脑海中做的粗略加法告诉我，这次的破费估计上了五位数。绝非可以轻易忽视的小数字，坦白讲我心疼得很，心疼得往后几天都得用白天吃方便面调料冲汤，晚上干吃方便面来消解，但至少眼下我容不得半点犹豫，我心情糟得对自己没法在肉体上下狠手，就必须找别的路子来施刑。

和汪岚的预计差不多，那桩意外得到了一定程度的升级。我站在会议室的角落，有些走神地盯着副总经理脖子上的青筋，看它成了一个单独的活物，正在忽大忽小地，一瞬间让我怀疑仿佛这才是控制中心，是在它的操控下，我首次得以领教到副总经理的口才——以往总是和蔼可亲，让人不由得想给他捐钱的上司，此刻正利落而高声地质问汪岚的学历，智商和脑容量。如此一想，也挺辛苦他了，如果门外没有至少两圈正竖着耳朵的听众，他也许可以把脏话用四国语言以舞曲加RAP的形式编排出来。

"无法预计的损失""荒唐可笑的行径"，发现上司在如此愤怒的情况下还能准确选择形容词并做排比句，我按捺住投去敬佩目光的冲动，转而将视线落到地上，手肘在肩膀里尽量内缩，这样看来便是一个接近惶恐的站姿了吧。

　　"你手头的工作先全部转给小盛，直到有个结果为止。"他长吁短叹地唱完红脸自己再唱白脸，"公司想要维护你，但公司拿什么证据来维护你呢？对方的态度也不怎么和蔼，你做好心理准备——偏偏还搞出个多余的事端来，他的理由要是成立了，真上法庭告你也是可能的。到时候也许能压得下来，也许能闹得很大。虽然已经让公司的法务部开始准备了，但谁也不能做百分之一百的保证。"

　　王博潭的确抛出了汪岚和马赛是恋人关系的证词，想要把性质从寻常的事故变为值得上社会版面的合谋害命。虽然汪岚辩称当初不过是玩笑，她和马赛之间什么也没有，纯粹是对方的一面之词。

　　"她说得对吗？是这样吗？"副总把问题以对质的角度扔给了马赛，同时朝我一挥手，"小盛你先出去吧。"

　　"嗯。"我眼睛掠在地上走，一份感激在此刻松弛了我的部分神经。这确实不是我该听和我想听的盘问。尽管转身的短短一秒里，我仍然使出比平常用力了许多的动作幅度，不惜以笨手笨脚的模样撞了小半的身体在门框上，当时我心里只想着，倘若此刻马赛是如我所愿地拿目光穿过他遭遇的疑问，定在我这个任谁看来都是纯粹外人的背上。

　　我太能假想他的为难了。

　　稍加推断就能得出，一旦马赛点头，附和了汪岚的说法，他表示他们之间什么也不是，什么也没有，他真的不知情——流传到大众的思路里，这份否定会立刻被崇尚坚贞的人们鄙视成糟粕。多假的声明，多无情的撇清啊，这个男人只不过在关键时刻为明哲保身而抛弃女友罢了。

事情的真相永远无法得到明辨的那天。

于是汪岚也意识到自己设定的理由是多么进退两难。她读着马赛在困难重重中选择了沉默的嘴唇，心里的痛楚被另一种宿命感般的无奈与懊悔狠狠地揪成一团。

我看着专卖店里镜子照镜子中间，自己被反射回来的背影。

就是以这个样子离开的啊，裙摆还坐皱了一点，白色的衬衫为什么让我的肩膀看起来变宽了呢。

这样的人，靠几双鞋子怎么救得了颓势？鞋子，衣服，袜子。发型，皮肤，身高。皮，肉，血。连同性格，灵魂。除非通通换掉。

我这种衰鬼只能回炉重造才有"重新开始"的可能吧。

因此柜台小姐抱着三个粉色的鞋盒走到我的面前，对我公式化地逐个确认颜色和码数时，我突然眯了眯眼睛，然后把信用卡插回了钱包夹层。

"不好意思——"我回到她的解说里，打断她即将完成的业务，"我不想要了。"

"啊？是吗？哪一双不想要了呢？"

"全都不想要了。很不好意思。就算了吧。"我收拾着放在身边的雨伞和手套，"谢谢。"

"……"她的脸色必然是有些愠怒的，在职业道德的忍耐下却看来反衬得更明显。我知道自己的变卦非常糟糕和恶劣，但确实是，十分钟前还排场盛大的烦躁此刻被清了个彻底的场。太无力了，从刚才一路踏进店铺时，我的身影应该就是落魄的才对，等平静下来，才能知晓自己的心脏跳得多么勉强。

"你在哪儿？"

"我去探望一个朋友。"我在路上回复马赛的短信。

"不在家？什么时候回家？"

"今晚不回，住她那里。"

"好吧。"他把话头留得很显眼，但我没有接。我精力有限，也不打算掺和进去让他原本就有限的选择项再多上一层枷锁，我可以眼睁睁等一个结果，在那之前我不具备这份能力，也谈不上义务，更没有信心可以凭自己让所有问题迎刃而解。

"今年M家出了新的水钻嵌跟系列，等你这双脚消肿了以后啊，我们一起去买吧。今天我原本都已经要刷卡了，想到你，生生忍住了。"我一边给章聿榨着果汁，一边这样描述之前的经历。

"挺好嘿，以后你要是有什么购物冲动，一想我，就能压抑住了哦？"

"怎么讲的……跟美剧里想要败退性冲动时就默念姥姥的名字一样……"

章聿笑笑："你看起来精神很差啊。"

"你这个做孕妇的人还管别人的精神状况？下次是不是该你给我让座了啊？"

"关心你嘛。"

"……那我才想哭呢。"我环顾她的家，"……阿姨和叔叔呢，不在家？"

"我妈出去搓麻将了，我爸去见老朋友。我不是跟你说了嘛，所以才让你今天过来陪我睡一晚。"

"你只是想找个免费的用人代替叔叔阿姨，为你安胎吧。"

"他们才不知道什么安胎不安胎的。"

"嗯……也是……还不知道吗？"

"还不，大概也瞒不了多久了，最近想找个机会告诉他们。"

"……那到时候要我来陪你么？"

"算了，万一他们把火引到你身上怎么办。最后一尸三命。"她指指自己的肚子，又指指我，"没关系啦，好歹是他们自己的亲女儿，再恨也舍不得把我怎么样。"她说完后才品味到自己这话里浓重的酸楚，我看见章聿揉了揉鼻子："那天我偷听到我爸跟我妈聊天来着。"

"哦？"

"他们以为我在沙发上睡着了。就一点一点谈到了我。"

"是么。"

"嗯，我妈说我最近好像胖了，脸圆了好多。"

"嗨……"

"我爸就说这样不是挺好的。他一直觉得我胖点才好，不要老是一味追求瘦瘦瘦，身体一点都不健康。"

大概就像每个普通的家庭一样，一家三口，面对着电视，在连续剧中插播的广告时段开始聊起天来。做父亲的觉得女儿能胖是好事，做母亲的说我又没说那是坏事，我只是注意到了而已嘛。

　　"这样就睡着了，很容易感冒的。"做父亲的把自己的大衣又披在了女儿身上。

　　"是啊。"做母亲的蹑手蹑脚，替章聿捡掉脸上的头发，"你说她，真的有独自生活的能力吗？之前还给了我一件衣服说纽扣掉了四个，她到现在连纽扣都不会钉诶，将来要是生了小孩，估计裤子和衣服都要穿反掉的。"

　　"还不是你啊，一直也不教教她。"

　　"这哪能怪我呢，滑稽诶，你也不想想你，上次她一个电话来，说地铁没有末班车了，你偏要自己打车去接。"

　　"半夜两点多，我能放心吗？"

　　"好啦好啦，知道你宝贝她。怎么办哦，你女儿将来要是嫁人的话，你可别把我的女婿打出去。"

　　"你真会瞎讲。把我想得也太差了。"

　　"那你能保证啊？"

　　"但他要对章聿不好，我肯定还是要打的呀！"

　　章聿把父母的对话演成惟妙惟肖的双簧，可至少我俩都没有微笑起来，连空气都沉默了几秒。

　　"你说……是不是该去打掉的好。"她终于这样问我了。

　　"我真的不能替你决定什么，但是——尽管如此，我还是认为你生下他不会是个好的决定。"

　　"最近我也慢慢地想过了。其实，我也是有些累了吧。金霸王那个广告你还记得不，我觉得我大概是有比别人多七倍的电力的，但是最近我身体也累了，连带着心情也累了诶，是真的累，颓废了——"她在我面前摆出一个敲着鼓的小兔子的动作来，"过去是'嗒嗒嗒嗒'"章聿一边配着音。"后来'嗒嗒嗒'。"她慢慢地切分着动作，"现在是'嗒，嗒，嗒'了吧……"

最后她把两手停滞在空中，还捏着那根虚拟的鼓棒。

"亏你……"我很感慨。

"压根都不用仔细想，如果照我现在的路走下去，未来也许会更糟糕。我一直是喜欢逞强的，认定了赌一口气的结果至少还有百分之五十的赢面。以往大概就是这样，有许多人会被我这种狐假虎威的气势吓住吧。可眼下我也知道，他们一样有不会放弃的底线，不会事事都能靠我的'威胁'而生效的。"

我吸了一口气："或许是这样吧……"

"就是这样的啊。那天听到我爸我妈的聊天，我就很想——当时就很想死掉算了。我连想哭都没有力气了。我没有那么充沛的精力了，也不是十年前的我了。再和十年前的自己保持一样，或许不是件好事吧，或许真的应该制止自己了吧。"

我摸摸她的头，然后旋住她背后那个同样虚拟的开关，装模作样地转了几圈："金霸王给你新的能量！"

大家都是会碰到关卡、遇见极限的，身体里的电池总有用完的时候，世界上不存在永动机。更何况这世界上的爱从来不是靠努力讨能讨来的，苦苦相求只会让自己在未来回忆时恼恨地气结吧，所谓期望越高只伴随着代价的越大。

我也一样啊。

　　把章聿安顿在床上，我窝进沙发，打开电脑。消息很快出来了，结果却比我预计的还要坏。果然作为负责人，汪岚必须要承担一定的后果，不过相比马赛的解聘处分，公司给予汪岚的裁夺，温和得堪比"罚你想上厕所时里面却总有人哦亲"，暂停了她当月的工作，以及取消了本季度的绩效分红。看来过去多年的血汗好歹没有白流，五百强企业还是舍不得放弃培育良久的优秀员工，只要不是和老板他爸爸谈恋爱，造成个把人身伤害，公司还是愿意尽全力负担下一点是一点。与此同时，相比马赛这样的普通员工，必然属于公司想弃便弃的棋子。有狗熊追了上来，为了保住公主，请骑兵先捧着这罐蜂蜜躺下，没什么，很快的，痛一痛就结束了。别说原因还没有查明这种话，谁让马赛毋庸置疑地也在事故现场，他涉及了，他和后果有关联，很多人看见他的确挡在了王博潭和汪岚中间，根本无须神探狄仁杰或少年包青天，他就是有逃不掉的责任要负。

　　我心里憋得很，期期艾艾地翻找着手机，给马赛回电前，想到刚才自己在短信里的糟糕态度就替他不值。我真够残忍的，明知经过和结果都不是他的意志所能操控的，他心里艰难的无奈让他甚至很难给自己打气地笑一笑。一旦脱下日常生活给自己的洒脱和自由，哀愁的样子像一套正式过头的西装三件套般和马赛制造着重大的违和感，让他在忍耐里加速成熟。

　　每想深一点，我从他身上建立出的悲悯就更深一点，以至于电话还没拨出，嘴里已经有了哭腔。好在马赛的电话也处于忙音状态，给了我一些冷静的时间。

　　只不过我的冷静带来了反效果——差不多过了五分钟，电话依然拨不通，马赛似乎和别人做着一个同样扯不清道不明的通话。

　　我停住呼吸，打开通讯录里汪岚的号码。刚才耳机里的嘟嘟声，一模一样地重复了起来。好吧，我劝自己别那么武断，巧合也很常见。于是再等了五分钟，马赛和汪岚的电话还是一致地占线。再过两分钟，他俩还是一致地占线。

　　等到我终于打通马赛电话的当下，我不等他接通，就飞快地掐断了。而紧跟着，汪岚的名字点亮了屏幕。她在那头问："刚才你找我吗？"看来汪岚的手机有通话途中的来电提醒功能，我曾经三次想要打断她的致歉，倾诉，和破釜沉舟式的告白，她都看见了，但她有件更重要的事得先完成，不得不把我暂时放在旁边。

　　"还好吗……"

　　"我提交辞呈了。"

　　"什么？"我承认自己被吓一跳的同时，整颗心冷得不成样子，"……等一下，公司没说要解雇你啊。公司也不可能解雇你啊。你没必要做这样的决定啊。"

　　"没关系的。"她还真的把这几个字说得非常没有关系，"我跟公司说了，完全是我一个人的责任，对马赛的处理非常不公正，应该是由我来承担，那才合情理。"

　　"……但何必要搞到辞职呢？现在外面状况那么不好，辞职对你也不是件无关紧要的事啊，公司都愿意出面替你解决来自王八蛋的刁难了，你真的……真的没必要啊。"

　　"我付出代价是应该的。公司要放弃马赛，那我就跟他一起走。总之我不会接受这样的处理结果。"

　　她的"一起走"三个字在我空洞的大脑里回音不停，我挪着两脚走出了章聿家的客厅，趴在阳台上，对面的灯光刺得我眼睛都盲了一般，到底是空气里下的雾，还是那雾只在我的眼睛里："你……这种孤注一掷，公司会听吗。"

"还好啦。听不听无所谓啊，辞呈都正式交上去了。"汪岚的声音回了温一般，反过来用安定的暖意安抚着我，"你别想那么糟。天无绝人之路嘛。"

我怎么可能不想得那么糟："……那你跟马赛说了？他什么态度？他不会认可的吧？"

"哪轮得到他不认可啊。"汪岚呵呵地笑了起来，"我对他说，他不必有心理负担，恰恰相反，应该是我给他带来了那么糟的境况，我不会就此袖手旁观的。公司不留他，我会走，就算留下他，我还是会承担起责任走的。"

我的思维是大风天里的一根蛛丝，乱得没了形，却又怎么都不肯断，只能毫无自控力地，被湍急的气流随便摆弄："……是哦……你说得也对……"汪岚是用最大的付出来换回另一个局面的落实。他们成了一对彼此为对方奉献，为对方承担的恋人。故事会变得好看起来，不是吗，很动人啊，大众都爱以自己的思维将之补完，男友替女友报复了她该死的敌人，女友为男友承担下了责难，之后再怎么发展，都是奔着"苦命鸳鸯""沦落天涯"几个字去的。

我知道自己已经再也不可能有机会对汪岚交代一次，有关我和马赛之间的事。过去曾有的机会没有了，未来的机会也再不可能发生。在这个时候给她破釜沉舟的决心拆台，无疑是最阴毒的补刀，不仅让她的牺牲变成纯粹的笑话，也是给予她的二度背叛。说实话，我不能肯定这一次的冲击就能比她过去遭受到的轻一点。"……那么马赛最后什么态度呢……"我这个胆小鬼，还把期望寄托在别人身上，想要躲进马赛的影子里，藏在他背后鬼鬼祟祟地观察一颗子弹的发出，是炸开了树干，还是扎入了土壤，还是直接进了一片胸膛。

"他说这事会给自己的女朋友带来很大麻烦，所以还没办法那么简单地了结——这人啊……"

我的心脏疯狂地跳了起来，在我脑海里捶得惊心动魄："他这么说的？"

"是啊，到底是年轻人，这提法多怪。"

"……"最坏的预感要成了真，"后来呢？"

"后来我告诉他：'你女朋友觉得这样没问题，她觉得很合理，听见了？'"

我一下子颓然地跌坐在地上，雾进了阳台，四周全是牛奶状的白色帐幔："……诶嘿……？"

"……别提了……说完我自己脸也红了。"汪岚就是在那句话后挂断了电话，她把嘴唇用力地咬了咬，仿佛如此才能缓解那个别别扭扭的第三人称用法在唇齿间带来的酥麻。于是她沉闷了一天的心情终于得以好转，被一个非常天真烂漫的词引发的愉悦快要和往后的失业压力持平，这让汪岚更确信了这段因缘的真实吧。

她从来都相信是真的。从来没有半点疑虑过。她以为自己走的就是一条从A到B的直线，中间没有任何暗门，会诞生出荒唐的曲线C。

我的肩膀抖得非常厉害，手机的振动和身体产生了共鸣般，在我的四肢上造成了更大规模的战栗。

根本不可能接通第二个来电。没有力气提起手指，提起耳朵，提起嘴角，去接通，去听闻，去坦白——我和马赛的联系，只会让我们串联成背地里的罪犯。在哪里挖下的陷阱，接着要如何再设一个圈套，让那段起伏的路线C上再多些障碍，再多一些。于是我和他之间还能说什么呢，大段沉默和大段沉默做着对话？让冷场和冷场互相沟通？我不能指责他，却又做不到一言不发，不能支持他，却也不能强硬地站到反对阵营。我只知道，那次事故导致的挫败，会带给马赛和汪岚同一份的困苦，是别人介入不了，仅能被他们两人共担的宿命感。有了"牺牲"，有了"承担"，有了"共命运"；有了"愧疚"，有了"不舍"，有了"同情心"后，是我已然在垂死中挣扎，但除了迅速繁殖的失败感外，我什么也剩不下。

14

终于当一切都归于静默，
象征两人从此分道扬镳再无往来，
我打开那扇快要被踢穿的防盗门，
空荡荡的走廊如同一截被掐灭的烟头，
再回头看章聿，她站在门后，
整个人被煎熬的兴奋感夺走了灵魂一般站着。

四个月后，我从老妈离开时的关门声里坐直身体。片刻后负气地跳下床，把那两件洗坏后被我扔掉，又让她自作主张收回的衣服裙子再次揉成一团塞进了垃圾桶。我冷着眼睛朝里瞪，老妈全不知道，那件缩水掉一半的羊绒连衣裙，我就是穿着它和马赛分的别。

　　我看着它眼下形成一个半球状，满满地喂饱了垃圾桶，都到这地步了，还看得见八成新，没有穿出毛球，绣线还亮得很，上身次数不超过三次。回想了一下，第一次是买来后在家里的试穿，而第二次也是最后一次，它在左边手肘地方的料子已经被我掐得稍微走形，一颗原本在裙角的珠子也扯掉了。好在那时我没有流泪，只有身体一阵冒了冷汗，被风一吹后在衣服下忍不住哆嗦着缩小了一圈，而它大概也是感受得到的。

　　我数着手指，还真的忽然就过了四个月。四个月后的今天，比四个月前未必回暖多少，甚至冬寒更加料峭。所以推测在四个月前，我以为靠这件羊绒裙就能够抵挡。衣服是早上出门前顺手从衣柜里抓的，当时都没有预计好要它来一起参与什么，灰和黑，只有角落被设计师点缀了一些醒目的细节。后来想想，还真和那天的场景致命般地吻合。

为了不让自己的念头发生反复，对这条连衣裙生成片刻的留恋，我在厨房泡了一杯咖啡，将撕下的包装袋均匀地扔在了桶里，还嫌不够地，又剥了枚柑橘，橘皮同样扔了进去。这下包括连衣裙在内，全都统一了标准的垃圾身份。

看时间趋近清晨，周末的黎明，窗外一贯的喧闹失去了参与的学生和上班族们，清静了许多。我稍微收拾了下东西，今天还约好了探望章聿。我得告诉她，之前的外派任务没了我的份，没有办法给她带便宜成白菜的PRADA了，没有办法被海关以走私之名抓起来了。但同样的，她也无须担心会有一年半见不到我，我每周依旧可以准备琳琅满目的八卦和食物去看她，带紧身的牛仔裤去送给她。章聿现在比我还瘦，我早前稍微塞不进的裤子，她腿在里面打着过于富余的圈圈。我忌妒地大嚷你想气死我是吗，死东西，赶紧给我胖点回来，大腹便便是美德，脂肪是正义，我要代表正义消灭你。我把玩笑开得很大声，等到它告一段落之后就体味到了空气里的萧索，我和章聿有些凄凉地对视片刻。

她至少比一个月前好多了，这次见她的感受尤其强烈。脸从完全的凹陷里一点点填了回来，之前规模隆重的暗沉也淡了不少，最主要的是，当我说到没法和卢浮宫里的裸男雕塑合影了，她笑出了过往的迹象，我看着那多少发自内心的笑容，冲动地上去抱住她的脑袋。

"……干吗？"

"没啥，觉得你头的形状有点怪，我给你正一正……"但我没有办法说出内心真实的伤感。

"好闷啊。"她仍是没什么力气挣脱。

"大概是我胸部变大了吧……"等到我终于把章聿从怀里释放出来，她的头发乱得很童趣，脸色也赭红了一些，我不管这血色是我自己勒索来的，掐她的脸颊说，"苹果肌终于又回来了啊！不不不不，已经是美国蛇果肌了！"

章聿又笑了一场："那不是要命了！"

我们刚刚铸就起来的打趣随着房门响了又关，被重新一笔抹杀。气氛不仅归位了严寒中的那份瘆人，还染进了无言的紧张和害怕。章聿的父亲踏出三分之一身体在门口，朝我点头"来了哦"，他的声音发得很马虎，连同脸上越来越不打算好好摆弄出的客气，都是一份既给我又给了章聿的责难。我想也怪不了章聿的双亲，我们是瞒掉了一条人命的，这件事够他们半夜想得整宿都睡不着。章聿告诉我，好几天她都发现，她妈妈等她睡着了，又悄悄地坐过来，手上没敢加动作，但视线里的重量依旧把章聿的身体往床上又埋进了半寸。她后来一律脸朝墙睡，把五官从长辈的痛苦中躲开，否则她很难控制泪腺不做叛徒。

互相藏得太过绝望。在章聿流产的过程里他们没法斥责她，在她康复的过程里他们继续以照顾和呵护喂养她，唯一能做的就是让照顾与呵护都变得静默了许多。抽掉了空气，才能防止声音传递般地，以免不小心就泄露了伤害的话。他们到底用了多少克制力呢，在只剩彼此的时候，做妻子的哭倒在丈夫的怀里。想不通，弄不明白，她伏在丈夫的膝盖上哑声地咆哮"我生下这个女儿来，不是给别人糟蹋的啊"。

听到章聿转述来这句话的时候，我手一颤，我看她的眼睛里裹了一圈泪光，知道她和我此刻对这句话继续着隐瞒的罪过。

可以被章聿父母知道的杜撰版本是，章聿背着他们交往了一个男友，也怀了孕，但在得到怀孕的消息前，对方已经和她分了手，随即出了国。我们把每条后路都想好了，连那个虚拟人物的出国日期都被按照机场的航班表伪造得真真切切，我们选了一个远得无法挽回的地点和时间，把这件因果就这样投到了大洋彼岸。就为了避免章聿的父亲开始调查，并不惜实施追杀，他只要有一丝希望，都无法放过给自己女儿带来不幸的家伙。我几乎从不怀疑，章聿父亲这两天忙进忙出，就是为了重新捡起大学时修的专业，过几天他就要造出一枚鱼雷，穿过半个地球，准确地在混账东西冲浪时打在他脚底板上。只有高耸的蘑菇云，能够平息他无从承受的悲痛了。

那么，假设交代了事情的真正面目——我没有信心去想象，那片在这一家三口头顶的天，会塌成什么模样。

怀孕眼看就要迈入第四个月时，章聿决心找天时间和小狄做一次彻底摊牌，前一回她让身体耽搁了，现在随着特征逐步明显，可以再拖延的时间实在不多。

"……如果你需要的话，我陪你一起去。"必然是我人生中绝对难以忘怀的场面了吧，但"我的人生"什么时候成了毫无瑕疵的美白玉吗？

"行啊，我要是决定的话。"章聿脸上还是淡淡的无法判断感情属性的光芒，不知道这阵子身体上的改变是不是也完全影响了她。我没有怀孕的经验，因而无从用自己的角度去判断那到底是怎样的意义重大。

　　我最后抚了一下她的脸颊："做你的朋友，挺倒霉的啊。"

　　"是吧？那下次你想抢银行，也提前通知我哦。"

　　"行啊。"我和她一脸无良地开着玩笑，"其实我每次在马路上看见停在银行门口的运钞车还有保安员们，都会特别有冲动想上前跟他们说话。就是想知道他们会怎么对待我呢？"

　　"那好啊，下次我陪你一起去，去问一声'最近的厕所在哪里'也好啊。"

　　"没准人家一掏枪，我们连找厕所的必要都没有了呢。当即吓尿。"

　　"如曦，我会去说的。"章聿的脸上还维持着如初的笑容。

　　"好啊。"

　　"我是指小狄那里。"

　　"……嗯。"我还在回神中，果然同样的话再多重复几次好像自己便有了信心似的，"我陪你一起去。"

　　忘记在哪里听到过对于为什么女孩子都爱结伴上厕所的讨论，最后的结论当然是不了了之，但这却是几乎所有女性从一旦有了朋友意识后便首先会用来实现的举动。就像今天我和章聿都不能算"小女生"了，可还是非要在许多场合还恨不得手拉手去解决内急。因此，我在内心默默地劝慰自己，就当是很简单的，她放下杯子，然后看着我问"去不去厕所"一样的吧，哪怕我最初并没有打算"不想去"，可她依然会扭着熟练的身体"去嘛一起去嘛",让我终于没辙。

就当成是这样简单的事也好。

只是出乎我意料的是,章聿的电话来得有点快,我刚刚到家没多久,她便通知着:"我定了地方,明天和小狄碰面。下午四点行不?"

"诶?定了?明天?不能改?"我回忆着日程,两点有个会,三点要去收一批下属的年终自评表。

"是啊,你要不方便的话,没必要非来陪着我不可的。"

"不不,我安排下,过得来的。"

"不用强求啦。相信我,我是做好了足够心理准备的,我不会逼迫小狄怎样,只是把事情告诉他。真的,你相信我。如果他不打算做什么,我觉得也是可以理解的。"章聿是不是一边说一边不自觉地用手抚摩着自己的小腹呢。或许今天已经能够从外面便感觉到下面有生命的隆起了吧,我想象着一种自己完全不能想象的感觉,两手里无论怎么胡乱折腾也难改空空如也,可也正因为这份无从想象而更加让我敬畏了起来。

"我相信你,但我明天想过来呗,让我来蹭个饭嘛。"

"居然没有约会吗?"她哪儿知道正笑在我的伤口上,"前阵看你还眉飞色舞的,走路屁股都扭来扭去。"

"……呸!我那是便秘!是痔疮!"

"好嘛好嘛,以后再慢慢拷问你。"

"我的痔疮不用你关心啦,忌辣忌油腻就好,先管好你自己再说吧。"

　　"现在说这个话，有些晚了哦。"

　　我们还能够大言不惭地撕扯对方的禁忌了，挺好的，都这么大了，知道对于一些难以消磨的后果，最好的方式就是和它和平共处，一边承认自己的失败和糟糕，一边以这样的失败和糟糕为垫脚石，觉得照样可以走到康庄大道上去。

　　这个社会上，再过五十年，会有很大一批依旧维持未婚身份的人。也许是跟着时代而产生的新现象吧，慢慢地，当单身变得不再像歌中唱的那么"可耻"，慢慢地，也许不再有没完没了的关于他们的话题，关于他们的电影，关于他们的电视节目，他们变成类似"丁克族"，不，也许是更加寻常的，不为人所注意的族群。社会开始衰老下去，开始一个一个单独地生存下去，开始保持这种对爱情的无所谓和放弃，就这样走下去——我又凭什么说它不可能呢？

　　在赶去接章韦的路上，满脑子都是这样的胡思乱想，然后看见她有些小心地护着自己的身体坐在我身边，我又突然想，未来五十年，一百年后的人们对于婚姻本身又会发生怎样的认识变化呢？对于第三者会有附加更糟的标注吗？

　　我不知道自己的心情还可不可能更五味杂陈一点，但陪着自己的朋友去对外遇对象坦白怀孕了这种事，绝对不在我人生必须实现的五十个愿望列表上吧。

　　章韦在脸上添了一些非常简单的妆，被我问及时，她回答得很有过往的风范："是对孕妇没有危害的牌子，况且，尤其是今天这种场合，我怎么能素颜上场啊？那还不如直接叫我去打掉算了！"

"你现在感觉怎么样？"其实我非常担心，一旦她感情激动起来，发生了人身伤害怎么办。我都快忍不住想把餐厅桌面上的刀叉通通收走了。

"挺好的。"章聿看穿我的心思，"都说了让你放心啦，我不会怎么样的，都过去那么久了，现在早就平和得多了。"

"好……"在我话音刚落之际，我看见了出现在餐厅入口的小狄。他的神态当然充满了忐忑，怀疑，和为此而不得不加大剂量的镇定，在脸上错综复杂着一份让我很是不耐的静默。

"你那么早下班了？"等他落座后我问。

"没，你呢？"

"我从公司溜出来的。"

"哦。"

"那要先点菜么？"我问章聿。不知怎么，我就变成了主持人的位置。

"好啊。"她冲我点点头，又转过去朝小狄笑了笑。这个笑容在我看来是有些刺眼的，我高高地举起手来大喊一声："服务员，菜单！"

明知道这只是更像一场鸿门宴的饭局，我勉强点了杯果汁就用"减肥"打发了小狄的问话，章聿也只要了一份沙拉，于是小狄默默地接受了藏在这两道"菜"里的消息，合上菜单对服务员说了句"给我一杯冰咖啡就好"。

随后他转过来看着章聿："精神不太好的样子？"

"嗯。大概是没睡好。"

"哦是么。"

　　"嗯。"

　　"还是要注意休息啊。"

　　"知道的。你呢。"

　　"差不多，老样子。"

　　"啊，是哦。"可小狄对"老样子"的理解和章聿全然不同吧。我把自己坐在第三者的角度心酸地想。小狄的是早上九点上班晚上六点下班，回家妻子烧了饭孩子跌跌撞撞地要爸爸抱。但章聿理解中的老样子，她记得当年在几次分分合合后，最后的分手还是自己提的，动用了那会儿女生脑海中可以想象的顶顶夸张的理由，对小狄说"我跟别人睡过了"，然后甩上一扇歹毒不过的门。小狄就是在那个时候冲过来，他气疯了，把房门踹得使我不得不躲在沙发后打电话给"315"维权热线——"1000元一扇的防盗门不够牢靠啊！"那个时候章聿便瘫坐在我身边，每当小狄在门外喊一句"章聿你给我滚出来说清楚！究竟是什么时候的事？！你给我滚出来！"，章聿脸上叵测的微笑就愈多一些。

　　"你这样不好吧？这谎言撒得有什么意思啊？！傻不傻啊？"我还在苦口婆心地做一个传统的居委会大妈，"他当真了呢！万一真的弄出什么大事——"

　　章聿歪着脖子看我，不出声，却点着一个状若骄傲的荒谬节奏，我明白这个时候说再多也没有效果，一旦琼瑶剧开始播映，我这种早间新闻根本没有什么收视率可言。接着章聿踮起脚，把脸凑近防盗门的猫眼。由那里就是她看见的"老样子"的小狄吧，他右手从怒火中烧的拳头里缓慢地投降下来，成为一面疏离的白旗盖在了眼睛上。从那里漫出的眼泪让章聿有了一点对"终身难忘"的确切体会。终于当一切都归于静默，象征两人从此分道扬镳再无往来，我打开那扇快要被踢穿的防盗门，空荡荡的走廊如同一截被掐灭的烟头，再回头看章聿，她站在门后，整个人被煎熬的兴奋感夺走了灵魂一般站着。

　　"很久没你的消息了。"

　　"两个月前？"那次章聿因为见红而临时爽了约——在我以为差不多该开始了的时候，章聿又突然改口，"你头发还是长点好看嘛。"

　　"诶？会啊？"

　　"剪太短了怪怪的。"

　　"剪短比较自在。"

　　"我说——"我确实是听不下去了，我受不了这种完全自我欺骗式的安然无事，"你看下，我是说小狄，就咖啡的话，你吃得饱么？"

　　"……没事吧。我现在也不饿。"

　　"嗯。"章聿的右手在我的余光里缩到了桌板下，我非常默契地也将靠近她的左手放在了自己的膝盖上，果然很快地，她的手指抓住了我的掌心。

　　要开始了。

　　"……怀孕？……"

"是的。"这一次的肯定是我做出的，大概我觉得自己可以扮演冷静而权威的法官般的角色，让这个由旁观者发出的证明完全板上钉钉。

　　"你吗？"而小狄依然看着章聿问。

　　"嗯。"章聿受不住他的目光，几乎要低头下去。

　　"去医院检查过了，没有错。"我的目光牢牢地，像从草原上抓住一只兔子那样牢牢地擒住小狄脸上每一丝的神色变化。果然，和所有电视或小说里塑造的那个传统没有差别，所有男人在听到有女人对自己说怀孕了的时候——尤其是在非传统，不正当的情况下，他们的表情简直生动极了。我大概以后很难有机会重温，那满布在小狄脸上的深深的困惑和疑虑。

　　"……我不太明白。"他却直白地说。

　　"什么不明白？"我有些冒火。

　　"没什么的。我告诉你这个，也只是想让你知道而已，毕竟这个事情也不可能一直瞒下去。但我也只是想让你知道，没有别的。何况比起你来，我爹妈那里才是更难交代的。我必须要准备好精力去对付他们呢——所以，你不要把这个看成是威胁，连摊牌都不是。我只觉得你有知道的必要。没有其他要求。"

　　小狄眼睛落在面前的咖啡杯上，他脸上的困惑大概是和面前的咖啡一样浓了，接着他抬起眼睛看着我："……你知道的？"

　　"嗯。"

　　"……"

　　小狄还在沉默的时候，章聿推了推我的胳膊："我要去上个厕所。"

"哦好啊，我陪你？"

"啊。不用，不用。"

"什么呀，你现在也不是很方便吧，当然我陪你啦。"

"真的没关系啦，你在这里帮我看着他就行。"章聿几乎是笑着，"万一他乘机溜走了怎么办呢？"

"……"我站到一半的膝盖又坐回去，"你真的没问题吗？"

"没事啦。"章聿一步步消失在餐厅的走廊尽头。

我的目光还迎着她的方向，小狄在桌对面朝我缓慢地开口了："你知道的？"

"是啊。"我很奇怪。

"是什么时候的事？"

"你指什么？"

"怀孕……"

"……你自己种的果你自己忘记了么？"我有些气愤，"就算那天你喝醉了，但也不至于完全装糊涂吧？"

"喝醉的事……我记得。但——"

"什么？你想不承认吗？"我突然有些庆幸还好章聿不在场，给了我足够强硬的底气。

"你先别对我开炮，你能告诉我那天到底是什么经过吗？"

"章聿就告诉我说是她把自己灌得很醉，把你带到宾馆去……当然这个也是她自己脑子坏了——才得逞的。"

"那天是个同学聚会，她醉得很厉害……这个我记得的。"

"所以啊，你们不是去了宾馆吗？"

"没错……但是……"他的脸色直到现在才一鼓作气似的变得灰

白，"我把她送到宾馆后，我就离开了……我并没有在那里过夜……也没有和她……"

"……"当我终于理解小狄从开始便一直满怀的困惑到底是什么后，我从头皮开始，一寸一寸，犹如被灌着冰水，"你说什么……"

"我真的没有和她睡过……"他不是撒谎，他否认得连自己都希望宁可不是真的。

"那她是和谁……"我身体里最后一丝空气都被吸走了，原本还在纷乱中的一切，静止在了一个永恒似的定格里，"不止你一个陪她去的宾馆是吧？还有别人吧？"

"……"他默认了，他根本想不到自己起初无非想找个帮手也找个证人，证明没有什么事发生，却恰恰颠倒了事实。

当章聿回来时，她只看到我双眼通红，在小狄脸上抽了一个凶狠的巴掌："你他妈有没有一点尽到照顾的责任啊！你怎么能让她遭遇这种事啊！"

我把攒了很久的眼泪用到那时流了个痛痛快快，仿佛连整个女厕所单间的薄板，都做出了互动的共鸣，它把我的哭声回荡着，门外有被惊吓到的脚步，亦近亦远地像围观一只垂死的鸟兽。我真恨不得自己的神智干干脆脆地死透算了，这样一来也不用前后去推论联想，为了告诉最要好的朋友，她是被陌生人强奸而不是在主动意图下实现的性关系。这句话让我把手指塞进嘴里，发泄似的咬了下去，可照样很难觉得生理上的痛。

过了一会儿章聿在门外小心地敲门："曦曦你没事吧？……怎么

啦？别难过啦？我还好啦，干吗呢，突然之间……好啦，别难过啦，反正都讲出来了，小狄还比我预想中正常些呢，就是被你那一巴掌打得蒙了，所以别哭啦，你看，没事的啊……"

"……"我的手心里决堤似的接不完眼泪，这个恶性循环的杀伤力太大了，我越是哭，章聿不知情的安慰越是听来何其可怜，我一想到在她的认知里，事情到这里就结束了，她挺过了第一关，她带着自己种下的爱情之果，不洁的却也是美丽的果实，愿意往后就这样过下去，我一想到这些，和那个不知是谁翻滚在她身上的犯人，几乎被胸口的窒息噎得发不出声音。

我突然回忆起很久以前，有人曾经问过我，章聿难道就不会为自己的行为付出代价吗。可这个代价是应当被咬牙默认的吗？我可以对她说"你看，没办法的事，这就是你的代价"？"你活该"？"你该吸取教训"吗？

好容易打开门后，我几乎是一腿长一腿短地跌了出来，我拽着章聿回到餐厅，又指着小狄说"你跟我过来——你过来就是"，我们三个人，分受了那100分的知情——是我和小狄在两头挑着肩膀上的担子，而什么也不清楚的章聿左右看看，她大概也缓缓地能体察到一分不祥，可她终究不能这样不明不白地被瞒着，这事原本就带着即便要打破她，也必须得到坦白的残酷性质。而我的责任，就是至少挑一个能够藏得住她的反应，也确保了安全的场所。

餐厅门外有个还在冬季中枯萎的小公园，没有水塘，很好，有个亭子，在比较隐蔽的地方，没什么路人，行吧。我就这样一路拽着章聿和小狄，把他们带到亭子里。往后的发展是帧数跳得飞快的画面，我只能选择零星几幅存进记忆里。但哪怕再零星，她突然宛如从肚子里撕出的号叫，任凭我做好了心理准备，还是被结结实实地吓到了。接着我记得自己和小狄一起，从章聿手里抢过那块她从地上随手捡的石头，拉住她的胳膊避免她用太直接粗暴的方式迅速地将被奸污的痕迹清理。她哭得用力，打得用力，对自己恨得也用力，她居然有那么大的力气，让我一再地为她爆发于绝望的同归于尽般的力气，感到一阵胆寒。那几分钟里，我的指甲缝里卡满了不悦的砖屑，身体各处都经受了来历不明的撞击，指关节就在那时崴了两根，等到它们从持续了一周的僵直里，总算可以恢复过来时，章聿做完了流产手术。

　　我朝客厅里又看了一眼，章聿的父亲在削一只苹果。他有点老花眼，在我叫他的时候，老花镜框从鼻梁上退落了一小截，长辈式的眼睛就从上面被特地腾出的空隙里努出一些来看我。

　　"等下我想带章聿去外面吃个饭，行吗？"

　　"可以啊。"

　　"好。"

　　"小盛啊，最近真的很谢谢你，一直来陪她。"

　　"这很平常的，我们那么多年的朋友了诶。"我笑得有些干巴巴。腿还是直不起来，总以为非常有可能，章聿父亲下一句就把事实真相摊开在我眼前，他能搞到餐厅监控录像，我的行车记录，路人证明一二三，章聿的检测报告，以及那个真犯人的照片和他家三代祖坟的地址，让我接着双膝一软，跪在地上大呼"叔叔我错了，让我为你杀了这个浑蛋来偿罪吧"。

　　"章聿那种个性，你能受得住，真是挺不容易。"可他把苹果递给我，看我身体朝章聿的房间侧过去，赶紧说，"你吃呀，给你吃的。她的还有呢。"指指手边的第二个，然后问我："章聿在干吗？"

"书看到一半，估计眯着了。"

"又躺着看书，从小也改不好。多大的人了。还是这样毛毛躁躁地胡来。"他一会儿看看我，一会儿转着手里的苹果，远近一发生变化，眼睛就得在镜框后上上下下地换位，把这个动作做出了点标准化的老态。

"她是B型血嘛，B型多半这样——不过心肠很热。"

"是吗？跟血型有关的？说到这个，我想起来，她小时候，一到夏天吃饭看电视都要挤在我旁边，跟我说因为她的血很招蚊子，黏着爸爸的话，至少原本要叮我的蚊子就只顾着咬她了。"

"……她很乖的。"

"嗯，她是个挺乖的女儿。她妈会嫌——当然有时也只是爱说罢了，但我一直觉得我们家章聿是个挺乖的女儿。"章聿父亲没有再往下说，可他的手在我看不见的地方深深地一下子就切进了苹果核心里。

从章聿家回来后，我拐到了楼道里安置的大垃圾桶旁，今天显然已经清理过了。我的羊绒连衣裙和其他垃圾一样，被一视同仁地运走了。我一边掏着钥匙一边寻思怎么给老妈打个电话，尽量含混地道歉。有许多原因，让我出了章聿家后长吁短叹就一路没停过。我追忆前一晚老妈离开时的细节，大多由声音组成——在地板上走得深深浅浅，摸索衣服口袋里的零钱包，鞋底在地上敲，和最后关门时，不甘太轻又不忍太重的声音。我的自责后知后觉地来了，正打算给她赔礼时，电话倒赶在我的动作前响了起来。我翻找着包里的手机，是个陌生的号码发来的短信，可惜内容不是千篇一律的"请转账到这个户头上"。

是陌生的号码，没错，但马赛在短信末尾附上了自己的名字，而前面的内容说着这是他在南方办理的新号码，有需要的话请更换一下。群发的属性太明显不过，所以我没有回。

是进了房间后，才重新把短信打开。仿佛自然而然地，他已经换了新的身份，他现在是个"+186"开头的号码，而不是之前一直停留在我手机里的两个汉字写着"马赛"，那个"马赛"给我的最后一封消息是在四个月前，我在里面写"好，我就下来"。随后我在羊绒连衣裙外又披上外套，坐着电梯下了楼，过两条马路，有个避风的观景走廊，他在那里。

噢，原来能将个人状况一直停留在"单身"上，
是早就情有可原的，规矩又多，
却很爱挑剔，浪漫起来不切实际，
但又总拿现实来逼迫自己，遇到麻烦就会退让，
美其名曰为自尊自爱，事实上不过怕失败后丢脸。
别人是不主动，不负责，不拒绝，
到了我这里，修改成不主动，爱负责，常拒绝，
得到的人生可不是截然相反的么。

奇怪了，我明明记得是没有风的，因为路侧的银杏树全都凝得像按下了暂停键的按钮，叶子流到半途，黄成了干涸的固体的样子，浓在画布上掉不下来。画布是半阴的天空，灰和蓝的比例一直在改变，可永远是灰占了大头。阳光很傲慢似的转来一眼，却傲慢得理由很充分。什么都被它点睛似的点活了。树也好，天也好，马赛也好，我也好。

他随着我的靠近收拢了站姿，在我面前静静地长高一截，可惜神色里是持续低微的，在阳光刚照下来的时候，马赛的睫毛讨饶似的抖了抖影子。

我们隔了一尺来宽的距离站着。马赛的眼神里蘸着黯然冲我招呼了一下，我的手从刚才起就一直伸在口袋里，透过隔层抓着里面的布料，像捂一个好了很久的伤疤。

彼此谁也没有率先开口，只有呼吸在各自为阵地送上微小的白烟。而一开口就不对了，白烟会变得很清晰，变得很直接，变得很生猛。话越是说得急和快，冷气就把他们越是扎扎实实地拓印下来，具象了你的焦虑，愤愤，心酸和急迫。

于是为了改变这个状态，我和马赛开始不约而同地往前走，两人中间的距离还在，他踩三步的时候我迈了四步，大家的脚步由此一点点乱开，到下一个轮回里又重合，再过一阵接着乱开。大齿轮带动小齿轮似的，然后我发现我们已经走了很远了。

"中午点的意大利面不好吃啊。就是最近广告打得很凶的一家。"我终于开口了。说着很闲很闲的话。

"C字头的吗，的确时好时坏的。"他应着很清浅的声音。

"那就是有两个不同的厨师烧的吧。"我们谈话时却都看着周围的景色，远处有电视塔，顶端的线没在灰蒙蒙的尘雾里，"你知道意大利面要怎么判断煮没煮好不？"

"不知道诶。从没做过。"

"捡起一根面条往厨房瓷砖上扔过去——'啪'，粘住了就是正好。"

"真的假的，听着怎么不太靠谱。"

"是真的啦，米其林五星餐厅的大厨说的。"

"米其林餐厅最高也才三星而已。"

"关键不在这里呀。"

"呵。"他笑出一团温柔的白气，"好吧，我记得以后试试。"

"嗯，以后有机会的话你要试试。"一不小心就说到了"以后"。我的鞋尖开始在树叶上无意识地试图钻一个小洞。

"我不知道怎么做了。"他很诚实地对我说。

"先把水煮开——"我的明知故犯其实很不巧妙。

"能给我点时间吗？能等我一下吗？"

　　"我不觉得是给点时间就能解决的……"果然只要一提起这个话题，就给我一种深深的，我是在和马赛合谋着一次加害的错觉。到这个时候了，我竟然感不到丝毫哭天抢地的需要，"你不准走""你只能留"的要挟，没有；"有我没她，有她没我"的威逼，没有；我虽然也渴望有一个最好的办法，但目前看来这个办法只有时光倒流才能解决。

　　时光倒流到哪里呢？

　　"总之得先找份工作对吧？"他眉毛挑得特别避重就轻，"'51job'靠谱吗？"

　　"大概吧。我好久没试过了。"

　　"搞不好最后是在'大众点评'上找到的工作。"

　　"怎么能？"我说的每一句话都心不在焉。

　　"就好比，之前去过的餐厅，店长见我一表人才，等到我上网点评过了，他立马留言过来……"

　　"告白吗？"

　　"女店长的话，有可能。"

　　"马赛——"

　　"……嗯？"

　　"你知道……我没有办法……不是工作的问题，而是……你知道的……"

　　我的视线沿着马赛的外套走一圈。黑衬衫和黑领带下整个人照样秀挺得要命，那份稚气也是要命的。领带松了，不知是不是之前烦躁中故意扯松的，我还是抬起手。黑色领带仿佛一条游蛇，扼住的就是他的喉咙。让他随后的发言更难以形成声波。由此他看我的神色里果然保留了部分的恳求，"你定吧""你说怎样就怎样好了"。

但我比谁都清楚，我做不出那个对我们最有利的决定。我早过了为感情可以抛头颅洒热血，卖掉个把亲朋好友在所不惜的年纪，只要自己有床单可滚，管别人怎么在微博上把我骂的思维方式，眼下在我看来和天方夜谭属于一个级别。我已经舍弃这部分身体机能。因而现在有的，也不过是残留神经在最后的挣扎而已，如同那截留在人类尾椎骨上的，象征过去没准儿有尾巴的存在。

噢，原来能将个人状况一直停留在"单身"上，是早就情有可原的，规矩又多，却很爱挑剔，浪漫起来不切实际，但又总拿现实来逼迫自己，遇到麻烦就会退让，美其名曰为自尊自爱，事实上不过怕失败后丢脸。别人是不主动，不负责，不拒绝，到了我这里，修改成不主动，爱负责，常拒绝，得到的人生可不是截然相反的么。

连曾经使我有过一瞬什么都可以为他放弃的人出现后，我最终还是回归本性，什么也没办法为他放弃。他在我心中占的比例是我自欺欺人地给出了一个满分，只须稍微挪动步子走远两步，就能看出破绽。我明明还留了很多很多，很多很多和他并驾齐驱的，舍不得动。这当中，也有和汪岚的友情吧。

我以后还能埋怨上帝什么呢，不给机会，迟迟不给人选，不给一个值得我爱的人，不给一个也爱我的人，给吧给吧都给了，给完以后又得到我一句"哎呀要不还是算了"——我要是上帝，遇见像我这样的事儿逼，左右开弓抽十个大嘴巴先吧。

嗯，我真的想抽自己。就这样，和马赛没有办法往前走了。

"给我时间让我处理吧。"

"……你自己觉得呢……有这个可能吗？"

"……但我还是得去做才行啊。"

"有这个必要吗。"我冲马赛笑得不能再好了，既热情又冷漠，犹如一块绷带已经脱落了一半，而我把它从胸口拉走的速度却快不起来。它还是要一点一点，用分毫之距离，刺激我有关痛觉的神经，我就用这份刻意的精致，聚精会神地观察自己小规模的血肉模糊："真有这个必要的话，也行啊。"

"……"他踌躇了，大概是原本很简单的"真的吗""是当真的"，他开始觉得这些异常直白而喜悦的问话冒出了傻气，说不出口了，所以他中和来中和去，"你觉得这样可以？"

"嗯。"首先我不觉得这样可以，其次为什么要我觉得。

"我会，找时间，尽量快地……"他想要把每个短语努力变长点，成为流畅的句子。

"马赛，我大概之后很久都不会结婚。"我突然冒出了心里话。

"……什么？"他显然被我的唐突摆了一道。

"真的，我差不多看穿自己这个人了，就是没有办法那么简单地修成正果的。性格决定命运对吧，我的命运早被我的性格决定了的。"扯那些社会的变化，男女的性别差异都没用，毛皮都触不到，就是性格决定的，归根结底还是个体，社会不过是用来做垫背的冤大头。

"我……不是……你……诶？"他到底理解不了。理解不了才是正常的吧。理解不了才是合理的，能够一茬接一茬地恋爱，安定下来就结婚，结婚后就为人夫为人父的吧？我这种人能被广泛理解才是见了鬼了。

"我真的很容易退缩，很容易泄气，也不喜欢冒犯到其他第三人，只要涉及了别人，我就像长着猫舌的，会从开水杯上瞬间缩回来一样——"

　　到这里他总能懂了吧："……但这是可以说明白的，我相信汪岚也能理解……"

　　"何必让她来理解呢。"她辞呈已经正式递上去了，跟另一边的赔偿协议也在谈判里，而她做着这些全能够甘之如饴，难道我要去剥夺那块可以中和所有苦楚的糖果吗，"她受得够多了。"

　　"……"马赛没有说话。

　　"好吧？嗯？"

　　"说白了，你对我没那么深的感情罢了。"他的口齿从刚才一下变得流利起来，"没错吧？说退就退，说让就让，马路上争道的人都比你的感情要深。他们好歹还能打个你死我活呢。"

　　"你说对了，我还真是从不跟人争道，我觉得没必要。我就是这样的个性。"

　　他笑得很毒也很苦："我怎么会错成这样。我前面一直担心你会难过，担心会责备我多事，我还想你的心里是难受的，你会跟我冷战几天，可结果你都值得被颁发锦旗了——女朋友有谁会不吃醋？你想证明自己什么呢？你比小女生们都理智？都看得开？你姿态了得？你最高尚？你不知道这种事里，谁高尚那就轮到谁倒霉么？没人爱争这份荣誉，可你却死守得那么紧，然后真正要抓的想放就放……"他说得一点也没错，遇到感情，就是得拼出最难看的行径来，想在情侣界捞一个助人为乐奖，会被人群欢送着驱逐出很远。而带着一些不择手段，一些同归于尽，一些你死我活的，才能够在其中百倍煎熬却也能百倍幸福地活下来。

"……我是……过去曾以为……"以为自己能有这样的蛮横与血性。

"曾经是，现在怎么了？"

"现在……"

"你活过来一点好不好？"马赛将手勾进我的脖子，将我的额头抵着他的额头，"哪？你相信我一次好不好？"所以到底是有风还是无风的呢，他的发丝被吹乱成一团，和我的掺混到一起。他低下脖子让接触面的部分在悄然地变化着，很快就要成为一串取暖式的吻了。

我觉得自己是在一个全封闭的容器里，无法目测空气什么时候消耗完，才让每一次呼吸都会引来无边的恐慌。我能嗅到马赛咫尺内的气味，我已经有些熟悉的，闭上眼睛可以分辨出来那是属于他的气味。可我点不了头。或者我在点头的冲动兴起的瞬间，发现已经没有空气了。

"换工作方面，有任何需要，我都会尽全力帮你的……"我说出了一句极其干瘪和无趣的话，让他在我的不解风情里，得到了心碎的回答。我脸上完结式的悲恸不可能更具体了。我感觉他的额头稍微蹭落下去，头发沙沙地摩擦出声音，最后离开我的眉心，变成一个彻底心灰意冷的垂首。

马赛脸色灰白得在四周的银杏里宛如镂了空，末了他朝我非常非常慢而轻地摇了摇头。

什么都结束了。

自那以后，当汪岚离职没有多久，消息传来说另一边的马赛也去了南方以机械制造为主的行业龙头。那时我在电脑前想了想，哦，大概是他的父亲一直撺掇着他去的那个吧。这人，不是说不喜欢机械有关的吗。在南方。哪个南方呢？广州？还是厦门么？可别又遇上有票没座位这种事啊。

我从座位上慢慢地降下身子，花了很久的时间，把这些问题如同写在无形的纸上，无形的笔落下无形的黑色的痕迹，然后一张张撕下来，摊开在我的面前。没有比这个更明晰和直接的方式，告诉我一件事的消失是怎样的，一个人的消失是怎样的。

等我收到马赛最新群发的短信，其间过去的时长已经确凿成了四个月。

我坐在沙发上苦笑了下，到底还是没有把它删除，但也没有把它替换了马赛的旧号码。四个月后的他对我来说是个半路的陌生人了。不再是过去的他。而这个"+186"也随之以一个符号与三个数字一起，被似是而非，似客非客地留了下来。

我恍惚了很久才想到还得给老妈打电话，欠着的那个道歉也许可以用撒娇代替过去。我在脑海里组着措辞，接电话的是老爸。

"怎么啦？"他问。

"哦没什么呀，晚饭吃过啦？"

"还没呢，我随便弄了点，还没开始吃。"

"干吗，不烧点菜吗？随便弄是指吃什么呀？"

"就泡饭和一点榨菜。"

　　"啊？你们俩就吃这个啊。"

　　"什么'你们俩'，就我一个人吃。所以没必要翻花头。"

　　"诶？还在冷战啊？算了，让老妈听电话吧。"

　　"什么意思？她又不在？"

　　"啊？"

　　"她不是在你那里吗？"

　　"……没啊。"

　　"她不在你那里？怎么了？她走了？走去哪儿了？"

　　"我怎么知道啊？你问我我怎么知道？！"

　　老妈是有手机的，但她太不习惯用，常常不是听不见铃音，最后累计出了几十个未接电话，就是长久忘了开机，手机形同摆设，只能用外壳来照镜子。过去我和老爸联合起来批评她，她又不开心，说自己老了，这种东西用不来，老是会忘。

　　"再不和外界保持接触的话，只会老得更快！"

　　"好啦我知道了，死小孩真讨厌。"

　　"是啊，你生的死小孩呗。"

　　"我忘了呀，真是我生的？不太像啊。"

　　而她最近这阵子的确在退潮似的遗忘各种东西。但我居然全没在意，我一如既往地将她看成"老了"的必然象征，和她的唠叨，和她越来越直不起来的腰，和她对我的婚姻大事操心无限的特征一起，综合地，大手一挥地说那不过是"她老了呗"。年纪上去了，出什么症状仿佛都合情合理，我早已有准备，她将来会牙不好，会开始觉得寂寞，再过个十年，听力也会降低，记忆力那就更别提了，每天得写下日记来，才能避免第二天就转眼忘记。她会变得很偏，会和小辈们顶

- 257 -

嘴，吵得如火如荼。那都是我做了心理铺垫的。

可我万万没有料到，它们会来得那么快，那么早，那么凶猛。

发现这个苗头后，我和老爸开始迅速兵分两路打电话，亲戚间和老妈有走动的，社区里和老妈比较熟络的，还有早年的同事，以及老妈平日会去的活动中心，小区图书馆，甚至家附近的婚介所，我们都一一致电了过去。婚介所里的阿姨一听我报出了老妈的名字，拿说亲闺密似的语气说"哦她呀！我知道的呀，我们可熟呢！经常聊天来着"。

"……她从昨天到今天有去过你那里吗？"

"没，你是哪位？"

"我是她女儿。"

"哦！原来就是你啊！"阿姨发出了终于得闻庐山真声音的满足，话筒那里一个清脆的击节声就把老妈在那里待的许多天，完美地融合到了一起。敢情她俩早早地聊成了好朋友。那么老妈也就把我那点事原原本本地和对方交流，分享了吧。我的优点是什么，缺点是什么，在外挺和气，但回家跟父母就是犟得像牛，心眼其实不坏吧，但嘴巴怎么也不甜，其实她觉得我还是能挺快就嫁出去的，"总有想开的时候呗""三年五年想不开，十年，十五年还想不开吗？"老妈隐隐地继续乐观着。没过多久，她又把我的这点事重复说了一遍。优点是什么，缺点是什么，又跟她吵了，每次我和她吵架，都能让她认真地动气，但气消得也快。"到底是母女，还能怎样呢。"她举起凳子上，夹在靠背和自己屁股之间的黑皮包说，"这个还是我女儿买来送我的呢，她起初不告诉我价钱，后来是我自己逛马路时去看的，乖乖，你猜，一个要两万多！死小图花钱大手大脚啊！而且我一个老太

- 258 -

婆，拎个两万多的包，像话哦？但她就说'你去拎去拎，买菜也可以拎的，反正就是送给你，不要退过来，我不收的'，你看，明明是件好事，非要说得硬邦邦，跟你赌气的样子。"虽然没多久她又重复了一遍这故事，放在其他地方，要让人背后戳着说那个老太太一天到晚炫耀，明明女儿婚还没结，嘚瑟什么呢，不过算了，想想她也只剩那点可吹了也挺作孽。

可真相是原来老妈是病了。

"……她没来过是吗，那没什么事了，谢谢哈。"我的情绪乱得很，跟人对答一句的过程里，脑海早已如同菜市场，我手足无措地在菜市场里转了两圈，这里怎么突然大得没了边呢，闹哄哄的声音伴着自行车的铃声一起。我要怎么从里面找到老妈，她去了哪里，她到底有没有带着钱，还是零钱包里凑到一块其实完全不够她打个出租？连她告辞时充满了矛盾的关门声一起，她其实是等着我追上来，半生气地嚷嚷"那么晚了就别走啦，明天再说吧"，而到了明天我可以装作什么也没发生过地和她招呼"我上班去啦"，她是在等着我的吧？

可是我什么也没做。

她明明是个家务的好手，过去有什么稍微贵重些的衣服配件，都不用洗衣机，宁可蹲在水池边手动给我洗，春天夏天，秋天冬天也是一样。我说你别那么辛苦啦，我办张洗衣店的年卡，以后都送到店里去就行。她还是不放心的，坚持自己的手艺和责任心比外头要好得多。言语里满是不愿下岗的迫切。所以，像这样的老妈会把羊绒洗坏，完全是因为她忘记了。

她想不起来。

等我把电话打到老妈经常参加活动的老年表演队里时，那边说她有一阵没来了。我问有一阵没来是指多久的一阵呢。回答就是从上次在电视台演出砸了以后，总推辞身体不太舒服，再没来过，虽然也是邀请过的，可一直没答应，说怕又搅黄了大家的演出，还是算了。

"我们都劝她，不要再介意之前的失误了，跳错谁还没有啊，大家加起来都够上长白山的年纪了，难道还不容许忘个舞步吗？没人要求那么苛刻呀。我们又不是去开飞机开坦克咯，但你妈就是过不了这个关卡，唉……"

"……她是……"老妈是真的不舒服。思维和思维之间成了一沓被打乱的扑克牌，要理很久才能理顺，在这个过程里，她只能干巴巴地出列在外，得把脑海里的被不知谁踢得天女散花的牌，全部理好才行，全部理好后才知道，什么音乐下什么脚，全曲的拍子是怎样的，一二三四，一二三的节奏代表了什么意思，节奏是什么意思。

我读小学前，老妈教我的拼音，唐诗也是她教的，教到"谁言寸草心，报得三春晖"，她一笑带过了，没有强迫我死记硬背。我那会儿才六七岁，她想着，这个小丫头要管这些干吗呀，父母对孩子好还不是再正常不过的，把孝顺教得那么早，好像有点功利。她一边揉我的头，没说话，但目光里是三春晖光似的温柔"你现在只要过得开心就好啦""老妈一直都是，只要你开心，你能幸福就好啦"。她年轻时烫个黑卷发，波浪大得像什么花瓣，被我画在美术作业本上，但我的句子没写对，"我的妈妈像花一样"，多了个糟糕的字，老妈被我说成是花痴。我看她倒是在读到这个作业时，笑得跟花痴一样。

我一边对电话里道谢，一边怔怔地凝视着窗外，几盏看似温情的灯光根本无法稀释整个城市在黑暗中散发的孤僻感。我的喉咙里卡了上不去下不来的一口痰，想要清一清，刚咳出声音，反而是眼泪先流了下来。

　　我很少认为自己是不孝的。平日里翻个白眼，顶个嘴，为了菜是太甜还是太咸吵到"你有毛病""你才有毛病"，从床单该换了和就不换吵到"你有毛病""你才有毛病"，这几年最多的，"快点找个人结婚吧""要你管啊烦死了你走远点啰唆跟你说不通你有毛病""你才有毛病"，可我继续不承认自己是不孝的。我离家久一阵就会想她。跟她隔着一个靠枕坐在沙发上看电视时也能聊得挺投机，无论是韩国明星帅不帅，还是户口到底要不要改革问题，老妈居然都能跟我说出个一二三四来。像小时候玩拍手游戏，和老爸也好，小学里的死党也好，怎样的组合也比不上我和老妈之间的默契，可以一直把手拍得前后都通红了，速度越来越快，结束后两人纷纷拼命甩着爪子。

　　在外头见了她喜欢的东西，控制不住就要买回去给她。有时候是她喜欢的巧克力，有时是花生，她说喜欢日本冲绳出的一种腐乳，我前一次出差时背了二十盒回来，一旅行箱的腐乳味。老妈脚不好，得穿底很软的鞋，不然路走太久就要痛，我托了朋友带回三双专门针对她这种症状的医用鞋来。

　　零星也发生过几次，我告诉她，和之前介绍的对象吃过饭啦，她会"欧耶"地从厨房里冲出来拥抱我。好吧，我想，冲着这个，和那位从头到尾都聊着黑格尔与尼采的神经病吃饭也算值了，服务员居然没有多摆两双筷子给两位从天而降的哲学大师真是失礼透顶，小心回家被深渊从底下诅咒地盯。但老妈开心，也算值了。那就是我小小的偶尔也能出来露面的寸草心。

——我小小的，偶尔钻出土壤的寸草心。

竟然远远跟不上春去冬来的速度。它优哉游哉得过了头，以为一些点缀也能强装出绿意来。

其实这才是板上钉钉的不孝吧。

16

老妈的症状是扎实的，
从表面完全看不出的脑袋里，
拨开我之前帮她染黑的头发，
在那里面，有个地方累积了她的全部不快乐，
累积得终于满额了，开始要造反。

五年级那年期末考试成绩不理想，班里只有两个人比我差，一个父母刚刚离婚，据说分了家里所有的菜刀，每天演一出淮海战役，属于社会原因；一个童年时高烧烧坏了脑子，智商和电视里的警犬差不离，属于健康原因；我什么原因也不是，脑门上就贴个"懒"，无赖得要命，老爸和老妈听说我加入了这样一个组合，脸色挂得极其难看，罚了我一个月的零花钱，接着每天放学必须马上回家，每个作业本都要经过检查。没几天，我撑不住了，脸色苍白奄奄一息，一副从辣椒水老虎凳下苟延残喘出的弥留之气。直到我把书包里塞满了不合季节而只是图好看的裙子，再偷了个老妈的尼龙袋，里面装了一大把的零食，无花果，青梅，干脆面。在镜子前扎了个女侠式的马尾辫——我要离家出走了。

　　我离家出走到三楼，就遇上了回家的老妈。她眼睛尖得很，咔咔咔就扫出我的原形，质问我："你要干吗？你要去哪里？"

　　"我，出去一次。"脖子刚刚硬出两分长，老妈已经撩起手，指着我家的方向。

"给我回去！"

第一次离家出走，我连干脆面都没来得及吃一包，只能回家唱"北风那个吹"。

大学时朋友们商量了趁着放假去西安玩一次，然后一路深入，骑行去银川，计划增长得非常快，也非常地浪漫，沿途仿佛不会有风沙，不会有崴了脚的拖油瓶，也不会有三天两头爆胎的坐骑，和时间比慢而不是比快的火车。我们拿笔在纸上勾勒的是电影质感的画面，粗糙得恰到好处，朦胧得意蕴悠长。可惜回家就被老妈用安全理由一口否决了，尤其是当她听说组合构成只是我和另外两名男生，她顿时露出观摩我登陆《法制时空》做主角的表情，抛尸荒野都算浅的，搞不好被劫成了压寨夫人。我不满她的地域偏见，她驳斥回来说拉倒吧，她是对我有偏见。行，不让我走我偏走，我倒要看看自己能不能保持完好地回来，我连头发都不会在路上掉的，净重毛重百分百吻合地回来。于是那算是我第二次离家出走，比起念小学那会儿，体能和智商，包括可动用的资金都大幅增长，最后我出逃得很顺利，坐在朋友的自行车后座上恨不得朝家的窗户，窗户里的老妈奋力地挥手。

代价就是等我掉了七斤肉回来——活活地从身上流失掉一顿蹄髈汤，老妈跟我怄了一个月的气不说话。我的心情跌宕出一个SONY的VAIO标志图案，波峰，谷底，波峰，谷底，肯定，否定。前三天恨明明是她不讲理，后三天恨她还真狠心，接着的一个礼拜就是嘟着嘴，心虚出纸片那么薄的厚度，纸片和纸片每天堆叠到一起，后来我落了败，首先跟老妈道歉。她洗着手里的一把芹菜，沙沙的声音和清洁的香味，她问我："那给你的钱花剩了多少？"我不解："什么钱？没拿你钱呀。"老妈手在围兜上擦："怎么没给？怕你有事，不是往你钱包里塞了1000块吗？"我呆了半晌："我的钱包里没有呀。"问她，"你说哪个钱包？"她比画了一个趋近于圆形的正方体："上面有蝴蝶图案的，不是吗？"我一跺脚："搞什么呀！那才不是我的钱包好吧！"便宜结果让章聿捡了去，她之前落在我家里的，被我在出走前无知无觉地归还出笔巨款。我电话里跟章聿讲述，她乐个不停，直说她恍惚好几天了，怎么也记不起这钱是哪儿来的，想到耶稣从口袋里源源不绝取出五饼二鱼分给世人的神力，那几天恨不得把钱包供起来。"不过你老妈连你钱包长什么样也不认得吗？""对啊我也是这么说她的！"我还怪她对我观察太不够细微了，是身为母亲的失格，往后下去，转眼就要连我长什么样也不知道吧！好了我们扯平啦！

　　我从驾驶座上打了一个恶寒坐起来。

　　前方的红灯好像转绿了良久，后面不耐烦的队列开始朝我按出F字头的喇叭。我却依然拿不准主意是该直行还是左转。后方的催促在声音上又加了光，打出的灯柱犹如双手推搡着我。我松开油门，方向盘在前面左转。往左是承载了部分动车和大部分国内航班的交通枢纽。

　　如果老妈想去丽江，如果她实施了行动，这是我在两手空空后迟早要来的地方。我回味着与她先前的聊天。一支笔描摹的次数多了，可能性仿佛就在我自己的意志下不断增加，几乎要成为事实。她想去丽江散心是真的，她逐步发现自己把日子过得有些蹊跷，不如意太多，没有丝毫如意的事，她不开心，什么都记不起来的一瞬又一瞬里，空白的大脑却还提供了一个黑色的小点，代表她的不开心，这一个小黑点使她在那些空白中感到了安全。她对"抑郁症"这个词没什么概念，偶尔听到也觉得那是年轻人们拿来抬举自己懦弱和无能的借口。可她的的确确地在一个下滑的趋势里，身体和心理，老妈觉得散心也许是个不错的方法，而丽江可能是个不错的地方。

她的念头就是这样来的。

我把车停稳没多久后，老爸打车也赶来了，我们焦虑起来的时候，便有了更接近的父女之间的相貌，他的眉毛拧得非常用力，表示此刻依然是伤痛感占了心情的上风，还未至于沦落到颓丧和害怕中去。

我们继续兵分两路，他去派出所设在机场内的执勤办公室，我直奔服务台，沿路脖子转得快要脱臼，一个脚步稍微迟缓的小小的背影都能让我在刹那激出汗水。以老妈的习性，飞机不太会是她的第一选择，她总嫌飞机节奏太快。动车倒是乘过几次，而去往丽江的车次，在两个小时后还有一班。

我被不断涌现的希望快要鼓噪得坚信，老妈一定就在动车的候车厅里。可惜老爸打来电话，在我的脚步正愈加轻快地跑向那个虚无的终点时，他说"你来一下，找到了"，跳过我大嗓门的"啊"他接着说"你老妈在这里"。我说"哪里"，他说"还能是哪里"。

她的表情很委屈，委屈得像个年幼的孩子。是皱纹或鬓角的白发都损失不去的单纯的委屈。她看见了我，老妈从凳子上站起来，指着我对旁边的一位警员说："你看看，我女儿，我是她妈妈，你看看我们一家三口，你都看得见的呀。我会是那种偷人东西的人吗？"

"……怎么了？"我眼睛瞪出一圈不安的圆。

"你母亲把别人放在旁边的行李提走了……"警员一口很标准的普通话，将很刺耳的事说得没那么刺耳一点。

"别人？谁？"我在屋子里找着那个被忽然失踪的行李吓得腿软的"受害人"。后来听说是位"她"，好在（姑且认为是好在）她眼睛一撩就看见十米开外有个矮小的背影正提着自己的行李（她对警员说的是）一溜儿跑。她"哎！""哎！""有小偷！""明抢啊！"地将四周的路人都网成了目击者，旋即老妈发现自己在明里暗里的目光，和一堆追赶上来的踏步声中被拦住时，她的嘴张成一个"什么啊"。

"我记错了呀，我糊涂了呀，我是真的记错了而已呀。谁要她的行李啊，我吃饱了噢？"老妈或许在之前已经脸色气红过几次，这次已经调动不出什么血液来了，她只是反反复复这一句话，然后一手就抓着我没有松开过。

"对啊，你们也要调查清楚才能下结论吧。"我不太客气，"那说自己丢行李的人呢？"

"她急着赶时间，所以先走了。"警员又回来对老妈安抚，"阿姨你别急，我也是这么想的，应该是误会。"

"肯定是误会。"老爸纠正他的说辞，里面连1%的可能也不允许收录。他站得格外直，肩膀朝外打开，不愿退让半步的架势："我太太不会做那样的事的。"

"刚才我也和您说过了，如果不是您太太的行李和对方的行李长得完全不一样，我们会更好判断一点的。偏偏一个灰的，一个白的，总是不太容易搞错吧。不过——您也别着急，之前其实已经打算让阿姨离开了，正好赶上你们找过来，挺巧啊。"警员态度倒是格外客气，还站起身将我们送出门外，那时他说，"毕竟这样的事情我们这里也遇见得挺多。有些一看就是老人，年纪大了，脑子弄不清楚——但没办法，刚才对方硬是不那么认为啊，我还劝了好一阵。"

我的脸色瞬间冷了下来，知道自己此刻的发作不应该也不合适，但经历了连续四个小时的奔波，我一点也不乐意在此刻，在这个地方，是由外人，拿着一件"案例"来完成了对老妈的分析。一步横在他和老妈中间："别信口胡说，我妈好得很！人走个神还不是很常见的，没你说的那么严重。"大概是我眼里激烈的不满反而让他看出我的真相来，他没有动怒，颇尴尬地耸耸肩："行吧，那就是。"

到了眼下，我才有工夫好好地把消失了大半天的老妈用安检的目光来来回回打量遍。还好，没有什么伤口，衣服也很干净，鞋也是，从我家离时带着的那些东西，一个灰色的行李袋，她的零钱包呢，我把手往她的口袋里一插，也是在的，再拿出来看看，里面好歹有一小卷红色的钞票，以及一张银行卡。难怪她起初是动了去丽江的念头了。老妈冷不防被我快而准的动作吓一跳，反过来拍我的手："小孩，干吗啊！"

"……"我一时半会儿不知道该说什么，意识到自己的行为其实很过火。连我也把她看成了脑子乱糟糟的，糊涂得不知家在何处的重症病人。我目光里对老爸求助，然而，撑到此刻，他从刚才起就一直绷紧的脊背弯成了风里的帐篷，眉毛和胡子中的白色一下子出类拔萃了。他朝老妈和我努努下巴，意思是先上车吧。我们的一语不发在空气里无形地互相依靠在一起。谁也不知道要如何开口了。

"你想去丽江？"出了停车场的时候，老爸问身边的老妈。

"我不跟你说过很多次了么。"

"所以，刚才就打算买票去了？也不想跟你老公，跟你女儿招呼一下的？"

"我没啊，我只是来这里看看，有没有票，多少钱。我看下都不行哦？"她说得很有条理，让一边的我听来也是信服的。

"那你前面都在哪里啊？"换我问她了，"不是半夜就走了吗？也不回家，都在哪里乱跑啊，你不觉得危险吗？我们也会担心好不好。"

"你还说呢！还不是你半夜把我赶走？"

"我有半夜把你赶走吗？！我说的是第二天早上送你回去好吗！别乱诬赖。"老妈抛出的一系列说法几乎都是合乎状况的，引得我都自乱起阵脚，如同往常一样和她争执起来。

"你让我第二天走我就第二天走啊，你得了吧。"

"那你后来去了哪里呢？"老爸将话题带回来。

"我到机场旁边的招待所里待了一会儿。"

"你也太胡闹了吧……一个人演起独角戏啊。"我气鼓鼓地瞥她，"你知不知道我跟老爸都快找疯了，还以为你怎么怎么了呢！"

"你们两个都不欢迎我，我自讨没趣做什么？我可识相。"

"还好意思说呢，识相会把别人的行李拿错啊。"

"我明明记得我的行李是白色啊，怎么后来一看原来是灰的呢？"

"你哪有什么白色的行李袋啊。"老爸说。

"有啊，怎么没有，就是那天，我和你一起去送如曦读大学，给她买了个白色的旅行袋她不是嫌不好看，然后我就留着自己用了吗？没印象？诶，就是那个白色人造革的呀。"她单手在眼前比，这样的长，那样的宽，有绲边的，角落里的商标漆成蓝色，我就是嫌那商标漆得难看，阿迪达斯的标志后面又飞出个打钩的钩子，身份一下不伦不类，"诶，所以这次你寒假几号结束？几号要走啊？"

就在那一刻，我像头顶被雷打了，眼睛要跳出眶来，瞪得很大很大，我从后视镜里和老爸对看了一眼。和我一样，他刚刚打算平躺下来，安顿下来的意识被这个巨响激得重新跳了起来。车在往右侧不由自主地斜过去，我哆嗦了下才从双手上找回一点失去的知觉。

"……什么寒假，我没有在放寒假。"

"没有？奇怪……为什么？难道马上要回学校去吗？"她的眼睛失去了焦距，成了追逐一只蝴蝶的猫爪，四下地扑空。我的车又开成歪的，让后面响起急促的骂人性的喇叭声。

还是没有错，没有惊喜和没有意外——或者说只有意外，没有惊喜，老妈的症状是扎实的，从表面完全看不出的脑袋里，拨开我之前帮她染黑的头发，在那里面，有个地方累积了她的全部不快乐，累积得终于满额了，开始要造反。

大概三天两头，我会觉得自己搞不好是世界上顶顶苦闷的人，"诺贝尔没劲奖"给我是实至名归的。心理大姨妈的频率从每个月的那几天，密集到了每星期的那几天。总之，有各种各样的事，让我觉得没意思，没兴趣，一边觉得人生被大把浪费，一边又觉得无力去改变。想不出能有什么办法，让没中过2亿元奖金的我发自心底地喜笑颜开一次。媒体里则成天都在渲染现在的都市白领们压力多么大，心理健康问题多么严重，搞得没随身带两瓶安眠药都别出门跟人说你是白领，兴起了一股"我有病"的浪潮。

但我确实不觉得那挥之不去的低落是自寻烦恼，本来就是么，工作上要拼业务成绩，家庭里也要承担支撑的使命，感情生活走成迷宫，永远在死胡同和死胡同之间串门——这样了，还不许我烦闷？不许我脾气大一点？心情糟一下？非得跟吃不饱穿不暖的人比比，才能得出"自己可幸福呢"的结论？倒是问问他们，乐意被人这样一次次作为垫脚石，陪衬品似的当你们的参照物吗？

很多次，周末回父母家吃饭时，我都坐着满脸的愁云，好像脑海里考虑的是整个国家三年内的经济走向与社会民生，能不能摆脱美国的压制全指着我拿主意呢！所以都给我脚步轻点，说话小声点！空气里充斥着宋体楷体彩云体的"烦烦烦烦烦"，客厅让我生生地坐成了联合国总部。

差不多就是这样，总以为自己上有老下有信用卡卡债，肩头沉重得很，日子过得远没有外人看来的光鲜。不开心，实在不开心，不开心得想要躲一阵。

于是，这样的日子里，我居然一次也没有发现，在我家有个人比我真实得多，她的烦恼和低落都比我要真实得多。她不做口头的牢骚，还在一心一意想把生活一勺盐一块毛巾地往前过下去。可惜有天她半夜突然怎么也睡不着了，有什么正式在她的大脑里落户生根，留下了晦暗的阴影。

将老妈送回家后，原本打算留下来住一晚陪陪她，可老妈每次一旦将目光转向我，我的心脏就在失控中乱得如同一场暴风骤雨。我实在很害怕，倘若她看着我的时候，又说了一些时态颠倒，昏暗不明的事来。尽管到目前为止，还是第一次正面和老妈的症状相遇，无法断言，下次会出现在什么时候。可这终究是有了计时的定时炸弹，并且每一秒都在做着减法，它不担心时间的问题，再长的时间，也可以减成零去，让引线在那时起作用。

　　我的看法得到老爸的认同，选定日期后，带老妈先去医院检查，而在那之前，还是尽量维持表面的平静接着过。

　　老爸将我送到楼下，往常多半会是老妈的举止，这次换了他来仓促地做。自然没有老妈那类琐碎的小动作——揸我的衣角，折我的衣领，一会儿观察我的发色，一会儿观察我的皮肤，老爸提着一塑料袋的垃圾，领在前面走。于是一路传来豪放的声音，开入口处大门的，关入口处大门的，掀垃圾箱顶盖的，合垃圾箱顶盖的。喔，喔，啪，啪。

　　我和他之间很少见拉拉扯扯的对话，我们的默契在目前的状况下其实显得尤其伤感，老爸朝我点点头算是让我先别太焦虑，有他在。而当我即将离开的时候，他忽然在车窗外问我："最近你自己那边怎么样？"

　　"是指什么？"

　　"那个白先生，你们还在联系的吧？"

　　"啊？"我又停住车。

　　"很久没听你提起了——是没有联系了？断了吗？"他万分难得地来过问这些原先由老妈掌控的区域。

　　我懵钝地算着，最后一次，久远得我都凑不出相关的回忆，好像

- 274 -

是几个月前，他说回国了，能不能见面，但之后便在我的放弃中失去了联系："嗯……被你一说……"在老爸面前，我不那么担心他会做出怎样不快的行径，我很容易对他坦白，不加任何扭捏的谎言或避重就轻的辩解，我直接说："是断了诶。没有联系了。"

"是哦。没了？"

"嗯，大概觉得我对他没意思，所以就没再跟我联系过了。"

"这样啊。"他没有再问我。

离开家越远，反而越能清楚地看见，之前被压低成零的，随着距离的逐渐增大，开始有了完整的模样。

这个有了完整模样的意图让我在高架上心情前所未有地沉重着。一份使人措手不及的灾难到来了，条件反射一般，我们会抓过手边一切可以用来抵御它的武器，带锐刃的械具，火把，谎言或是能够被承受的牺牲，如同蜥蜴断尾。

我想到有些过年回家时上网租借女友的人，他们的牺牲还算是小的，顶多一笔费用和舆论的两个白眼。大众多半表态"这是荒谬的""这是不经推敲的""它是来源于电视里的糟粕"，可其中似乎仍有一两个叹息表示着，"没办法啊""或许它是有存在意义的"。

17

他觉得我应该是要幸福的。
除此以外的所有理由都站不住脚，
都是得由他来出面打扫掉的糟粕。
哪怕他仍旧要爬上爬下给我修电灯，换水管，补瓷砖，
他从来没有动摇过的心愿是，
自己再这样操劳几年也行吧，
只要女儿最后找到的是一场以幸福为前提的婚姻。

♛

　　她在那里站了很久。踢脚边的石头，或者用一条红领巾绕在手掌上演一段没头没尾的医疗哑剧，后来她背抵着墙，两脚是交叉站的，右脚脚尖稍微绷直，往前点着地，出来个舞蹈性的动作，也难怪往上，背在身后的双手也有着奇特的一份造作，连同她仰头看天的脸，小小的雪白的下巴是拗了一点力气送出来的。她站得好像有相机在拍摄自己。终于累了，呼一口气，脸嘟嘟地鼓了起来，也是有点觉得自己是被谁在看着的那种鼓法，她喃喃自语着什么，慢慢地唇形运动的节奏变成了更像是唱歌。大概过去了多久呢，她把这个路口站得花样百出，以至于看不出是在等人，还是单纯打发时间的自娱自乐。但我还是愿意将她想象成，大概不远的地方，那里有一家开在街边的饮料店，旁边是个书报亭，书报亭前有个公交站——来来往往的人里，也许有一个，是饮料店里个头高高的打工大学生，或是书报亭前每次都会来替家人带一份报纸回去的同桌男生，又或是公交车上走来的英语代课老师，也许有其中一个，一定是其中的某个，成为她在这个路

- 279 -

口，不知疲倦地等了二十分钟，三十分钟的唯一理由。

她等得一点也不着急，甚至于在等待中获得了自己的快乐，哪怕之后仅仅是一次几秒内的注视，或者一次三个来回的招呼，或者更微小一点，擦肩而过的须臾。但那些并不成正比的结果却仍被她认为是满足的。

她还有大把时间，每天都来等一等，每天就都在这样甜蜜的一小口恩赐中得到了幸福的结束。甜蜜而极小的一口，像她去公园时，会从一串红里拔出花蕊，尝尝里面极甜的蜜。

我又走过了那个童年里的路口。

每次走到这里，就会放下脚步，不由自主多出许多旁枝末节的动作来。我会看看附近高大的洋槐，在台阶上磕磕自己的鞋跟，数一数公车站牌上贴的小广告，我抬头看贴在高处的它们时，突然就踮起很没有必要的脚，而手不自觉地背到身后，夸张得有些过火。等我察觉到，童年时开在马路边的饮料店已经完成了文具店便利店药店蛋糕店等一系列进化历程，此刻它是一家小书店。那么难怪同属性的报刊亭早早就不见了踪影。倒是公交站点没有发生大的变化，多了个电子显示的广告屏而已。播报着"今天：晴，气温：5℃-12℃，偏北风：3-4级"。

天晴，气温冷得很干净，风也悄悄的，我朝四周张望，行人们都很匆忙，一张张心事重重的脸，没有停下来喘口气的意思，靴子与呢子外衣在我周围或黑或灰地编织着色带。里面倒的确没有任何一个，是我在等待着他的人。为了和他有个须臾间的擦身也好，使我流连在这里的人。

去取完老妈的药，今天是替她上门跑了一次同事介绍的专家，原意是带着老妈和老爸一块过去咨询咨询，但她最近太过频繁地失眠，白天很难维持精神面貌的良好。不得已，我只能先去探探路。专家人挺实在，没有对我唠叨那些又长又空的废话，就是那些多关爱，多呵护，多体贴之类的狗皮膏药，我从来都以为，"百度知道"化成人形后，说的也差不多只有那几句。但专家仔细地问了老妈病发的详细特征，又问看过什么医生，带没带病历卡，他把老妈最近吃的几种药对了一遍，问我老妈吃完以后是否出现过之前没有的状况。

我想了想还真有，老妈最近震颤的迹象有明显化，虽然为了锻炼，她还是坚持用筷子吃饭，但随着面前撒下的饭粒变多，不少次都不得不在后来换成汤勺才好一些。她拿勺子的动作也和过往不尽相同，没有中指盛托在勺柄下的女性优雅了，而是一半被掌心包裹着，手腕朝里翻，把它拿成了一件真正的武器，似乎这样才能抵御来自不知何处的颤抖。那一幕在我看来显然是心酸的，可出人意料的是专家给了我不同的看法：

"在我推测中，反倒是药物起了疗效的表现，先坚持一段时间看看，也许会带来好转。"

"是吗……那像她的情况，是可能治愈的？"

"是有希望的，下次什么时候我当面给她做个检查看看。"专家见惯了大世面地冲我和蔼地笑笑，"现在就哭啊？不过，别那么悲观是对的。有时候看起来可怕，但能够找对方向，治愈也不是一件很稀奇的事。"

"我知道的，我一直也这么想着——太好了……"我在他面前伤感得一目了然，医生和病患家属之间的身份差别，让我很容易把自己的最软弱不加防备地坦白给他看，好像这样也是便于医生的综合了解，我也属于老妈病源根由的一部分，"险些……前几天，险些就，我跟我爸说，是不是要我去结婚，给老妈冲冲喜，她就会好啊——"

专家一下笑得很大声，是那种完全欣赏了一个笑话的，在茶馆中当茶客时的笑，他把我很有趣地从上到下看了看，大概是没有想到，穿着笔挺的风衣，手上绕着的围巾看起来也质地很好，脚上的短靴连鞋底都有些微妙的干净，可就是这样一个我，会突然说出很孩童化的言论来："是这样啊——压力很大吗？妈妈之前一直催你结婚？替你的终身大事着急？"

"嗯……"我在这一阵几乎快被自己种种模糊了好与坏的念头毁掉了理智。就在老妈第一次由汤勺替换了筷子的时候，我在她一旁，把脸大力地转出去，转得让她完全看不见我脸上的酸楚，却也知道与此同时，这个超出寻常的角度，早已在我背后坦白了我为她而生的全部悲悯。

也正是这一段时间，我突然觉得孤寂得可怕。每周一次去章聿家串门的规律大幅减少后，她在日后打来电话关切是不是我最近病了。我想着章聿的状态，觉得也没有必要让她参与到我的糟心里。我喏喏地点头说实在太忙，所以暂时没法和她碰头，又问她最近情况怎么样。

"小狄把那个人打了。"她在电话里说，又追加上时间和地点，"就那次摊牌之后第二天，在那人的家门前。"

"……嗯……"我知道自己面对的是非常敏感的指针，所以我不能发出多余的声息以免影响了它最后停留的刻度，是"无谓"，是"感激"，是"死灰"，还是"复燃"。

"我也是刚知道。早知道的话，去搞点浓硫酸了。"

　　"呵。那你的打算呢？"

　　"我想去告那个人强奸罪。"她好像有冷冷一笑的样子，而那个瞬间，消失了很久的，美丽得具有攻击性的她，又回来了，"不就是看准女生有顾虑，所以社会上才有那么多强奸犯么，压死一卡车还有一卡车。下半身到处乱窜。"

　　"你做什么决定，我都会支持你的。"我说得很诚信。

　　"我知道的，谢谢……"章聿显然没有她语气中透露的那么立场坚定，后面有许多许多问题，是如想象中一样难堪一样沉重的问题，会对这个单身女郎从此的人生产生不可估量的影响，所以她还是需要我这样，其实非常软弱无力的肯定，一点点也是好的，"曦曦……你觉得……我是自找的吧？"

　　"没。你无论做了什么，也没有道理说就应该遭到那种事。这是不对的观念。小偷就该乱棒打死？"我说完才觉得自己的举例有些不妥，"但我……没有……我不是——"

　　"没关系的。我懂你的意思。我最近在想的是，也许有的错过就真的是错过了。并不是说，命中注定的人，你也能命中注定地和他在一起。还是会有那样的不顺遂。有的人和未必最合适的人结了婚生了孩子，有的人看着他最合适的人，与别人结了婚生了孩子。不是我说了算的，我跟上帝没有那么铁的关系，让他能时时刻刻考虑着给我一个'如愿以偿'。"

　　"……以后，会是什么样子呢。"那次电话的最后，我仿佛自言自语地说。

　　章聿把主语心照不宣地理解成了"我们"："大概还和现在一样

吧。"

　　我笑得很难："那可太糟了。"

　　"要改变也很简单啊。我可以马上就和一个相亲对象结婚，那以后的日子，绝对和现在是不一样的。关键是，我会吗？如果我会，过去几年为什么不那么做？为什么现在就觉得可以那么做呢。"她的精神一点点恢复过来，"对吗？你不也一样吗？"

　　"我吗……"我想着老妈在半夜翻来覆去地在床上睁着眼睛，"我搞不好，是真的会随便就先嫁了。"

　　我的确是有过不止一次，闪电似的快而锋利的念头，打在神智中，让跳了电的心一片漆黑。但这漆黑却很大程度地安慰了我方才的全部烦躁——也许，真的，我不过从来没有往那里想罢了，但事实上，"结婚"可能是解决我目前一切麻烦的最好方法。我的孤僻会得到缓解，老爸老妈会安心，老妈的症状也会减轻许多吧，我的生活将从此发生根本性的改变。至少在过去五年里骚扰不停的问题将尽数消失，好吧，当然是会被新的一批问题来逐个替换。可好歹我也能得到一点新鲜感吧，大便还有不同的臭味呢，老专注于同一坨实在够没意思，换换食草类的排泄物也许是别样的小清新。

　　我发现自己在认认真真考虑这一人生规划时，是在我盯着手机屏幕上的"辛德勒"看的时候。最近大家开始使用微信，而我拖拖拉拉到很晚才安装，不过就在当天晚上，来自手机通讯录的"好友：辛德勒（白）"给我发来了申请验证消息。

　　无法否认的是，看到那条验证的时候，我的心里是多多少少有一些感动的。我知道自己品格不高，难听点就是把软件不错的辛德勒当成备胎，而以他的见识，我的这一心思对他而言压根是昭然若揭的，但即便如此，他还是首先发来了一条信息问我"最近还是很忙吗"。我回了个"更忙了"过去。他打了一行"Take care of yourself"过来。我便问"又在外面出差吗"，他说"刚回"。

啊，"刚回"，他上一次和我有关的"刚回"，被我完全无视了，我那时燃着一颗焦躁的心，恨不能把自己连根一起烧尽，于是全然没有多余的氧气提供给属于辛德勒的火苗，就让它自然地熄成了一片寂寂的蓝烟。

想到这些，我就有些脸皮发薄，窘迫和对自我的鄙薄让我玩不下去。我是在毫不掩饰地利用一份对我来说相当奢侈的厚爱吧，我的得意没有直言，但内心还存留抹杀不去的微小的暗爽不是吗。所以会有，大不了，找个像辛德勒那样的结婚罢了——会有这样不要脸的念头，就是仗着我在和他之间的关系中，嗅到了自己的优势地位啊。

可是每次踏入父母家，我就有种身不由己的感觉，好像进入了特殊磁场，东南西北的具体方位已经无关紧要，在那里，南就是北，西就是东，我们都得按照这样一个新的地标来重新摆放原本支撑了良久的防线，把它们肢解下来，拼成菱纹图案，拼成一条新的路。

老妈的情况时好时坏，勉强值得开心的是好的总比坏的多，虽然她依然会有失忆的困扰，睡不着也是常有的事，但和我之间的对话常常又让我有了一切都没有改变的错觉，她把我叫作"死小孩""没轻重""说什么不听什么"，和从前一模一样。怪我把一碗青菜炒豆干挑得只有豆干而没有青菜了，剩下的是给谁吃啊，神色里的不满也和从前一模一样。

我说："反正我不吃。"

那时老妈忽然改口问："你的英语老师调走没啊？"

"你说谁？"

"不是有个大学生来你那里实习吗？走没走啊？"她一下子跳到了我的十四岁。

"……走了。"我在不久前开始练就了自己对此的平和心态。

"小小年纪花痴犯得厉害。"

"嗯……"让她按照想说的说好了。

"女孩子要自爱，不然当心以后嫁不出去。"

我眼睛抬向把自己坐在十六年前的老妈："你操心太早了吧……"

"你是我女儿呀，早是早了点，但我想想不是很正常嘛。"她用一根筷子，把桌子上吃剩下的虾壳归拢进一个碗里。

"那你猜我将来几岁会结婚呢？"

"我猜啊？我哪里猜得准哦。"

"你猜猜看嘛——"

"干吗，你急着结婚啊？"她笑笑，"二十四岁吧？看你那么容易花痴的个性，肯定挺早就结了。"

"嗯……搞不好呢真的呢。"我把两臂在餐桌上抱成圈，下巴压进去。压得眼睛蹭到手臂上嶙嶙的鸡皮疙瘩。

那天回家后，我就把微信里的头像换成了最新的自拍，带上特效后，至少看起来还是不错的，没有笑的照片，却比笑的时候要耐看些，然后我给辛德勒发了一条消息，我问他"这次出差的地方红茶不错啊？"他一如我所料地回复了过来，"可不敢带了，我这里可有份放了很久很久的礼物，都还留着没有处理"。那个时候，我觉得，搞不好是可以的。

把之前人生中所有的难题，全部换成新一拨的。

老爸在几天后来看我，说是我前面带走了老妈的病历卡还没来得及还。比起老妈，他来我这里光顾的次数要少得多。所承担的任务也和老妈截然不同。我跟他说阳台下水道有点堵塞，衣架的螺丝有点松，厨房里的灯泡好像不怎么好使了。老爸搬了个凳子爬上去。我在下面一边扶，一边问："是灯泡坏了还是什么啊？"

"灯泡吧，你这里有备用的吗？"

"没呢——"

"那就没办法了——"他手指敲了敲塑料灯罩。

"呀别敲，灰都掉下来啦！"

"着急修吗？"他说，"隔壁好像就有灯具市场吧？"他一步踩回瓷砖，打开我的冰箱看了看："你午饭也没什么可吃的哦？要不去买个灯泡，然后就在外面的水饺店里吃个饭吧。"

"行啊。"

我和老爸坐在塑料凳子上面对面，还未到午休高峰时期，店堂里人不算多。因此老爸是有点压低了声音问我的："我怎么听你之前跟你老妈提到，下个礼拜有约会啊？"

"对啊。"我的确是预备了一次约会，也把这个附加在老妈晚餐前的那顿药片上，告诉了她。她不出意外地合理地开心，连说"白先生看来是很专情的"。

"不是之前还跟我说断了关系吗？"

"断了么，也可以重新捡起来的啊。"

"你那么洒脱哦。"

"洒脱应该是正相反啊，是捡起来了以后重新扔掉才叫洒脱吧？"

"那你这个算什么呢？"他突然一问。

"什么算什么……"

"你喜欢人家吗？"

"……干什么，没什么不喜欢啊。再说了，处处看不就有数了。这不还是你们说的么，处久了，感情就有了。"

"哦，你这样想啊。"

"对啊，我不能这样想啊——奇了怪了，明明是你们的说法，现在反过来质疑我。"我很不开心地跷起腿抖一抖。

"我今天要带你老妈去岛上转一圈。"他说的是近郊的生态小岛。

"哦，是吗，挺好啊。"

"她会好起来的。"

"你又不是医生——说得一副了若指掌的样子。"

"这个你不用太操心。她会慢慢好起来的。"

"好啦……"我挥了挥筷子尖。

“你继续照你的日子过就好了。你没有必要勉强什么的。”

“……不知道你在说什么。”我将面前的饺子一推，它滑出了一段让我稍有心虚的距离。

很久很久没有见到的辛德勒，理了个更短的发型——应该是理过了吧，我有点想不起来他往日的头发是有多长。脸上胡楂多了些，却让他从视觉上看起来年轻了一点。风衣很长，可惜裤子有点宽了，至少不是二三十岁年轻人会选择的裤子。但，没关系，他神情还是很和睦的，朝我微笑的时候可以用“暖风”来形容，他的声音有点哑，大概是疲倦的原因吧。

我意识到自己是在不断寻找理由，美化辛德勒此时在我眼里的形象。我要将他在脑海里塑造成如同电影里真正的辛德勒一样，宽容和仁慈成为有型的一部分，皱纹和任何一点点与年纪有关的特征都被称赞成“沉淀了岁月的魅力”。他走得像幅黑白的肖像画，于是无论我的初衷是如何地不单纯，如何地功利，但都应当在这样的人面前闭嘴才对。

大概是笑得很殷勤吧，我几乎可以用余光看到自己发力过度后挤圆的脸颊，而音调也超越往常地变尖了，俏皮话说个不停：

“我还以为你前面是冲我身后的小姐招呼呢——但回头一看，明明我皮肤没那么黑嘛。”

“过来时路上堵吗？”他换了个话题给我。

“还好，高架指示牌上还不至于一片番茄炒蛋的颜色——就是红黄相间。都是碧绿的蒜薹。”

“回去的时候也许就堵上了。”他不紧不慢地说。

"像你这样，刚从外头回来的又不习惯了吧？下次什么时候又要走呢？"我感觉自己好像已经推了一车的皮球走上草坪，接下来就是不停地朝目标的门洞里发射了。

"还没定。先休息休息。"辛德勒放下手里的玻璃杯，"怎么会想到见面呢？过了那么久呵。"

"诶？"第一个球，高高地越过门框，直接射向了后方的看台，"就……不知道……大概正是因为过了那么久吧……想看看你还好吗。"

"还挺好吧。"但他没有转来问我"你呢"。

"看起来比我好。"我只好自己寻找连接关系。

"呵。"然而辛德勒又用一个笑容完结了，第二个球被门柱弹出。

我内心有不安，难道他早已察觉我的不纯粹？我的心事重重？我的计划？想到这里，我破釜沉舟似的硬着头皮重新返回了球场："现在还单身吗？"

他点点头，幅度在四个上下中逐渐降低。

难不成我自己再跳出来说"我也是"吧。这一次的球完全是被守门员双手击出的嘛！

"昨天我刚看完一本书。"他在我正局促不安时起了话头，多少挽救了一点局面的冷场。

"是什么书？说什么的？"

"名字很长。书是关于经济战争的，不过里面有一段我倒是印象挺深的。"

"写了什么？"我托出个好像好奇心很强的下巴。

"写的是，在美第一次登月计划实施前，其实总统尼克松手里还有另一个版本的发言稿，是专门为了万一登月失败的情况下，应该做的发言写的稿子。"

"哦？唔，不过这种倒也是很正常的'两手准备'。"

"是啊，里面有一段写的大概是'是命运，注定了这两位登陆月球进行和平探险的人将在月球上安息'，'他们明知道返航是无望的，但更清楚自己的牺牲能给人类带来希望'。"他的手指在我面前静静地，一动不动地交叉着。

"唔……"我当时依然参透不了，心思在随后无耻地走神，想着要如何在这一次给他留下甜蜜的希望，从而延续出下一次的碰头。

"我想说的就是这样……"辛德勒的脸上出现了一层极其柔软的体恤，甚至已经超过了体恤的含义，是令我一下无言的，不失伤感的深邃的怜惜。接着他说："下次有时间的话，可以再一起出来吃饭吧？"

"诶？哦……可以啊……"我完全糊涂了。他的意思是，到底是？

"你平时也要多保重。"他将我的右手，非常不带多余信息地，仅仅是握了一握而已。

"……嗯……"

远远不如我意料的一次约会，是大概直到几个星期后，我才从老爸的电脑里，找到了原因。要求我帮他发两张同学聚会的照片给朋友，我拿着老爸给的用户名和密码进了他的邮箱。里面有一半是网上胡乱的消息，要卖给他低价机票或者代开发票。我在这方面的洁癖上来，将他前两页的垃圾邮件都做了个清理。

很快我看到一封很让我熟悉的寄件人姓名，我还在困惑间打开了它。

"谢谢您的来信。大概您也能猜到，我现在的心情很复杂。"我跳过中间几行，直接看到信尾的署名，是辛德勒的本名。日期就落在我和他那一次约会的前三天。

我没有半点犹豫地打开了被附在这封邮件里的前一封首先抛出的去信：

"白先生：你好。"

是老爸写给辛德勒的邮件。

白先生：

你好。

我是盛如曦的爸爸，很久以前曾经在饭店里和你有过一次碰面，不知道你还记得否，那次回来后，如曦的妈妈和我都挺激动，因为我们能感觉到你对如曦很好。她虽然之前也遇见过几个心仪的男生，但不知道因为何种原因，都没有能够走下去，一度我和她妈妈也焦虑了很长时间，但那一次我们是真的有了放心的感觉，以为这大概是你和如曦之间的缘分了。

所以后来听如曦说你们之间好像分开了，我心里是非常遗憾的，因为这样一来是不是她的损失呢，是不是她错过之后就很难有下一次的机缘了呢。我觉得的确很难说啊。

但是，前几天，当我知道她重新向你发出了见面的邀请时，我并没有因此而开心。这也是我挺突兀地给你写这封邮件的原因。我想如曦一定没有跟你说过，最近因为她妈妈的一些原因，如曦好像有了特别强烈的决心，觉得赶紧结婚，是对她妈妈的一种安慰。以我对她那么多年的了解，她这个心情几乎是百分之百，不会有错的。大概有点冒犯了，但我以为她是打算又重新找回你那里，来达成她的决心。站在我的立场来看，似乎不应该在这里"通风报信"，毕竟我也一直以为她需要尽早解决自己的终身大事，而你也是一位非常优秀的人。只不过，看到她那么迫切的进程，我还是非常地担心。

她是个从小就不太把自己的欲求摆在第一位的人，不喜欢追逐什么，只要周围的人觉得好，那么对她而言，就是最安心的好。所以，几十年下来，我看过她吃很多亏，摔很多跤。只要能解决眼前的问题，她是能做出损人利己，偶尔甚至是有些损人也不利己的傻事来的，尽管她没有恶意，像这次，她不过一门心思想着先哄着她妈妈开心了，至于她自己如何，还有你如何，她考虑不过来。而这个习惯，她一直改不掉，我也没有办法帮她改正掉。能做的只有在这种时候，先对你坦言，我想你是一个非常有头脑的人，能有自己的判断，你也能够有最不伤害她的方法，如果可以让她稍微替自己想想，不要做那么鲁莽的事。

以父亲的立场，我可能不应当将这些对你和盘托出，但她是我的女儿，哪怕一直以来，我和她妈妈都挺担心，有时候，连我们也会走偏，觉得不管怎样，她成家了就行了。但到头来，也不过是随便说说的。我希望她幸福，真真正正地幸福。她能结一场不会有任何遗憾的婚。我想把她无怨无悔地送到另一个男人的手里，不会在将来懊悔我当初怎么就把她送出去了呢。

说了这么些，希望你不要嫌我唠叨。而如果等我们家结束这一阵的"风波"，你还愿意等待如曦放弃那些急躁的想法，和她从头开始的话，我会非常感激的，也会尽力促成。只是这一次，作为她的父亲，我还是希望你能够暂时地打消她的希望。

她不应该为了这些而想着结婚的。她应该是想着和自己喜欢的人白头偕老而结婚的。那也是我作为父亲的心愿。

我的要求或许有点过分，但还是先谢谢了。

落款上写着"如曦爸爸"。

其实我在看到第三行的时候，就被胸口的抽噎堵塞了，一下子关了网页。这封很长的信，是在接着的一个星期里，被我以每次两行，每次两行的速度，极为艰难地读完的。最后我如愿地把自己埋在双手里。眼泪和鼻涕把这封信糊得很咸。

我的伤悲根本没有压制的可能，提供它们的来源太多了。甚至不过是假想一下，老爸坐在电脑前——老妈还很早就学会了输入指法，老爸则从来都是用两根手指左右开弓地对着键盘按，按几个就要对着屏幕检查一下。所以这封信到底花了他多少时间，我想象不出来。而他最后还是写完了。他的每一句话都把我写得很透明很透明，聚少离多的生活其实从来没有让他失去半点对我的观察力。他只是不爱说罢了，尤其过去有老妈当发声器，老爸安心做他缄默的调解员。可一旦他察觉到必须出面的颓势，他也有着那么深厚的台词。

他觉得我应该是要幸福的。除此以外的所有理由都站不住脚，都是得由他来出面打扫掉的糟粕。哪怕他仍旧要爬上爬下给我修电灯，换水管，补瓷砖，他从来没有动摇过的心愿是，自己再这样操劳几年也行吧，只要女儿最后找到的是一场以幸福为前提的婚姻。

我哭得特别凶，哭得一点底气也没了。

晚上我捧着手机，给辛德勒发去长长一条微信，我不打算揭露自己知晓了他和老爸的邮件往来，一笔带过地说能够重新遇见觉得挺开心的，但最近家里和公司都很忙碌，等自己把这些收拾完，希望还有机会和他做朋友，也祝他在日后的工作中顺利，多保重身体。

我稍显额外地在信息最后打了个回车，留下自己的署名"如曦"。

如此以来，就好像是，隔了很远的距离，和一定的时间，但我和老爸在空中击了一个无声的掌。

当然不是那么欢乐的，激动的。

而是，我们中的一个把手举在空中，然后另一个上来，从掌根开始接触，最后是半空地扣了下手指。老爸的手掌很干燥，有发硬的老茧。

"女儿，要幸福啊。"

"好啊，听你的。"

这样的一次击掌。

最终章

——我想说的是，我挺不错的。

——我挺值得被爱的。

——嗯，我真这样想。

——你觉得呢？

——我不禁会觉得，自己是个挺好的人。我的意思是，各方面，从内到外，大概有些自恋？但适度的自恋在我看来并不是一件坏事，可以喜爱自己，觉得自己挺好的，明明是一件好事。

——我挺有趣，不会让人觉得枯燥，头脑不坏也不会好得让人有距离，是容易讨到大部分人喜爱的那种中不溜丢的水准。可以聊很俗气的事，也可以谈起人生时却不显得自己像个白痴。

——有礼貌（得加个定语），外人面前一直很有礼貌，大概源于家教？

——绕远了？

——朋友还行，泛泛之交的很多，知己三两个，我的缺点在她们眼里都不是缺点，我们可以互相理解彼此的一切，所以在她们眼里，我也是个不错的人，是个挺好的，在整个社会里，如果大多是我这样的人，社会虽然不会迅猛发展成乌托邦国，但整体看来会是个和气而欢乐，没有那么多戾气的，平凡温和，小日子过成好日子的地方。

——所以我也是其中一小块的，和气，欢乐，没那么多戾气，平凡温和的人。此外我还自认为自己挺善良的。

——我想说的是，我挺不错的。

——我挺值得被爱的。

——嗯，我真这样想。

——你觉得呢？

"对你说啊，我昨天做了个吓得我半死的梦！"

"怎么了？什么梦啊？不会是我让你出庭做证，结果反而被你害得输了官司吧？"

"干吗要诅咒自己呢。"我在电话这头朝章聿甩个白眼，"不是，我是梦见自己结婚了。"

"……这也能吓个半死，新郎是谁啊？一串香蕉吗？"

"不是，新郎一直没有出现。"

"那你吓个什么？哦！我知道了，是鬼新娘吧？"

"不是啦！"我做了梦，真实得让我至今还能嗅到淡淡的化妆师扫来的粉底香味的梦。什么都很逼真，礼服，首饰，门口的鞭炮声响，马路上喧哗的孩子们。于是连同我梦里的百般不情愿，和它逐步升级成的恐惧，都真实得让我难以忘怀："我就记得自己在梦里特别清楚的一点，我是跟我不喜欢的人结婚了，就要跟他结婚了——不知道是谁，但绝对不是我喜欢的人，只是我能结婚的人。"

章聿好像在那边打着哈欠："好啦，反正是梦不对吗？醒了以后就屁都不是，哦对啦，梦里的你的结婚戒指是几克拉来着？要是小于2克拉，那倒真的是个噩梦。"

"具体多少忘了诶，但是戴上以后我右手就一直重得举不起来。"我被她拖下水，开始对金钱卖身。

"那你也太不知足啦！"

"懒得理你——我挂了啊，我还得去机场接老妈呢。"

"哦，阿姨理疗回来了？"不久前章聿得知了老妈的状况，使出了连我这个亲生女儿也快被气死的力度，她联系了一家在北京的权威机构的负责人，将老妈安排了进去——对方院长貌似是章聿第 × 任前男友，分手理由是她觉得对方过于开朗，（居然对一个治疗抑郁症的专家下这种评论，我真觉得搞不好在她的案件开庭那天，会有许多前男友站出来主动为嫌疑人帮腔……）但好歹是，老妈的症状得到了非常良好的控制，昨天出的院，今天就可以由老爸领着回家了。

"对，下午四点的飞机。"

"我也要去我也要去。"

"去你个大头鬼啊！给我在家待着，好好把律师给你的小抄都背下来！"

"律师不够帅。没劲，提不起兴趣。"

"我倒认识几个特别帅的，有个刚从英国回来的，叫Steave，还有一个很年轻，姓班，也特别帅，但人家对你八成没兴趣。"

"都是GAY，对吧，我知道。"

"你知道个屁！好啦……我真得走了。"

"嗯，那我到时候给你打电话，顺便问候一下阿姨。"

我仓促地抓了东西换了衣服出门，难得路上没有堵车，到机场时离老爸老妈的抵达还有一个小时。我先是在各家商店里转了几圈，等回来一看信息牌，居然飞机变成了延误至两个小时后的晚上十点才能降落。我满肚子的宿便就快化成航空公司的LOGO，在身体里臭气熏天地咆哮。等从厕所出来，百无聊赖的我找了一旁的咖啡馆坐了进去。

除了柜台的位置做了调整，基本上装修没有大的变换，走去看了看目录，新品是薄荷口味的冰饮，以及新出了两款朗姆酒以及菠萝口味的蛋糕。

要了那杯薄荷味饮料之后，我坐到角落的沙发里。

刷手机，翻报纸，看时间刚刚过去了30分钟。

翻报纸，刷手机，时间刚刚过去了35分钟。

我不满地两腿蹬直，在沙发的靠背上倒下去，脖子由支柱上的木刻花纹做着按摩，可惜脑袋一滑就磕得我眼冒金星。让我捂着脑门从凳子上半蹲了下来。

无意的空当里——那是个有着很隐蔽破口的沙发，在坐垫和靠背的接缝中间，藏着一个眼睛似的小口。它就这样静默地看了我一眼，没有丝毫打算隐藏自己的窘迫。我的无言突然被整个机场中的喧哗放大得变了形。脚步里的，推车里的，安检扫描时的"嘀嘀嘀"里的，手机里的，手提电脑里的，小孩鼾声里的，大人闲聊里的。灯光电流里的，电梯运行里的，咖啡被煮开里的，蛋糕从纸托上剥落里的。笑里的，哭里的，翻书里的。"拜拜"里的，"走了啊"里的，"给我电话"里的，"一路顺风"里的。"我爱你"里的。它们都在向我蜂拥却在靠近的一刻，又被什么忽然吹散似的只远远地围绕着我。

我的身体很静，心很静，眼睛和手指都很静。

我一点不作声地，先从外头感觉了一下，包裹在坐垫底部的布料下，有一个长而直的形状，触感很硬。

我坐回了沙发上，然后将手反背在身后。

和当初塞进去时不同，没有了万有引力，我这一次的动作吃力了许多。柜员如果此时将目光转过来，就能看见一个穿着米色单裙的女客人，正在莫名地扭动，她的双手交叉在身后，嘴唇咬在牙齿下，如果不仔细确认，还以为她被无形的绳索捆绑着，正打算从拷问中挣脱。

直到我的指尖以很单薄的接触面积，遇到了那枚指甲刀缀在顶端的水钻。它的多边形棱周也没有遭遇磨损，被我一个"好不容易"地回收在了食指和中指间。

这把很早很早以前，由我暗中设计的游戏里，被安排在这里的道具，重新回来了。我应该怎么形容呢，勇者在外打遍了全世界的怪物，回到出发时的小村庄，看见最早被自己翻开的宝箱吗。还是更通俗点的时间机器，如果很用力很用力地凝视它，可以得到几秒回到过去的时间。

我将这把稍微泛黄的银白色指甲刀放在膝盖上，今天穿的都已经是属于5月的衣裙了，薄得可以看见一些大致的自己。

我终于能想起来了。它就是我刻在木舟上的记号，无惧时间湍急的流速，"没有关系的""不用担心""我做好记号了""就是它""它就是路标""一定能靠它找回我遗失的宝剑"。

　　就能找回，遗失的宝剑——

　　等我一点点将自己的膝盖慢慢由降为升，最后完成我的站立，我站在咖啡厅的角落里，背后是宏大的落地玻璃窗，飞机起降成银白的雀鸟，室内的一侧是两组上下电梯，往前是刚刚通过了安检口的人们，还在一边系着皮带，或者踩着鞋跟，同时忙着整理背包拉链，手忙脚乱地往外走。从特产店里出来的人们提着不甚满足的包装袋。十几米外是一排座椅，坐的，侧卧的姿势们奏着荒诞的乐谱。

　　我居然觉得自己看见了他。

　　还是他率先看见了我？他是从哪里过来的？电梯上？安检口？商店？还是其实，从之前就在咖啡店的另一头，坐得失去了一些放任。他是什么时候站起来的？居然在我的盲区里站了几分钟。然后呢？他是怎么过来的？将桌面上的手机收到一边，低头的时候也没有完全地低头，大概他也不敢有半分的目光失散吧？他的手在地上找到提包，然后用小腿将座椅朝后顶开一些。

　　他是在我看向另一边的时候走过来的吗？

　　"如曦，如曦？"

　　终于，他喊了我的名字。

　　终于，听见我的名字了。

【 全书完 】

出版社／长江文艺出版社

出品／上海最世文化发展有限公司

官方网站／www.zuibook.com

平台支持／剽小说 ZUI Factor

剩者为王 II（典藏版）

作者／落落

ZUI Book
CAST

出 品 人／郭敬明

选题出品／金丽红 黎波

项目统筹／阿亮 痕痕

责任编辑／赵萌

助理编辑／杨柳婷

特约编辑／三禾

责任印制／张志杰

装帧设计／ZUI Factor www.zuifactor.com

设 计 师／Fredie.L

内页设计／鹿子

封面插画／Fredie.L

2015年7-8月上海最世文化发展有限公司畅销书排行榜
| TOP25 |

排名	书名	作者
1	临界·爵迹 I	郭敬明
2	西决（新版）	笛安
3	东霓（新版）	笛安
4	南音（新版）	笛安
5	时代帧相——小时代光影全集	郭敬明 主编
6	灵魂尽头——小时代电影全记录Ⅲ（精装版）	郭敬明 主编
7	明天见	Pano
8	二人饭店VOL.1	安东尼脚本 丁东漫画
9	二人饭店VOL.2	安东尼脚本 丁东漫画
10	深深	肖以默
11	一生的笔	天宫雁
12	我们没有在一起	吴忠全
13	小时代1.0折纸时代（修订本）	郭敬明
14	过去的，最好的	刘麦加
15	小时代3.0刺金时代（修订本）	郭敬明
16	黄——陪安东尼度过漫长岁月Ⅲ	安东尼
17	未来病史	陈楸帆
18	小时代2.0虚铜时代（修订本）	郭敬明
19	我只能短暂地陪你一辈子	郭敬明 主编
20	刺我一个吻	黄伟康
21	天蝎骑赛	玛姬·斯蒂瓦特
22	末日三部曲Ⅰ·末日降临	梅根·克鲁
23	末日三部曲Ⅱ·旧日终结	梅根·克鲁
24	末日三部曲Ⅲ·再造世界	梅根·克鲁
25	你看见我男朋友了吗？	曹小优

ZUI
Zestful Unique Ideal

图书在版编目（CIP）数据

剩者为王：典藏版 .2 / 落落著 . -- 武汉：长江文艺出版社，2015.10
ISBN 978-7-5354-8399-7

Ⅰ . ①剩… Ⅱ . ①落… Ⅲ . ①长篇小说—中国—当代 Ⅳ . ① I247.5

中国版本图书馆 CIP 数据核字（2015）第 223970 号

剩者为王 II（典藏版）

落落 著

选题产品策划生产机构 | 北京长江新世纪文化传媒有限公司 & 上海最世文化发展有限公司

出 品 人 | 郭敬明　　　　　责任印制 | 张志杰　　　　　装帧设计 | ZUI Factor
选题策划 | 金丽红 黎波　　　责任编辑 | 赵萌　　　　　设 计 师 | FredieL
项目统筹 | 阿亮 痕痕　　　　助理编辑 | 杨柳婷　　　　内页设计 | 鹿子
媒体运营 | 李楚翘 杨帆　　　特约编辑 | 三禾　　　　　封面插画 | FredieL

总 发 行 | 北京长江新世纪文化传媒有限公司
电　　话 | 010-58678881　　　　传真 | 010-58677346
地　　址 | 北京市朝阳区曙光西里甲 6 号时间国际大厦 A 座 1905 室　　　　邮编 | 100028

出版 | 长江出版传媒　 | 长江文艺出版社
地址 | 湖北省武汉市雄楚大街 268 号湖北出版文化城 B 座 9-11 楼　　　　邮编 | 430070
印刷 | 三河市鑫利来印装有限公司
开本 | 880 × 1270 毫米 1/32　　　印张 | 9.625
版次 | 2015 年 10 月第 1 版　　　印次 | 2015 年 10 月第 1 次印刷
字数 | 210 千字
定价 | 36.80 元

《剩者为王》电影记录

无关输赢的续章

落 落

著

· 1 ·

　　第二次去看《聂隐娘》的时候，电影院里仍是被由屏息化出一派紧绷的安静。再看的时候注意到了许多新的细节，好比说窈七在救出父亲后，两人待在茅屋里，窈七肩上驮着窗外幽蓝的光，给父亲喂了药，父亲说"当初真不应该让道姑把你带走"，窈七无言地坐回去，那个时候她忽然飞快地吸了一下鼻子。

　　只是这样的一个动作而已，重温时让我倏地从电影中抽离了出来，使我不合时宜地暂时从银幕里认出了她，身为演员的舒淇。我想也许在影院的任何一个人都不会因为这个细微的动作而出神，它仍是被完全地包裹在舒淇的演绎下，属于窈七的一个呼吸。但我却不知怎么，猛地从一直紧

绷的观影中慢慢松弛下来，隔着大半年的时光回想起她，想得整个人有些
怅然的感动。

在《剩者为王》片场的每一天，我都能时常看到，好像因为鼻子不太好，
休息时她常常会拿出鼻炎的药，有时一喊完"卡"，她也会这样，就是银
幕中窈七那样忽然地用力吸了一下鼻子，鼻梁上的皮肤褶了褶，整个人似
乎皱了点眉头，但到最后让人观察下来还是没有什么额外情绪的。

从《聂隐娘》再往前是周星驰的《西游降魔篇》，前者我去影院看了
三遍，后者我看了四遍，都算是自己去影院里看得次数最多的国产电影了。
只不过它们中间间隔的时间，原来已经很长，长到让我有机会从一个其他
人都不会注意的地方，遽然觉得自己能认出演员舒淇来。

· 2 ·

　　香港挺闷热的，大团的雨雾悬垂在维多利亚海港上。担当监制的滕华弢导演说了一个碰头的时间点，时间还早，足够我在宾馆里看新闻洗澡跟家人朋友回消息，但那句话在肚子里放了良久，也没跟任何人说我之后会和演员有一个初步的碰面。这位演员是确定下来的舒淇。那会儿仍然有非常不真实的感觉，里三层外三层的泡沫塑料一般使我切断对任何冲击消息带来的震感。毕竟之前隔了几乎无限长的剧本创作、剧本讨论、剧本修改期——说到"无限长"，有一件事总忍不住拿来作证，想当初最早和滕导聊起这个项目时，滕导还是单身呢，等电影真的开拍时，滕导的小女儿都

满两岁了。而这段时间里,我大概又改完了一个可以全文背诵的剧本("又"是形容"可以全文背诵",不是形容"剧本")。剧本不好写,而有多不好写倒也不在这里诉苦似的赘述了。当某一稿完成后,我记得是在长途巴士上,和同事们从苏州返回,坐的大巴到了休息站,我接到滕导发来的消息,他告诉我舒淇接演了盛如曦这个角色。那条语音短信我来回播放了或许有二十遍,激动得去休息站买了两个冰激凌吃,吃到脑袋后痛得要死也心甘情愿。

　　是一个很漫长的过程,漫长的前期里从不确实地去设想,因为没有办法设想,完全没有经验也没有概念,像那个古老笑话里的农民,把脑细胞耗尽后也只能猜测"皇帝耕地肯定用金锄头吧"。每天在电脑前改着剧本

里的场号1、2、3时，心里却继续是没有怀抱希望的比重远多过怀抱希望的比重。我那会儿只隐约地劝过自己，全中国每年被立项的电影何其之多，筹备中的电影何其多，但最后真正会上映的只是沧海一粟。我没有考虑过其他人的力量，仅仅单纯地审视自己，一旦要和运气与概率角力——"何德何能"。

就是带着这四个字，我跟随滕导前往去见舒淇。香港某间位于商场中的餐厅，我们由服务生带位，没有在包厢，是一个大厅旁的小厅，小厅里有三四桌人，其中一桌有个人独自坐着，穿白外套戴着帽子。滕导带我走过去，为我们互相做了介绍，"舒淇小姐。落落"。

3

等电影拍摄完毕后半年过去，我的生活并没有过多的变化，当然工作方向有了一定层面的转移，也做了很多新鲜的尝试，但总体来说还是没有太大的改变。人还是老样子，继续与电脑为伍，大多数日子里昼伏夜出，忍不下去的时候就买机票去冰岛飙车，回来后走出机场，一边想着接下来要偿还一屁股的信用卡债了真不开心啊，走过廊桥时，第一幅映入眼帘的广告是舒淇和她代言的宝格丽。那会儿有一点突如其来的开心，莫名地拍了照片想发微信给她说这是我飞机落地后第一个见到的熟人嘿，然而打完句号后还是忍不住全部删除了。

我不太清楚是否这本附录的册子上市时电影已经公映了，所以涉及剧透的内容没有办法透露过多。但在现场的时候，我曾经有几次会产生近乎恐惧的敬畏，觉得"演员"是个非常非常不同寻常的职业。对情绪的操控和把握是让人在监视器后会忽然被电流击中般起了一身的鸡皮疙瘩的。有一场戏里，才拍到第二条时，她起初不经意地哼着歌，下一秒眼泪决堤般流了下来，而在她身后不到两米的地方是摄影组，她脚边有灯光组，她头顶有录音组，十几个工作人员参与这一场戏的完成，但她还是将自己单独放置进了设定的情景中，没有什么可以影响，她在那时就是剧中无法再独自支撑的人物，独立坚强无非假象，到头来还是会让感情伤得毫无还手之力。那一条里她哭得所有人都屏住呼吸，她哭得让人坚信那会儿的她特别不好，极其难过，无法自抑，她对爱情是几乎绝望的，她想象过那个结局，不然的话是怎么可能做到这样不掺杂质的悲伤呢。可是当喊完"卡"后，她接过助理递来的纸巾把眼泪擦干净，回到休息室里去已然是一副如常的乐天派少女模样了。我原本想走过去安慰她也赞美她，但到了她面前瞬间觉得自己的安慰和赞美都找不到合理的根基。我一定是以为做了一场梦吧，

把"虚"与"实"做了颠覆的便是她的表演。"表演"这个词背后的能量是可以强大到让人惧怕的，并且因为它很少出现在我们日常的生活中——我们所能够接触到的，日常中的工种，在这些工种中了不起的人：会许多语言的翻译官，能言善辩的企业家，手艺不错的厨师，包括"擅长卡位"的公交车司机们，等等等等。"三百六十行，行行出状元"这句话没有错，只是我从来没有想过自己会有一刻动摇着，觉得状元照样能区分出难易程度的时刻。不然的话，单从普通人的角度从何想象呢，剧本上区区两行字，时间地点人物动作，顶多加个形容词"悲戚地"，但悲戚就这样来了，真真切切地，水一样漫，烟一样烧，风一样扫荡，肩膀是按不平的浪，一波继一波延绵的凄婉和痛苦。普通人怎么能够做得到呢。

4

电影是一门"造假"的艺术——很早便听过类似的说法，在拍摄外景时，围观群众里也不时冒出大嗓门的评价"有什么好看啦，都是假的呀，全都是假的嘛"。的确，拍摄完毕后很长一段时间里，我看电影时都会无意识地观察美术在影片中的效果，哪里有话筒影子穿帮，摄影机是怎样的运动轨迹……都是假的啊，上百人的团队为了把一出不存在的故事变成真实。一间原本空荡荡的水泥房三天后要变成宛如住了数年的小屋。普通的小公园瞬间成为相亲角，又在一天结束后恢复了原样。巨大的绿幕从天而降，车要从里面开出，然后有一层楼等待从那里被勾画。可以说都是假的，所不同的在于"假"字到了这里俨然褒义，是带着一次次惊叹声地见证了魔术成功。转眼间平地起了高楼，转眼间高楼化为尘埃，尘埃却会宛若永久地刻画时间——至少在我心里。

从最初和舒淇见完面后，回来后又是新一轮的剧本调整，然后再过一段时间，制片人郝为和滕导不断地传来新的消息，我可以目睹着一个团队的逐渐成形，他们就是之后要与我一起实现这桩"无中生有"的奇妙好事的人们了。有天晚上，当我走在回家的路上，一瞬感觉要停下来，这件从最初就被内心深处的某个声音判断为"不可能"的事情，居然就要彻彻底底地实现了，突然地就挪不动步子。我不是个能应对大事件的人，安全感比什么都重要，总是不自觉地要准备一条可以提前潜逃的路线，然而没有用了，那种想要逃避的输者心理，终于它更早一步地背叛了我自幼的懦弱，它变得昂首挺胸起来，它有了一种被信心施法后的光辉，它开始说"可以的""也许可以""没有问题吧""没有问题的"。它说"你去试一试"。我走在最嘈杂的市中心，霓虹灯光绽放的沸腾，车流与人流彼此携手的喧嚣，连树叶们渐黄的过程也增加了音量，但它说的那句话还是丝毫没有受损地在传进我的脑海，"可以试一试"。

· 5 ·

　　虽然我很明白,这种"试"与先前人生中遭遇的"试"不在同一个量级上。先前多半是与自己有关,仅与自己的人生有关,所有押上的风险多为个人的成功和失败,因而它实在不怎么值得一提。

　　而围绕一部电影的成败,它的风险值全然地不同。可怕的是我也仅能尽全力地想象它是巨大的,不知自己的双手可以合抱的到底是它的一条尾巴或者只是一根纤毛。所以会被质疑也太正常不过了, "何德何能"。

真正进入拍摄日程后，渐渐地镇定了自己，拍摄是极其有规律的，别的摄制组怎样我不好说，至少《剩者为王》的剧组没有三天两头地彻夜加彻夜，大多数人可以获得朝九晚五的作息。于是进了剧组后我的生活反倒变得比先前规律多了健康多了。早上六七点起床，遛完狗整理完后差不多出发，到达片场，会先和摄影指导李屏宾（大家都叫宾哥或者李老师）沟通今天的拍摄计划。当初在听说将由宾哥担任摄影的时候，也是无从压抑的欣喜若狂。那几天开口闭口"李屏宾诶！""李屏宾诶！"这位不仅是侯孝贤导演的御用摄影师，也曾经与许鞍华、王家卫、是枝裕和等导演合作过诸如《半生缘》《女人四十》《花样年华》《空气人偶》等名作的摄影大师，更可贵的是他从不抗拒与新人导演的合作——从另一个角度造成排队等着和他携手的导演们可以在马路上排得左拐左拐再左拐。

宾哥的外表便气场十足。他身材高大，在片场穿一件标志性的夹克外套，头发长而卷着，胡子也浓密，看起来更像是应当出现在美国西部大片中的牛仔，想象一下他安稳地坐在火拼中心幽幽喝完一杯酒，两方箭在弦上的人马都不敢动弹，只能眼睁睁看他潇洒离去——这画面感放在宾哥身上毫不违和。只不过宾哥的衣服口袋里一直装着的并不是一把枪，而是一包槟榔。跟随他的移动组兄弟们有同样的习惯。宾哥说冬天拍摄尤其需要槟榔，嚼完以后身体会发热，是御寒的好东西，并且出生在台湾的他现在极少有时间回去，嚼槟榔算是乡情的一种表达。对我来说，却是每次都得强制自己去掉眼里的星星，更专注地和宾哥交流，对宾哥表达，某一场里想要补个新的机位，男主角再拉个背吧，某一场里的灯光暗些更符合剧本中的气氛。当然更多时候，宾哥以他那满点的技能和经验，会先告诉我，这场里舒淇小姐从楼下上来，然后会跳到她主观的一个角度，再切回来，

换个 35 的镜头带出更明确的环境。宾哥从来对我都非常和蔼，完全没有因为我的资质而对我有任何的偏见——大概也因为这一点，我眼睛里的星星总是一不设防就要冒出来闪啊闪。后来和宾哥在收工后喝了几次酒，（自称）感情也深了许多。宾哥有一位亲如手足的跟焦师袁师傅，宾哥带着袁师傅一起，两人合作过的电影一只手加一双脚大概也数不完。天蝎座的袁师傅是个性格外放时髦倜傥的老先生，人群中常常一眼就能分辨出来，大多数人都穿得黑压压时，袁师傅腿上一双荧光色的 LEGGING，有时豹纹有时玫红，说话前先笑了，是让人彻底猜不出他年纪的年轻人式顽劣又羞涩的微笑。宾哥喝着酒便聊起袁师傅与他共处多年间的逸事，天蝎座的袁师傅和狮子座的宾哥，吵架也轰轰烈烈，"命中克星"，某年宾哥在片场过生日，野外大家都睡帐篷，入睡后又是袁师傅不小心打翻了火盆，两人险些就这么殉职。酒一杯杯地下去了，在场的人们都放松开来，笑得愉快，然后一张张面孔都记住了，都尽量地去记住了。

电影结束后我又回来继续写小说。好处是通过对剧本的长期的学习和揣摩，过往在遇到长篇时总是会遭遇的手足无措感一下子消失了，知道应该如何去解决人物本身的问题，解决剧情推进的问题，这点进步让我开心了很久很久。另外一点感受，很鲜明的一点感受是，我想自己又回到孤军作战的日子里了。以前也是这样，这个状态持续了很久，写小说从来都是自我的搏斗，在创作的过程中从来只有自己一个对手，也只有自己这一个朋友。因此坏也是坏在自己身上，好也是好在自己身上，没有怨言，一切都乖乖承受吧。这样的日子我的确是习以为常了，所以当完全投入另一种工作模式，标准的"团队协作"时，至少在那段日子里，从司机到茶水，送饭的生活制片，化妆师发型师，服装造型，美术团队，道具，到灯光组，

移动组，录音组，摄影组，剧本上不到十行的一场戏，拍摄从准备到完成要将近半天时间，大家都是接力一般的，化妆造型在忙碌着，美术在布置着，然后换灯光，声音组上，所以在片场许多人的时间都是用在等待上了，完成自己的工作后继续 STAYD BY 着以备随时召唤。

一百多人的团队，四十几天的日夜中，创造出一部一百分钟的影片。我想到就会格外心有戚戚，觉得他们都是亲人，至少在那四十几天里，都是自己人。日后跟小四说起这种感受，他告诉我那就是一种浓度极高的革命友情了，毫无夸张的。确实，有时候能让人想到某些特别滚烫的词语，齐心协力，同甘共苦。冬夜的街道，马路上拦车的拦车，拦人的拦人，铺轨的铺轨，好大一个太阳灯，也是先得搭出三层楼高的台子爬上去架设好，然后一条条地试着，所有人的耳朵都冻得通红，又不敢费力呼吸好像呵出的白气也会不知在何处影响了画面。都是为了一个目标，完成这部电影，

互相协助着，最后是协助导演去完成这部电影。

　　说实话，那种被凝练后乘以了上百人的感情数值，对很长时间习惯依靠自己，单打独斗，好也是自己的好不好也全是自己的不好——对于这样的我来说，是非常不适应，也同样非常不舍得的吸引。知道问题被抛出后有人可以应答，麻烦出现后有人可以化解，无须顾虑或害怕一个人的局限性，因为许多人在团队中认真又负责地配合你。就是这样的，愿意接受许多人的协力，能够感受许多人的帮助，到后来我必须警醒自己不能太过陶醉于这份亲密感，因为将来仍是有大段大段必须独自走过的路。和每一个工作人员，熟的不熟的，都会说再见，那么还是不贪恋的好吧。

·8·

　　说回舒淇。滕导和郝总，包括舒淇的经纪人都称呼她舒小姐，我也跟着这样叫。一开始觉得有些别扭，担心会不会客气到了刻意的程度，但后来发现并不是这么一回事，这就是她最常用的称呼。等到开拍后完成了最初的磨合，大家会直接用剧中人名"盛小姐""盛如曦""如曦"来称呼她。"盛小姐""舒小姐"有时候听起来还挺像的，而扮演着盛小姐的舒小姐听到后便从哪处忽地蹦了起来，一奔三跳，步履轻盈地过去走位。

　　我常常会说到"少女心""少女感"这样的词语，有时候也以为自己也还能扯着它们，不急不躁地接着蒙混两年。可跟舒淇接触的时间久了，看着她就会冒出这类词语。然后是发自内心地钦佩，羡慕和喜欢。关于她的美，始终存在两种极端的评价，但从这两种评价里又获得一致肯定的是

　　她的"风情"毋庸置疑。可惜在《剩者为王》里，由于人设的关系，无法让她在角色中突出表现"风情"的一面，倒不如说她藏起了信手拈来的风情，要在剧中扮演一个对爱异常无能的角色。还好在镜头之外，日常中的她是最容易让我时刻想起那两个词的存在。

　　少女心是什么样的，少女感是什么样的，可以和世俗绝缘地活着，活得充满希望，活得不畏惧，活得柔软而善良。时间从不会催促她们，强加于什么的命令。时间反而乐于让她们去挥霍，浪费也是一种美好的姿态。时间的暴雨下得再急，她的山头打落的花瓣也是新的画卷。远处狼狈的叫喊和挣扎都与这面山坡上的花瓣无关。

　　我知道，在这一次的合作之前，我对舒淇的印象和大部分的公众一样，明星，漂亮，风情——一些非常苍白又扁平的标签，隔着一层"于己无关"

式的超远距离。那一次看《西游降魔篇》，三遍里每一遍到最后都会想哭，唐僧终于收服了孙悟空，师徒一行前往西天时，唐僧停下来回望天空，天空中是那个女孩儿的影像，金色的流沙般旋转。每一遍看到此刻她的出现，我都会想哭。只不过当时更多地心心念念"我们家星爷拍得太好了"。后来看星爷接受采访时谈到舒淇的话里有一句，"那么漂亮的女孩喜欢你（唐僧）……"。

那么漂亮的女孩，她很修长，非常瘦，有几场换了紧身的裙子就让人想一直盯着看不舍得移开眼睛，脸比银幕上的小很多，轮廓线条清晰又立体，眉骨到鼻子分外倔强。（以及顺便让我强力澄清一下之前网上流传的什么她有许多雀斑这点完全不属实！哼唧！）开拍后的第一场戏是盛如曦"家"，她现在楼下化妆更衣完毕，我是在摆着监视器的里间听到她上来

　　了的声音。她和宾哥合作过很多次了，包括袁师傅。于是听见她大声地笑着和宾哥打招呼，气氛是从屋外荡漾进屋内的层层释放。

　　往后这个漂亮的女孩就一直是蹦蹦跳跳地像气氛活跃剂一样出现在片场了，时不时"威吓"一下相熟的发型师，然后又与滕导开着"又胖了""没胖"的玩笑，与我故意闹着"你让我从这里走，那我就非要从那里走"，但嘴上这么"叛逆"着，明明一喊"ACTION"还是非常专业地从这里走了过来嘛。很活泼，非常可爱。遇到身体状况不佳，也不会因此迁怒任何一个人，没有对任何一个工作人员发过脾气。非常非常地温柔。

　　不去与《西游降魔篇》比呵，当然也不敢提《聂隐娘》，但我就是从《剩者为王》之后，很喜欢舒淇，喜欢到想祝她一直那么美，又那么地好下去。

· 9 ·

　　关于《剩者为王》中的每位演员，不仅仅是舒淇，可以说每一位如果有更多的时间和篇幅我都想仔细地写。

　　其实最早一位确认出演的演员并不是舒淇，而是扮演盛父的金士杰老师。剧本中关于父亲的戏份很微妙，看似寥寥，但最后有一场重头戏需要依靠他的表演来一锤定音。因而滕导和我最初就将金士杰老师列为了父亲的第一人选。犹记得之前曾经电视里播放着《一代宗师》的片段，我手里忙着其他的活，有一听没一听的，但当某个男中音忽然亮起时，我不由自主地停下了工作，转到电视前去看一看是哪个角色在说话。音调，语气，情感都那么突出的——金士杰老师。

　　金士杰老师到剧组的第一天就是那场"重头戏"，剧本上足足五页半的纸。从一开始统筹在安排时就把这五页半排了两天的拍摄时间。毕竟按照以往的惯例，两天都算得上非常赶。平日里一天能够解决两页就已经算很顺利。金老师按照通告的时间一早就赶到了片场，他必然没有获得充足的睡眠，楼下的拍摄场馆却因为调整了几个拍摄方案导致第一镜的时间不断延后，金老师唯有留在楼上边等待边休息。等真的开拍，五页半的纸，第一条时我坐在监视器后面就忽然觉得自己在流泪，然后是鼻涕和哽咽全来了。说实在的，当时觉得完全可以一条通过，也因为不想在众人面前坐在监视器前就这样毫无节制地哭。而金老师自己要求再来第二条，第一条的中段他感觉情绪放得有些大。而我到了第二条，仍旧没来得及建立起心理防御，眼泪掉得比第一次更甚，助理给的纸巾全部用完。计划上需要耗

时两天，五页半的剧本，几乎不用一整天，金老师就完成了。副导演们，包括整个剧组都很兴奋也备受鼓舞，大家神色都有些骄傲起来，"好的演员就是这样""专业就是这样"。

从一开始就对金老师格外喜欢，也因为对原著里的父亲寄存着一份额外的亲昵，让我到后来也不由得开始直接称呼金老师为"金爸爸"，在餐厅看见他带着一个助理，两人在那里吃着剧组的盒饭，我也非要凑过去"和我爸一起吃个饭"。金老师个头极高，也瘦，稍有一点驼背，但他穿长大衣来，气质依然拔群。他平日里话很少，乍看容易让人以为他肃穆，但没有用的啦，我拽着他聊天，聊角色聊剧本聊他之前演的话剧，他原本很肃穆的表情一个接一个露出羞涩的笑来。很有神的眼睛乐呵呵地笑起来，先前那个看似

严厉的误会旋即就被打破了。他同样没有因为我的"新人"资历而动过半点怀疑，盛父的戏份严格说算少，但他每到片场时已经把前后人物关系研读通透，会认真和我讨论之前那一条是不是应该表现得更惊讶，之后那条应该更隐忍。他杀青那天，我异常地不舍，半开玩笑跟他说我明天一早要去机场送他。他眼睛又乐呵地弯起来，连劝我"丫头，不用，以后宣传期我们还会再见的嘛"。

　　相比之下，扮演"盛母"的潘虹老师戏份吃重许多，不如说"盛如曦"的激励事件都是由盛母引发，因而潘虹老师要如何表现盛母既可怜也可恨的一面，并且这些"可怜"与"可恨"都只在日常生活层面中，它不会过火也不会夸张——这点问题统统交由潘虹老师令人信服地轻松解决了。她

知道日常怎么过，替盛如曦打扫卫生间时把女儿的头发绑带往手腕上一扎的细节一瞬就抓住了我。而后她的生气，她的宽恕，她的糊涂，她的焦虑也都是在这种种细节之上被丰富被真实化了的。电影对像她这样的演员来说，完全能让人忘记"都是假的"。

　　另一位角色是由熊黛林出演的章聿。外形上她完全吻合了我前期设想的章聿，性感又甜美，模特出身的熊黛林大概拥有全场数一数二的身高优势，拍摄定装照时，我一走进影棚就让她的高度吓了一大跳。当她说话却轻柔温婉甚至偶尔怯怯的，与我心目中受挫时的章聿也有了绝妙的重叠。其实章聿这个角色因为戏剧冲突相对更大，演绎起来是有难度的，而熊小姐日常中也不是那般豪放的"女汉子"个性，因而在开拍的前两天里，她

为了始终拿捏不住角色烦恼了很久，好在随着与舒淇之间的对手戏越来越有默契，我一点也不怀疑她在电影《剩者为王》中就是那个拥有无限电量的章卓了。

还有扮演书中最适合结婚的"白医生"的邢佳栋，比原著的设定年轻了许多更英俊了许多——原著里可是按照四舍五入就可以退休的标准去刻画的。但邢佳栋身上一股沉稳的气息是立刻和"马赛"拉出了对比的，他像极了白医生，莫大的包容和不急不躁，常有的无奈的轻笑，却无损他的礼貌和笃定。

至于扮演汪岚的郝蕾，和最后进组的彭于晏，就留到文末去写吧。

我知道关于这部电影的诞生，筹备期，创作期，后制期，宣传期，以及上映后的，此刻我还不了解也不敢去设想的种种……关于它的一切我能做足够长的，足够长的抒写，但另一方面我也还是按捺不住自己的私心，因为到头来它仍然是对于我的意义最大，这件"开天辟地"头一遭的事，所以更适合我留给自己去慢慢复习，让它像一团星云那样地发酵。任何时候回忆起拍摄时的点滴——

昵称小狐狸的摇臂又坏了，宾哥只能当场修正拍摄方案；

从自家里搬了许多道具去片场，回头一晃眼还错觉站在我的客厅里；

拍摄最困难的一场涉及封路的大夜戏，我精神压力大到久违地发作了呼吸性碱中毒；

在 VERY WANG 的店里要选一件"镇店之宝"真的很难；

天台戏遇上下冰雹，舒淇和郝蕾冻得嘴唇都在发抖；

拍摄高架堵车镜头，结果是遇上了上海最近整治交通的成果显现时吗，周一早上八点半的高架，至少我们蹲守的路段上，眼见一辆辆车都以80码的速度飞速而过了，合理吗这？

在排挡吃小吃的戏开场，一只野猫用非常准确的走位从画面下方跑过了，大家都夸副导演 CUE 得太好了嘛；

后来我曾遇到过那只野猫，我希望它也还记得。

后来我曾独自经过先前拍摄的地方，办公地，盛如曦家，公园，电影院，宾馆……我会很怀念。

这不是一部无可挑剔的电影，依然有遗憾，甚至是缺陷。但我很怀念它，我会一直怀念它。

它是我在出发后遇到的第一个日出。暗紫色，蓝色，粉红色，金色，是新的一天了。

· 11 ·

　　在结束前绕回来记录另外两位我很喜欢的人。

　　去见郝蕾时她正在北京郊区拍戏，载我去的司机也不认识地方，让百度地图指了一条路，结果我们几乎就开进了河里，后来好歹没有下水，但也走了一长段羊肠小道。郝蕾的经纪人告诉我们她在片场里，带我过去。她将我带到那部电视剧的导演身后，给我安排了一个位置，陪着我坐。监视器里郝蕾70年代的女生打扮，穿棉袄，手抄在袖子里，但一说话，说话里的笑一渗就是那个演什么都灵气无限的郝蕾了。先前走在路上我就告诉郝蕾的经纪人，我这是去见"杨宇凌"了啊，从"十七岁"那时起，就既漂亮又大气并且演技拔群的郝蕾。

　　她在换场的间隙过来和我见了面，我们走回片场旁的房车里，不知怎么后来聊起了星座。我事先没有查阅过，但一猜她是天蝎座，果然中了。她是我心目中标准的天蝎座美人的样子，五官，说话间略带攻击性的洒脱，以及谜似的灵气。将由她出演的汪岚在电影里同样做了很大的调整，戏份不算很重了，只是那不重的几场戏里郝蕾从来都是超过100分地完成。她演什么就是什么，说什么样的台词都能让人相信，相信她是剧本中写的人，失意的人，超然的人，落寞的人，句子停顿在哪里，哪里留给有声的叹息，哪里留给无声的叹息，她都知道。

　　等舒淇结束和郝蕾的对手戏，和熊黛林的对手戏，和邢佳栋的对手戏，和爸爸金世杰妈妈潘虹的对手戏，最后一个进组开始拍摄的就是所有人都翘首以盼了良久的彭于晏彭Eddie。Eddie进组的第一天气氛就变了，他

　　和舒小姐是相识多年的朋友，因而从化妆间开始，一路都活跃了起来，原本镜头前要扮演情侣就已经很具杀伤力了，后台两人还要唱个歌或者学跳舞什么的，笑得此起彼伏。

　　当"鲜肉"这个形容渐渐从彭于晏身上消失，他是挑战各种不同戏路的专业演员，应了那句话"明明有颜值，却非要靠实力"。从《激战》到《黄飞鸿》，不仅会打，而且打得越来越漂亮，之后的《破风》也对身体技能上又提出了新的突破。总是在添加新的技能值，对自己特别有要求也有规划的人，那么到了《剩者为王》里，马赛的角色必然是易如反掌了吧。可并不是这样简单的，从一开始，马赛这个角色在我脑海中便是有一些性格缺陷的地方，最初和滕导讨论剧本时也归纳过，年轻男生最容易有的"不主动""不拒绝""不负责"的毛病他一样有，但作为电影中的男主角，

倘若没有掌握好其中的分寸，就很容易让男主角变得让人讨厌，那么对整部电影的影响必然是致命的。因而既留有一部分毛病，但又能够让观众接受并感觉合理，不会因此讨厌起这个人物，也能对男女主人公的感情有更进一步的移情，这层要求就不是光靠长得好看在镜头前能耍帅可以对付过来的——然而先前就说，彭于晏从不是光靠长得好看在镜头前耍帅来对付的人，他知晓人物，也将故事的感情线梳理得极其干净，尤其他在镜头前的发挥保持浑然天成的少年感，有时嬉闹有时使坏有时退缩有时窘迫，宛若没有表演的痕迹，都属于他本身的反应。所以从登场到结束，马赛都是带着无辜感的好青年，使人会允许他犯错，他的犯错具有加分的效果，它们会溶解在他的气息中，只让人觉得一切都是关于爱情的无奈和挫折。

　　所以哪怕是连随笔也不停地跳回去追述，终究有结尾的时刻。

　　《剩者为王》写于四年前，真正着笔第一个字也许更久。在 WORD 上打下标题的时候我不会去设想未来它会变成一部由我改编和拍摄的电影，不会去设想盛如曦成为舒淇，舒淇成为盛如曦，不会去设想彭于晏的加盟。我那时只想着要写一个题材不怎么愉快的小说了啊，第一章是什么时候截稿来着，编辑给的日子多半是假的，可以再往后延至少五天。那时我 28 岁或 27 岁。四年多过去，大概时间教会了我最重要的一点就是不要提前去预计，不如静静等待它会降临在你身上的所有惊喜或者是厄运。先把手边的事情做完，写完一个故事，改完一则稿件，回完一封信，结束完一段旅程。人生到最后都没有输赢之说，能被自己所记住的就是"未来的"和"完成的"而已。

　　我完成了一部小说，一个剧本，一部电影。它们是好是坏，能够在市场中拼出赢面还是滑入败局都交由外界去裁定。在和输赢无关的时候，所有未来式和完成式全都可以美妙得如同梦境。创造一个梦境后，完成一个梦境。

落落

2015 年 10 月 3 日